SON ÉPOUSE AUX COURBES GÉNÉREUSES

UNE ROMANCE DE PETITE VILLE AVEC UNE HÉROÏNE AUX COURBES VOLUPTUEUSES

À LA RECHERCHE DU HÉROS LITTÉRAIRE PARFAIT
TOME DEUX

MARY E THOMPSON

ISBN version imprimée: 978-1-967463-39-8

ISBN version imprimée discrète: 978-1-967463-40-4

❀ Formaté avec Vellum

À LA RECHERCHE DU HÉROS LITTÉRAIRE PARFAIT

Bon retour parmi nous ! Nous sommes ravis que vous ayez décidé de nous rejoindre pour une nouvelle aventure. Ne manquez jamais rien de ce qui se passe à L'anse MacKellar et inscrivez-vous à la newsletter de Mary.

Prenez un verre, une part de gâteau, et rencontrez votre petit ami de roman préféré. Nous les voulons tous !

Livre 2

Son Épouse aux Courbes Généreuses

Ramsey

Des rendez-vous amoureux. Ma femme avait des rendez-vous amoureux. Elle voulait plus d'enfants, même si le médecin disait que ça pourrait la tuer, alors je suis parti. Maintenant, elle a des rendez-vous. Je l'ai vue. Avec cet autre type. Il a posé ses mains sur elle.

Sur ma femme.

Il allait la toucher. L'aimer. La faire rire. Risquer sa vie.
Putain. Non.

Elle était toujours à moi.

Melody

Je n'ai jamais aimé qu'un seul homme. Un homme magnifique, exaspérant et merveilleux. J'aimais toujours mon mari, mais il est parti. Il ne pouvait pas me réparer, ne pouvait pas me faire changer d'avis, alors il a demandé le divorce et a déménagé. Je n'avais aucune raison de le faire rester. Nous n'étions plus les mêmes personnes qu'avant.

Mais je voulais toujours plus d'enfants. Je voulais quelqu'un avec qui partager ma vie. Les sites de rencontres en ligne semblaient préférables à draguer des pères célibataires dans la file d'attente des parents. La plaisanterie était sur moi, cependant. La seule personne avec qui j'aimais parler était celle que j'essayais d'oublier. Mon mari.

Pour Alex...

MELODY

J'ai appris qu'il existe deux types de femmes rondes. Le premier ressemble à ma sœur, Willow. Willow était potelée pendant son enfance. Elle avait ces adorables joues de bébé bien dodues et ces mignonnes cuisses potelées, mais quand elle a dépassé le stade du nourrisson, elles sont restées.

Les filles comme Willow ont eu de la chance une fois devenues adultes, car à ce moment-là, elles s'étaient forgé une carapace. Elles ont pris toutes les insultes et les moqueries pour en faire une armure qui les protégeait contre les personnes qui les considéraient comme inférieures simplement parce que la balance indiquait qu'elles étaient plus.

Willow était sarcastique et parfois méchante, mais elle portait son poids comme un insigne d'honneur. Elle ne se souciait plus de ne pas être invitée à sortir parce qu'elle savait comment prendre soin d'elle-même. Peu importait si on l'ignorait parce qu'elle leur rendait la pareille. Willow, et les femmes comme elle, étaient des locomotives dans le monde des filles rondes. Elles étaient ces championnes nous disant de nous lever et d'être fières. Celles qui portaient des vêtements moulants et des maillots deux pièces et qui affichaient tous leurs atouts quand elles en avaient envie.

L'autre type de femmes rondes, c'était comme moi. Normale, voire même mince, en grandissant. Je n'ai jamais eu un rendez-vous qui me demandait si je voulais une salade au lieu d'une pizza ou qui me disait que je ne devrais pas manger ce petit gâteau supplémentaire lors d'une fête d'anniversaire. Je pouvais rester assise sur le canapé à lire un livre ou regarder la télé sans que personne ne me suggère de sortir et de faire un peu d'exercice. J'étais invisible parce que je correspondais à ce que le monde acceptait comme normal.

Mais en tant qu'adulte, j'ai dû apprendre à ne pas m'énerver quand ces choses arrivaient. Quand un serveur haussait les sourcils lorsque je commandais du fromage supplémentaire sur mon burger. Ou quand une mère pinçait les lèvres quand je prenais le plus gros morceau de gâteau à l'anniversaire de sa fille. Ou quand personne ne me regardait avec intérêt quand j'entrais dans un bar, mais que tout le monde se retournait et dévorait des yeux la femme en robe bleue.

Je ne leur en voulais pas. Cette femme était époustouflante. Elle avait de longues jambes et l'un de ces derrières dignes de Pinterest, et elle était si pimpante et parfaite.

J'ai soupiré et fait tournoyer ma paille dans mon verre. C'était si facile pour les femmes comme elle. Je les enviais. Celles qui savaient comment flirter et pouvaient s'habiller sexy sans même avoir à y réfléchir. Je n'osais même pas imaginer les couches de Spanx et de gainages dont j'aurais besoin pour avoir l'air de faire seulement deux fois sa taille.

— J'ai besoin de cours pour apprendre à être sexy, me suis-je dit.

— Non, tu n'en as pas besoin, a dit quelqu'un derrière moi.

J'ai pivoté sur mon tabouret et retenu mon souffle.

— Désolée. Je ne savais pas que tu étais là.

— Alors à qui parlais-tu ? Hudson Grant était le propriétaire et barman de l'O'Kelley's. Le bar était aussi l'un des deux seuls bars de L'anse MacKellar, la ville des Mille-Îles dans le nord de l'État de New York que j'appelais chez moi.

J'ai grandi à L'anse MacKellar, je suis tombée amoureuse à L'anse MacKellar, et j'ai passé toute ma vie à L'anse MacKellar. J'adorais cet endroit et je ne pouvais pas imaginer vivre ailleurs. Mais il y avait définitivement des choses que je n'aimais pas. Par exemple, le meilleur barman de la ville était un ami proche de mon futur ex-mari.

J'ai haussé les épaules.

— À moi-même, je suppose.

Hudson s'est appuyé sur le comptoir et a souri. C'était un beau mec, et un homme bien. Il avait quatre ans de plus que moi, donc nous n'avons pas grandi ensemble, mais nous étions devenus amis au fil des années. Le crâne rasé sous sa casquette de baseball et la barbe fournie derrière laquelle il se cachait lui donnaient un air de dur à cuire, mais si on regardait attentivement, ses yeux étaient bien trop gentils pour qu'il soit un con.

— Melody, tu n'as pas besoin de cours pour être sexy. Aucune femme n'en a besoin.

— Pas une qui ressemble à elle, ai-je dit avec un signe de tête vers la femme qui avait capté l'attention de tous les hommes du bar. Trois s'approchaient d'elle, et le reste du bar attendait, espérant avoir une chance. Même les femmes la fixaient. Personne n'était insensible à son charme.

Hudson a suivi mon regard. Le sien a parcouru les jambes élancées de la femme jusqu'à ses talons rouges et est remonté le long de sa robe bleue jusqu'à l'endroit où elle débordait presque du décolleté. Elle était magnifique et elle mettait en valeur ce qu'elle avait. Je ne la détestais pas, mais j'étais jalouse comme pas possible. Je n'avais jamais ressemblé à ça.

— Tu vois, c'est ça le problème. Les femmes n'ont aucune idée de ce qu'est vraiment la sensualité, a dit Hudson en essuyant le comptoir en bois lisse avec son torchon.

J'ai ricané et me suis retournée vers lui. J'ai incliné la tête, mes cheveux bruns ternes tombant sur mon épaule.

— Tu vas honnêtement me dire que cette femme n'est pas sexy ?

Il a secoué la tête.

— Non, je ne vais pas dire ça. Elle l'est. Mais pas pour les raisons que tu crois.

— Ah bon ? ai-je demandé en riant, posant mon menton sur ma main. Éclaire-moi.

— Quand tu la regardes, que vois-tu ?

Je me suis tournée sur mon tabouret et j'ai regardé la femme à nouveau.

— De longues jambes fines. Des talons à tomber. Une robe sexy qui épouse son corps mince et met en valeur sa poitrine et ses fesses. Des cheveux magnifiques. Des lèvres pulpeuses. Des yeux bleu vif. Je continue ?

Hudson a secoué la tête.

— Tu viens juste de la décrire. Tu m'as dit ce qu'elle porte et à quoi elle ressemble.

— Et alors ?

— Ce n'est pas ce qui rend une femme sexy, a dit Hudson.

J'ai pivoté sur mon tabouret, mais il a levé un doigt vers moi et s'est dirigé vers d'autres clients pour servir des verres à ceux qui attendaient leur détente du vendredi soir.

Je me suis retournée vers la femme et j'ai essayé de voir autre chose. Qu'est-ce qui la rendait sexy ? Qu'est-ce qui rendait n'importe quelle femme sexy ?

— Tu as trouvé ? a demandé Hudson une minute plus tard.

Je lui ai fait face à nouveau et j'ai secoué la tête.

— Non. Je crois que tu as bu ce soir.

Hudson a ri. Il ne buvait jamais, et tout le monde en ville le savait. Du moins, pas pendant qu'il travaillait, et il travaillait toujours.

— C'est sa confiance. C'est ce qui la rend sexy.

— Quoi ? ai-je lâché.

— Cette femme pourrait porter un jean et un t-shirt et chaque homme dans la pièce la voudrait quand même...

— Ouais, parce qu'elle est canon.

Hudson a hoché la tête et m'a donné un de ces sourires qu'il réservait aux gens qui avaient trop bu et pensaient pouvoir conduire. Juste avant qu'il ne prenne leurs clés et ne leur appelle un taxi.

— Elle l'est. Je suis d'accord. Mais c'est sa façon de se présenter. Elle n'est pas canon parce qu'elle a un beau corps ou qu'elle porte une belle robe. Personnellement, je trouve qu'elle a l'air un peu ridicule dans cette robe alors qu'il neige dehors, mais elle ne m'a pas demandé mon avis. Elle a confiance, et elle est sûre d'elle. C'est pour ça que chaque homme dans la pièce la regarde.

Je me suis retournée vers la femme et l'ai regardée plus attentivement. Elle était belle, mais Hudson avait raison. J'avais vu d'autres femmes aussi jolies qu'elle mais avec la moitié de sa confiance qui ne captaient pas l'attention d'autant d'hommes. J'avais aussi vu des femmes qui ne lui ressemblaient pas du tout et qui faisaient baver les hommes parce qu'elles savaient qu'elles étaient canons.

— Tu le vois maintenant, n'est-ce pas ? a demandé Hudson.

— Oui, ai-je grommelé. J'espérais que ce serait plus facile que ça de se sentir bien.

Hudson a tapoté ma main et s'est éloigné. Apparemment, les bons conseils du barman étaient terminés. Bien sûr, il était aussi l'un des meilleurs amis de mon mari, donc il ne voulait probablement pas s'immiscer. Dans aucun aspect de tout ça.

J'ai bu une gorgée et j'ai regardé la foule à nouveau. Willow dansait toujours sur la piste avec un gars. Ça m'étonnait toujours qu'elle puisse rencontrer un mec, coucher avec lui, et se séparer sans y repenser. Et encore plus surprenant était le fait qu'elle rencontrait des hommes qu'elle ne connaissait pas déjà. Qu'ils soient plus âgés ou plus jeunes, ou des gars qui ne vivaient pas à L'anse MacKellar, ma petite sœur parvenait à éviter les coups d'un soir gênants d'une manière qui donnait presque l'impression que ça pouvait être amusant.

J'ai frissonné. Rien que l'idée de coucher avec quelqu'un d'autre me donnait la chair de poule. Je suis tombée amoureuse de Ramsey quand nous étions au lycée. Il a été tout pour moi depuis le jour où nous nous sommes rencontrés. Pas qu'il ait ressenti la même chose. Je suis restée en arrière-plan plus longtemps qu'il n'était raisonnable, mais je l'aimais.

Nous avons commencé à sortir ensemble au lycée, mais quand il est parti à l'université, nous avons rompu. La rupture n'a pas duré, mais elle a été assez longue pour que je décide d'essayer de sortir avec d'autres gars. Je suis allée à la soirée de rentrée avec un gars de mon cours de maths. Il était mignon, intelligent et drôle, mais quand il m'a touchée, j'ai eu l'impression que j'allais vomir. Ce n'était pas Ramsey. Aucun homme n'était Ramsey.

Je me suis dit que je devais trouver un moyen de passer à autre chose, mais je n'y suis jamais parvenue, et quand Ramsey et moi nous sommes remis ensemble quelques mois plus tard, j'ai pensé que je n'aurais jamais à le faire. Je savais que j'allais l'épouser.

Mais maintenant, j'avais trente-cinq ans et je faisais face à un divorce avec le seul homme que j'avais jamais voulu. La vie était pourrie.

— Hé, a dit Willow, prenant le siège à côté de moi et mon verre. Elle a vidé mon verre d'un trait et a exhalé. Tu devrais venir danser.

J'ai secoué la tête.

— Je ne veux pas vraiment vous déranger tous les deux.

Willow a secoué la tête.

— Il est parti. La femme de son ami a piqué une crise.

J'ai combattu l'envie de lever les yeux au ciel. Ça sonnait comme un code pour sa femme, mais je n'allais pas faire la morale à ma sœur.

— Je suis fatiguée.

— Tu ne rentres pas à la maison, a déclaré fermement Willow.

Même s'il y avait cinq ans d'écart entre nous, Willow avait toujours été ma meilleure amie. Quand elle est née, je me comportais comme si c'était mon bébé, la protégeant et prenant soin d'elle. En grandissant, je suis restée proche, voulant toujours la protéger. Je regretterai toujours de ne pas avoir pu l'empêcher de développer cette carapace. De ne pas avoir été dans la même école qu'elle pour la défendre contre les Kathy Rogers de ce monde qui trouvaient amusant de tourmenter ma petite sœur pour toujours.

Willow était aussi la seule à qui je parlais. Elle savait que je voulais rentrer à la maison parce que Ramsey était là avec Amber. Nous avions établi un horaire de visites, et quand c'était son tour de passer du temps avec elle, je faisais tout mon possible pour leur donner l'espace de jouer, de parler et d'être ensemble dans le seul foyer qu'Amber ait jamais connu. Ce qui signifiait que je partais.

— J'irai dans l'autre pièce, ai-je gémi. Willow avait raison. Je détestais l'admettre, mais j'étais devenue comme une droguée ces derniers temps, désespérée d'obtenir la moindre miette de Ramsey.

Je pensais vraiment que les fêtes allaient être la partie la plus difficile du divorce. Survivre à Thanksgiving et à Noël sans mon meilleur ami et partenaire à mes côtés a été facile comparé à ce qui a suivi.

Les fêtes étaient toutes centrées sur Amber. C'est comme ça que ça devait être. Nous la gâtions tous les deux pourrie, et c'était elle qui rendait tout plus facile. Se concentrer sur elle rendait plus facile d'oublier ce qui manquait. Pas infaillible, comme en témoigne ma crise de la veille de Noël quand j'ai réalisé que l'énorme château de jeu que je lui avais acheté était quelque chose que Ramsey aurait pu monter en environ cinq minutes mais qui m'a pris la majeure partie de trois heures.

Mais après ça, c'était facile. Elle était ravie de ses cadeaux, et sa première longue pause de l'école était une chance pour nous de passer du temps à faire des choses idiotes comme des batailles de boules de neige et nous déguiser comme nos princesses préférées.

Ce n'est qu'après la pause, quand elle est retournée à l'école et que je suis retournée à la vie ennuyeuse que j'avais adoptée au cours des derniers mois, que j'ai réalisé à quel point je m'étais trompée en pensant que passer Thanksgiving et Noël allait être la partie la plus difficile du divorce. Oh non. Ces fêtes n'avaient rien à voir avec la Saint-Valentin.

Maudite Saint-Valentin. Le jour où Ramsey et moi prenions toujours une baby-sitter, généralement ma sœur, et partions. Une nuit dans un hôtel, un dîner luxueux en tête-à-tête, et une occasion de se reconnecter.

Quand nous sortions ensemble et au début de notre mariage, ces soirées étaient un luxe, une chance de nous gâter mutuellement. Une fois qu'Amber est née, ces nuits sont devenues notre meilleure chance d'avoir des relations sexuelles. De raviver la romance qui s'estompait et qui nous a tenus ensemble si longtemps. Peu importait ce qui se passait entre nous quand la Saint-Valentin arrivait. Nous étions amoureux, et nous mettions tout le reste de côté pour nous montrer à quel point notre relation était spéciale et importante.

Et pour la première fois en plus de quinze ans, j'allais passer cette fête seule. J'avais déjà passé notre dixième anniversaire seule, pleurant jusqu'à m'endormir et priant pour qu'Amber ne se réveille pas et ne me demande pas pourquoi j'étais si bouleversée. Passer la Saint-Valentin sans Ramsey pourrait bien me tuer.

— Tu ne pars pas, a déclaré fermement Willow. Tu restes ici avec moi, on va boire et s'amuser, et ensuite, tu viens dormir chez moi ce soir.

— Mais...

— Pas de mais ! Ramsey est avec Amber. Tu n'as aucune raison de rentrer. Il t'a quittée. Il est parti. Il ne voulait pas plus d'enfants. Tu as toujours voulu une grande famille. C'est pour ça que vous avez acheté votre maison. C'est pour ça que tu l'as laissé partir. C'est pour ça que tu vas trouver quelqu'un d'autre et donner à ma nièce parfaite des frères et sœurs. Parce que tu le mérites.

J'ai pris une profonde inspiration et j'ai hoché la tête. Willow avait raison. Je savais qu'elle avait raison. Je détestais ça, mais c'était vrai. J'avais toujours voulu une grande famille. Après notre propre éducation moins que stellaire, je voulais avoir un tas d'enfants et les faire se sentir spéciaux, incroyables et parfaits, des choses que Willow et moi n'avions jamais eu la permission de ressentir.

— Un autre verre, Hudson ! a crié Willow vers l'endroit où Hudson servait des verres à l'autre bout du bar. S'il n'était pas là, deux ou trois barmans s'occupaient des choses, mais avec lui au comptoir, il gardait les autres employés sur le plancher à courir avec les boissons et à servir la nourriture.

Hudson a fait un signe de tête à Willow alors qu'elle passait derrière le bar et attrapait une bouteille. Vodka.

Willow et moi aimions toutes les deux la vodka. Elle a versé deux doigts généreux dans mon verre et en a pris un pour elle-même. Elle a ajouté un peu de Sprite et suffisamment de jus de canneberge pour que la boisson devienne rose, puis a poussé la mienne vers moi.

Nous les avons soulevés et avons entrechoqué nos verres, sans avoir besoin de mots pour savoir que nous pensions toutes les deux au bonheur de l'autre à chaque vœu que nous avions jamais fait. J'ai levé le verre et laissé l'alcool remplir ma bouche. Les bulles menaçaient de ressortir par mon nez et le jus de canneberge acide m'a fait plisser les lèvres, mais je l'ai avalé quand même.

Le verre de Willow était vide en deux gorgées, et elle se tenait derrière le bar, m'encourageant à finir le mien. Elle les a remplis à nouveau alors que Hudson se dirigeait vers nous, puis elle m'a entraînée sur la piste de danse.

J'ai bu et ri et tourné et dansé. J'ai laissé la liberté de n'avoir aucune responsabilité prendre le dessus et me permettre de profiter de ma soirée de congé avec ma sœur. Nous avons chanté à tue-tête les chansons que nous connaissions, et nous avons dansé ensemble quand une chanson lente est arrivée. Et pendant un petit moment, je me suis permis d'oublier que mon cœur était brisé et que l'amour de ma vie m'avait quittée.

Deux gars nous regardaient pendant que nous dansions. Ils étaient mignons, et je ne pensais pas qu'ils étaient des locaux. Ils nous ont souri, et quand Willow a fait un clin d'œil à l'un d'eux, ils se sont tous les deux approchés de nous.

— Salut, m'a dit l'un des gars. C'était le plus grand des deux avec des yeux sombres, des lèvres pleines, des épaules larges et une taille étroite. Ramsey avait la même chemise que ce gars. Je la lui avais offerte pour Noël il y a quelques années.

J'ai forcé un sourire.

— Salut.

— Je m'appelle Mitch, a-t-il dit en tendant sa main.

Je l'ai fixée pendant un temps embarrassant puis j'ai secoué la tête et l'ai prise. Il m'a souri, et je suis retournée à tripoter mes doigts, une habitude nerveuse que j'avais depuis toujours.

— Oh, désolé. Je, euh, n'avais pas réalisé, a-t-il dit.

J'ai plissé les yeux vers lui, essayant de comprendre ce qu'il savait que je ne savais pas. Il fixait mes mains. J'ai regardé en bas, mais c'étaient les mêmes mains que j'avais toujours eues. Certes, elles n'étaient pas aussi lisses que les mains d'une femme de vingt ans, mais il n'y avait rien de mal avec elles. Des ongles courts et vernis. Des doigts proportionnels. Et...

Oh.

Mes bagues.

— Euh, ouais, ai-je dit, essayant de déterminer si c'était une bonne excuse ou si je devais faire comme si de rien n'était.

— Vous êtes mariée ? a demandé Mitch.

J'ai hésité une seconde puis j'ai hoché la tête.

— Eh bien, je veux dire, si ça ne vous dérange pas... Il a haussé les épaules.

Était-il sérieux ?

— Si quoi ne me dérange pas ?

Il a haussé les épaules à nouveau.

— Si ça ne vous dérange pas que vous soyez mariée, ça ne me dérange pas non plus. Nous pouvons quand même avoir une aventure.

— Vous plaisantez ?

Il a secoué la tête.

— Les femmes mariées ne demandent jamais pourquoi je n'ai pas appelé ou quand elles vont me revoir. Je ne savais pas, mais si je l'avais su, je serais quand même venu vous voir.

— Pourquoi ?

— Euh, quoi ? a-t-il demandé, confus maintenant.

— Pourquoi seriez-vous quand même venu me voir ? Si vous saviez que j'étais mariée. Pourquoi êtes-vous venu me voir du tout ?

— Euh, eh bien, je, euh...

— Allez-vous-en, Mitch.

— Oui, d'accord, a-t-il dit, s'éloignant rapidement.

J'ai secoué la tête. Mon euphorie avait disparu, et j'étais fatiguée. J'ai fait signe à Willow que j'allais me resservir et j'ai repris mon tabouret de bar.

Willow continuait à danser avec l'ami de Mitch. Je me suis assise sur mon tabouret et je les ai regardés, eux et les autres personnes dans le bar. Profitant de leur vendredi soir. Heureux. Chanceux.

Je voulais juste rentrer à la maison et me cacher sous mes couvertures. Me cacher et ne plus jamais sortir. Comme ça, je n'aurais pas à affronter des types louches qui voulaient coucher avec des femmes mariées et des femmes sexy qui pouvaient coucher avec n'importe quel homme et mon mari... qui n'allait plus jamais coucher avec moi.

Merde.

2

RAMSEY

Je souris à ma fille et vérifiai mon téléphone pour la millième fois depuis que ma femme avait franchi la porte. Je savais qu'elle était chez O'Kelley's et qu'elle était avec sa sœur, mais mon esprit tournait à plein régime en pensant à toutes les autres personnes présentes. Des gens avec des queues qui, en voyant Melody, voudraient la ramener chez eux. Des gens plus intelligents que moi qui ne la laisseraient pas partir.

—Papa, regarde ! dit Amber de sa voix trop forte.

Je me tournai vers elle, fourrant mon téléphone dans ma poche, et souris. —Bien joué, ma puce. C'était super.

Je n'avais aucune idée de ce qu'elle avait réellement fait, mais c'était plus compliqué que ce que je pourrais faire. Je n'avais jamais pris de cours de danse de ma vie, mais c'était sans importance. Ma fille avait un talent fou, même si tout ce qu'elle faisait était de tourner en rond les mains en l'air.

—Mme Emily dit que je suis la meilleure tourneuse de la classe, déclara fièrement Amber. Ses cheveux roux flottaient autour d'elle tandis qu'elle tournait à nouveau, montrant sa nouvelle compétence.

—J'en suis sûr. Personne ne pourrait être aussi douée que toi, lui dis-je avec un sourire. —Tu veux jouer à un jeu ?

Amber se laissa brusquement tomber au sol et hocha la tête. Elle adorait les jeux. Jeux de société, jeux sur mon téléphone, jeux qu'on inventait. Elle était facile à satisfaire.

Nous avons commencé par Candy Land. Amber a gagné, comme toujours, puis elle a pu choisir le jeu suivant.

Nous avons passé une heure à jouer avant qu'elle ne bâille. Elle n'était pas assez âgée pour me dire quand elle était fatiguée, mais l'heure du coucher approchait. La seule chose dont Melody et moi parlions encore était Amber, alors je savais que l'année scolaire l'épuisait. Elle s'endormait plus tôt les week-ends que d'habitude, et s'endormait plus vite en semaine. Toute cette excitation était bonne pour elle, mais ça la laissait vraiment épuisée.

—Et si on prenait un bain et qu'on lisait un livre ? suggérai-je, espérant qu'elle accepterait.

Elle hocha la tête et leva les bras quand je me levai. Je la pris dans mes bras et mes genoux faillirent céder quand elle entoura mon cou de ses bras et posa sa tête sur mon épaule.

Ça m'avait manqué. Beaucoup. De tout ce qui me manquait depuis que j'avais déménagé, le quotidien avec ma famille était le plus difficile. Amber grandissait vite, et il était logique que Melody soit celle qui l'ait à plein temps, mais cela signifiait que je manquais beaucoup de choses. L'heure du bain, les câlins du soir, l'heure de l'histoire, et tout ce qui venait après.

Je pris une profonde inspiration et chassai ces pensées de ma tête. Amber se blottit sur mes genoux pendant que je préparais son bain. Une fois que je me fus assuré qu'il n'était pas trop chaud, je lui dis de grimper dedans. Elle était trop fatiguée pour éclabousser et jouer, alors elle se lava rapidement, puis ressortit aussitôt, se blottissant contre moi une fois que je l'eus enveloppée dans une serviette.

Elle enfila somnolente son pyjama et se glissa sous les couvertures. Je m'allongeai à côté d'elle et ouvris l'exemplaire usé du Petit Monde de Charlotte. C'était le livre préféré de Melody quand elle était enfant et elle avait commencé à le lire à Amber quand elle était enceinte. Nous avions continué à le lire, relisant le livre au moins deux fois par an.

J'adoucis ma voix et commençai à lire là où elles s'étaient arrêtées. Amber bâilla et se blottit contre mon côté. J'entourai son petit corps de mon bras et la serrai contre moi, inhalant le doux parfum de son shampooing fruité.

Peu de temps après, les doux ronflements d'Amber remplissaient la pièce. J'ai continué à lire jusqu'à la fin du chapitre, puis j'ai posé le livre sur la table de chevet. Je me suis enroulé autour de ma fille et l'ai tenue pendant une minute, souhaitant pouvoir dormir à nouveau sous le même toit qu'elle.

Elle gigota contre moi et se retourna, et je soupirai. Elle n'aimait jamais les câlins la nuit. Pendant la journée, elle grimpait sur mes genoux et jouait avec mes cheveux ou ceux de Melody, mais la nuit, elle avait besoin de son espace. Je me glissai hors de son lit jumeau et éteignis la lampe, puis quittai sa chambre, fermant sa porte comme nous l'avions toujours fait.

Je vérifiai mon téléphone une fois revenu dans le salon. Aucun message de Melody. Il n'était pas encore tard, mais elle n'avait pas dit à quelle heure elle rentrerait. Elle n'avait jamais été du genre à aller dans les bars ou à rester dehors tard, mais je n'étais plus sûr de la connaître, alors peut-être que c'était le cas maintenant.

Je me sentais comme un intrus en me promenant dans la maison que j'avais considérée comme mienne jusqu'à il y a quelques mois. Avais-je le droit de regarder la télé ? La nourriture dans le frigo était-elle réservée pour un futur dîner ?

Bon sang, je n'étais même pas sûr de savoir où je pourrais dormir si Melody ne rentrait pas avant très tard.

C'était nul d'être un invité dans ma propre maison, mais c'était moi qui étais parti. C'était moi qui avais dit que nous devrions divorcer. Oui, je sentais que c'était fini entre nous, mais elle n'avait jamais prononcé ces mots.

J'appuyai ma tête contre le canapé que j'avais trouvé si confortable quand j'y vivais et me dis que c'était pour le mieux. Melody voulait plus d'enfants, et la seule façon de l'en empêcher était de la perdre. Au moins, elle vivrait. Si je cédais et que nous avions un autre enfant, elle pourrait mourir. C'est ce que le médecin avait dit. Mel s'en fichait. Elle voulait avoir un autre enfant, plus d'un. Et elle n'abandonnait pas. Ce qui me laissait une seule option. Je devais le faire.

Franchir cette porte avait été la chose la plus difficile que j'aie jamais faite. Surtout parce qu'une partie de moi croyait sincèrement qu'elle me dirait de ne pas partir. Cela avait blessé ma fierté presque autant que mon cœur que ma femme préfère avoir un autre enfant plutôt que moi, mais si nous n'étions plus ensemble, elle n'aurait pas d'autre enfant. Elle ne mourrait pas. Elle vivrait et Amber grandirait avec sa mère.

C'était ce qui comptait vraiment pour moi.

J'ai fait du pop-corn vers onze heures et je me suis demandé si je devais appeler Melody. Si je le faisais, allais-je passer pour un ex désespéré ? Et si elle était avec quelqu'un ?

Rien que cette pensée me faisait serrer les poings, prêt à frapper quelque chose. Elle était toujours ma femme, et jusqu'à ce que nous signions les papiers du divorce, elle m'appartenait.

À UN MOMENT de la nuit, je me suis évanoui sur le canapé. Je me suis réveillé avec un torticolis en regardant des infopublicités sur le nettoyage de la maison.

Je me suis levé et j'ai marché dans le couloir jusqu'à mon ancienne chambre. Les lumières étaient éteintes, mais je pouvais dire que Melody n'était pas là. Je suis entré dans la chambre, sans allumer les lumières, et je suis resté là.

Le parfum de Melody emplissait la pièce. Son parfum, le même qu'elle portait depuis le lycée, flottait autour de moi. Son shampooing s'échappait de la salle de bain. Le lit était fait, mais l'empreinte de son côté était plus prononcée. Ou peut-être était-ce simplement parce que mon côté était couvert d'oreillers.

Mon ancien côté. Ce n'était plus mon côté. Rien dans cette pièce ne m'appartenait plus. Mes vêtements étaient sortis du placard, mes affaires personnelles sorties de la salle de bain. Toute trace de moi avait été effacée de la maison.

Je suis allé dans le couloir jusqu'à l'une des chambres d'amis, celle à côté de la chambre d'Amber. Quand nous avons acheté cette maison de quatre chambres, nous avions prévu de la remplir d'enfants, de rires et d'amour. Nous avions une chambre d'amis pour que les amis et la famille puissent rester, mais la deuxième chambre de bébé est devenue une seconde chambre d'amis au lieu d'une deuxième chambre de bébé après avoir perdu Steven. Je n'avais pas pu me résoudre à entrer dans cette pièce.

Le lit dans la chambre d'amis était confortable. J'y avais dormi plus d'une fois quand j'appelais encore la maison chez moi. Je le regardais fixement comme la sentence de mort qu'il me semblait être. Melody n'était pas rentrée. Après une nuit dans un bar, elle n'était pas rentrée. Et elle ne m'avait pas appelé ni envoyé de message pour me dire qu'elle ne rentrerait pas. Ce qui me laissait une seule possibilité quant à l'endroit où elle se trouvait.

Je me suis retourné sans cesse sur ce lit autrefois confortable jusqu'à ce que le soleil force son chemin à travers les rideaux. Je voulais tirer les couvertures sur ma tête et oublier le monde extérieur, mais des pas rapides dans le couloir me rappelèrent que j'avais un travail à faire.

Amber se tenait au bout du couloir, regardant autour d'elle. Melody était toujours la première levée. Elle me laissait dormir quand je voulais, mais elle se levait tôt, préparait le petit-déjeuner, buvait du café et se préparait à ce qu'Amber se réveille.

—Maman ? appela doucement Amber, avec une pointe de peur dans sa voix.

—Hé, ma petite fille, dis-je, attirant son attention.

—Papa ! ses yeux bruns s'illuminèrent de joie et elle se précipita vers moi.

Je me baissai et la pris dans mes bras, la serrant contre moi. La peur en elle céda la place à l'excitation tandis que mon regret s'intensifiait et rendait ma respiration difficile. Je n'étais pas là. Je n'étais pas présent pour tant de choses, et Amber était excitée de me voir, mais cela me rappelait aussi à quel point il était rare que je sois là le matin, ou même tout court.

—Que dirais-tu d'un petit déjeuner ? suggérai-je, en la portant jusqu'à la cuisine.

—Où est maman ?

Je secouai la tête et plaquai un sourire sur mon visage. Je n'allais pas montrer à ma fille à quel point j'étais contrarié que sa mère ne soit pas rentrée. Qu'elle ait passé la nuit avec un étranger au lieu d'être à la maison avec nous.

Nous. Quelle blague.

—Maman n'est pas là.

Le visage d'Amber pâlit. —Elle m'a quittée comme tu l'as fait ?

C'était ça. C'était le moment où j'ai su que je ne me remettrais jamais d'avoir abandonné ma famille. Ma fille pensait que je l'avais quittée. Elle était si jeune que nous ne nous étions jamais assis pour tout lui expliquer, mais elle avait tiré ses propres conclusions et pensait que c'était de sa faute.

Au lieu de continuer vers la cuisine, je l'emmenai sur le canapé et m'assis avec elle sur mes genoux. —Premièrement, maman reviendra. Elle a juste passé la nuit dehors avec tante Willow. Elle ne t'a pas quittée et elle ne le fera jamais. Elle t'aime.

La lèvre inférieure d'Amber trembla et ses yeux se remplirent de larmes. —Tu ne m'aimes pas ? demanda-t-elle d'une voix tremblante qui me déchira.

Je la serrai contre moi et secouai la tête. —Non, Amber, ce n'est pas du tout ça, bébé. Je t'aime. Tellement que ça fait mal. Je déteste ne pas être ici avec toi tout le temps.

—Et maman ?

Je hochai la tête et avalai la boule dans ma gorge. —Et maman. J'aimerais pouvoir être encore ici avec vous.

—Alors pourquoi tu ne peux pas ? À l'école, Mme Anderson dit qu'on doit être gentil avec tout le monde, mais on peut être amis avec les personnes qu'on aime le plus. Si tu m'aimes le plus, on peut encore être amis ?

Je souris à travers ma douleur et replaçai ses cheveux sauvages derrière son oreille. —Nous serons toujours amis. Et je t'aimerai toujours. Tu pourras toujours tout me dire, et je serai toujours là pour toi. Mon départ n'a rien à voir avec toi.

—Alors, tu n'aimes pas maman ?

Je pris une inspiration et souris à nouveau. —Si, j'aime maman.

—Alors pourquoi tu ne vis pas ici ? pleura-t-elle.

—Parce que... Comment expliquer à un enfant que partir était une question d'amour pour les personnes qu'on a quittées alors qu'on ne le comprend pas soi-même ? Comment pouvais-je lui dire que si je restais avec elles, Melody finirait par me faire céder jusqu'à ce que je lui donne tout ce qu'elle voulait et que cela pourrait signifier la perdre pour toujours ? Comment dire ça à ma fille ?

—Pourquoi tu ne vis pas ici, papa ? demanda-t-elle à nouveau.

—Parce que papa et maman veulent des choses différentes, dit Melody derrière nous.

Je ne l'avais pas entendue entrer. Je ne savais pas combien elle avait entendu. Tout ce que je savais, c'est qu'elle était là, comme toujours, avec les bons mots pour remettre un sourire sur le visage d'Amber.

—Maman ! cria Amber, sautant de mes genoux et se précipitant vers sa mère.

Melody fit un pas en arrière quand Amber lui fonça dessus. Elle enlaça notre fille et sourit, puis s'accroupit pour la prendre dans ses bras. —Salut, ma chérie. Comment s'est passée ta soirée avec papa ? Vous vous êtes bien amusés ?

Amber hocha la tête. —Oui. Papa m'a laissée jouer à des jeux et je lui ai montré ma danse. Il a dit que Mme Emily a raison et que je suis la meilleure tourneuse de la classe. Et on a dîné. Et papa m'a lu encore un peu du Petit Monde de Charlotte avant que je m'endorme.

—Ça a l'air d'avoir été une super soirée, dit Melody. —Je suis si heureuse que tu te sois amusée avec papa. Et je pensais que tu dormirais encore ce matin. À quelle heure as-tu réveillé papa ?

Amber haussa les épaules, et Melody leva enfin les yeux vers moi. Nos regards se croisèrent et la culpabilité dans ses yeux me noua l'estomac. Le fait qu'elle ne soit pas rentrée avait envoyé mon imagination dans une spirale infernale, mais voir la culpabilité dans ses yeux et savoir qu'elle était avec quelqu'un d'autre était plus que je ne pouvais supporter. Elle évitait de me regarder, mais dès qu'elle l'a fait, j'ai su. J'ai su qu'elle n'était pas avec Willow comme je l'espérais, même si je savais que chaque seconde qu'elle passait avec sa sœur l'éloignait de moi. Non, ma femme avait passé la nuit dans les bras d'un autre homme.

—Nous ne sommes pas levés depuis longtemps, réussis-je enfin à dire.

Melody hocha la tête et se concentra à nouveau sur Amber, brisant la connexion que nous avions. —Et si on commençait à préparer le petit-déjeuner ?

—Papa allait faire le petit-déjeuner. Il va prendre le petit-déjeuner avec moi.

Les yeux de Melody rencontrèrent à nouveau les miens. Elle m'adressa un sourire hésitant et hocha la tête. —Ça me va, dit-elle à Amber d'un ton un peu trop enjoué. —Pourquoi ne commencez-vous pas pendant que je vais me changer ?

Amber sautilla joyeusement vers la cuisine, et quand je ne la suivis pas immédiatement, elle dit : —Allez, papa.

Je voulais parler à Melody, mais je ne pouvais pas devant Amber, alors j'ai suivi ma fille dans la cuisine pendant que ma femme changeait ses vêtements de sexe.

Amber et moi avons préparé du pain perdu pour le petit-déjeuner, avec du bacon et des saucisses parce que, pourquoi pas ? Melody et moi avons bu notre café et fait semblant que tout allait bien. Amber n'a pas remarqué que Melody et moi ne nous parlions pas. Elle bavardait simplement joyeusement de tout ce qui se passait.

Après le petit-déjeuner, Melody a dit à Amber de changer son pyjama. Amber a protesté, mais Melody lui a fait remarquer le sirop dessus, et Amber a finalement accepté.

Quand Amber a quitté la cuisine, Melody a commencé à nettoyer. Je suis resté à table, celle que nous avions choisie ensemble quand nous nous sommes mariés. Elle était vieille et usée, mais solide, un fait que nous avions testé plus d'une fois avant la naissance d'Amber.

Je fixais la table en essayant de penser à autre chose qu'à ma femme testant cette table, ou une autre table, avec un autre homme. Plus je restais silencieux, plus j'étais en colère.

—Tu fais ça souvent ? lui demandai-je.

—Faire quoi ? répondit-elle, sans me faire face.

—Passer toute la nuit dehors ?

Elle se retourna brusquement et me fusilla du regard, un sourcil levé. —Pardon ?

—Je me demandais juste si tu passais habituellement la nuit avec quelqu'un d'autre pendant qu'Amber est à la maison à se demander où tu es et si tu vas revenir.

Elle croisa les bras sur sa poitrine, et bon sang, mon regard alla là. Parce qu'elle me connaissait si bien, elle le remarqua et laissa retomber ses bras. Ses poings se serrèrent, et je serrai la mâchoire pour ne pas ouvrir la bouche. Je voulais une réponse.

—Non. Je n'ai jamais passé la nuit dehors. Je n'ai jamais rien fait. Je suis à la maison, à élever notre fille jour et nuit, comme je l'ai fait toute sa vie.

Je ricanai. Je ne pouvais pas m'en empêcher. J'étais furieux. Fou de rage. Je détestais que ma femme ait couché avec quelqu'un d'autre pendant que j'étais à la maison avec notre fille, et qu'elle n'ait même pas eu la décence de me dire qu'elle ne rentrerait pas.

—Qui était-ce ? demandai-je.

Ses sourcils se levèrent. Ses mains se soulevèrent, comme si elle allait croiser les bras à nouveau, mais elle les laissa retomber. Elle pinça les lèvres et prit une inspiration. —Qui était qui ?

Je me levai et m'approchai d'elle. J'attendis d'être assez proche pour sentir la chaleur de son corps et son parfum. Elle avait dû mettre plus de parfum quand elle s'était changée, car je ne pouvais pas sentir un autre homme sur elle. —Qui était l'homme avec qui tu es rentrée hier soir ? Celui que tu as passé toute la nuit à baiser pendant que j'étais ici avec notre fille ? Celui dans lequel tu étais si plongée que tu n'as pas pu prendre la peine de me dire que tu ne rentrais pas ?

Elle tressaillit comme si je l'avais giflée, puis se redressa. Elle serra la mâchoire et me fusilla du regard. —Tu n'as pas passé une nuit avec Amber depuis des mois, Ramsey. Des mois. Tu es sorti de cette maison et tu as décidé que tu ne voulais plus de moi. Tu as fait ce choix, pas moi. Et tu ne peux plus jamais revenir ici et me dire ce que je peux ou ne peux pas faire, ou avec qui je peux ou ne peux pas coucher.

—Dis-moi juste si tu couches avec quelqu'un que je connais. Juste pour que je sois préparé à savoir, quand je le reverrai, s'il a vu ma femme nue.

Elle ricana et secoua la tête. —Je ne savais pas que tu étais un tel connard. Vraiment pas.

—Tu es ma femme, Melody.

Elle secoua à nouveau la tête. —Non, je ne le suis pas. Tu as dit que tu voulais divorcer. Tu m'as quittée. Tu es parti. Alors non, je ne suis pas ta femme, je suis la femme qui élève ta fille.

—Dis-moi avec qui tu étais hier soir.

—Va te faire foutre, Ramsey. Sors de ma maison.

—Je paie toujours les factures. C'est aussi ma maison.

Elle rit et rompit enfin le contact visuel. Elle se tourna vers l'évier et m'ignora. Mais j'étais trop contrarié pour laisser cela se terminer aussi facilement. Je devais savoir avec qui elle était, pour que je puisse lui botter le cul et lui dire de ne plus jamais toucher à ma femme.

—Qui était-ce ? exigeai-je.

Elle se retourna et me gifla, le tout en un seul mouvement. Cela arriva si vite que je ne réalisai pas ce qu'elle faisait jusqu'à ce que je sente la brûlure sur ma joue.

Je la regardai, prêt à m'en prendre à elle, et vis des larmes couler sur ses joues.

—J'ai passé la nuit avec Willow, espèce de crétin. Je n'étais pas avec un type au hasard. J'étais avec ma sœur. Pour information, je ne t'ai jamais demandé qui tu ramènes chez toi la nuit. Je ne t'ai jamais accusé de coucher avec quelqu'un d'autre. Tu as ton propre appartement et tu peux faire ce que tu veux et avec qui tu veux, et je ne pose pas de questions. Alors, tu n'as pas le droit de venir ici et de m'accuser de quoi que ce soit. Tu n'as pas le droit de me juger. Tu n'as pas le droit de dire quoi que ce soit sur la façon dont je vis ma vie depuis que tu en es sorti. Va te faire foutre, Ramsey.

Les pas d'Amber résonnèrent dans le couloir, et Melody plaqua un sourire éclatant et s'éloigna de moi. Elle souleva Amber et l'emporta dans le salon. Je les entendais parler, rire et jouer, et je me sentais comme un étranger. Je ne faisais plus partie de leurs vies. Et je ne faisais qu'empirer les choses en étant là.

J'avais accusé ma femme de coucher avec quelqu'un. Je l'avais fait se sentir mal. Tout ça parce que j'étais jaloux. Parce que je voulais qu'elle soit à nouveau mienne. Parce que je ne pouvais pas accepter le fait que je l'avais laissée partir.

Je ne les méritais pas. Je ne les avais jamais vraiment mérités. Alors, je me suis faufilé par la porte arrière comme le putain de lâche que j'étais et j'ai juré de donner à Melody ce dont elle avait besoin. De l'espace loin de moi.

MELODY

La porte s'est fermée si discrètement que je l'ai presque ratée. Amber parlait, mais quand j'ai réalisé ce que c'était, j'ai cessé de l'écouter. Je me détestais pour ça, mais je tendais l'oreille pour percevoir un signe que Ramsey était encore dans la maison. Quelque chose qui m'indiquerait qu'il ne s'était pas faufilé par la porte arrière en me laissant expliquer à notre fille pourquoi son père avait disparu.

Ce ne serait pas la première fois que je le faisais, mais c'était pénible. Quand il a déménagé, il ne pouvait pas l'affronter. Il m'avait dit qu'il lui parlerait, mais il ne l'a jamais fait, et après deux jours de questions incessantes sur son retour à la maison, j'ai avoué à notre fille que son papa ne rentrerait pas. Il ne voulait plus vivre avec Maman, et comme il ne voulait plus vivre avec Maman, il n'allait plus vivre avec elle.

Chaque mot sortant de ma bouche était comme un coup de poing dans le ventre.

Amber était en colère contre moi à ce moment-là, mais après quelques jours, elle s'est adaptée à la situation. Elle s'adaptait toujours. C'était l'une des choses que j'admirais chez elle.

J'ai ramené mon attention sur elle après une minute et j'ai arrêté de m'inquiéter pour mon mari. Jusqu'à ce qu'Amber demande où il était.

—Papa a dû partir, ma puce. Je suis désolée.

—Mais il ne m'a pas dit au revoir. Il est fâché contre moi?

J'ai secoué la tête. —Non, ma douce. Il a oublié quelque chose et a dû partir. Je suis sûre qu'il t'appellera plus tard pour te parler.

Amber a hoché la tête, mais elle ne rebondissait pas comme d'habitude. Toute cette histoire pesait autant sur elle que sur moi, et si le comportement étrange et colérique de Ramsey était un indicateur, nous ne serions plus jamais une famille tous les trois.

J'ai envoyé un texto à Ramsey plus tard dans la journée pour lui demander d'appeler Amber quand il aurait un moment parce qu'elle était contrariée qu'il soit parti sans dire au revoir. Quand il a appelé, j'ai tendu le téléphone à Amber sans même répondre. J'en avais assez de lui pour la journée.

Amber et moi avons passé le reste de la journée à l'intérieur. Nous avons regardé des films, fait une soirée danse et nous sommes blotties dans son lit le soir pour lire un autre chapitre du Petit Monde de Charlotte. Quand elle s'est endormie, j'ai fait le tour de la maison pour nettoyer.

Je suis entrée dans ma chambre et j'ai immédiatement su que j'avais oublié quelque chose. J'ai allumé la lumière, m'attendant à voir mon lit en désordre après que Ramsey y ait dormi, mais les couvertures étaient exactement comme je les avais laissées. Amber a dit que quand elle s'est levée, personne n'y était, donc je savais qu'il n'avait pas dormi sur le canapé. Il ne restait qu'un endroit.

Je suis allée dans le couloir jusqu'à la chambre d'amis. Une des pièces que j'espérais transformer en chambre d'enfant un jour. Nous venions juste de commencer à planifier la chambre de Steven quand je l'ai perdu. Elle est restée un débarras, une pièce remplie d'objets pour un enfant qui ne naîtrait jamais. Mais la chambre d'amis... ce n'était une chambre d'enfant que dans mon esprit.

Je l'avais peinte en vert pastel quand nous avons emménagé. Il aurait été facile d'y ajouter du rose pour la rendre adaptée à une fille ou du bleu pour l'aménager pour un garçon. Au lieu de cela, c'était une chambre d'amis. Une autre pièce dans une maison trop grande pour une famille trop petite.

J'ai pris une profonde inspiration et retiré les draps emmêlés du lit. Parce que j'étais faible, j'ai pressé mon nez contre la taie d'oreiller et respiré l'odeur de mon mari. Les larmes me sont montées aux yeux et une chaleur s'est nichée au creux de mon ventre. Je détestais le désirer encore autant. Entrer ce matin-là et le voir, débraillé et endormi, m'a rappelé toutes les fois où il m'avait réveillée avant d'aller travailler. Les fois où il était arrivé en retard au travail parce qu'il n'avait pas quitté le lit bien plus tard qu'il n'aurait dû.

J'ai refoulé mes larmes et jeté les draps dans un coin de la pièce. Je m'en occuperais une autre fois. Je n'étais pas assez forte quand j'étais blessée, en colère et excitée.

Maudit soit-il.

—Vous devriez commencer à sortir avec quelqu'un, a dit gentiment Sharon.

Mes sourcils se sont levés. —Quoi? Avez-vous entendu ce que je viens de dire? Je reniflais les draps dans lesquels mon mari a dormi.

Sharon a hoché la tête. —Je vous ai entendue, Melody. C'est pourquoi je pense que vous devriez commencer à sortir avec quelqu'un. Vous avez besoin de contact physique. Vous voulez quelqu'un dans votre vie.

—Je ne pense pas être prête pour ça.

Sharon a souri. —Vous ne serez jamais prête.

Sharon était ma thérapeute depuis que j'avais perdu Steven. La dépression a failli me tuer. Pendant un moment, je n'avais aucun désir de vivre. Même savoir qu'Amber était là n'était pas suffisant pour moi. Je me détestais de ne pas avoir protégé mon fils quand il était encore dans mon corps. Les médecins ont dit que j'avais une condition médicale qui rendait impossible son développement, et je me sentais responsable.

C'est pourquoi je parlais à Sharon. Elle m'a aidée à comprendre que perdre Steven n'était pas ma faute. Elle essayait de me convaincre que perdre Ramsey ne l'était pas non plus, mais je savais que ce n'était pas vrai.

—Ça ne fait que six mois. Nous ne sommes même pas encore divorcés.

Sharon a hoché la tête, ses tresses glissant sur son épaule tandis qu'elle se penchait en avant. —Melody, vous ne serez jamais prête. Les femmes dont les maris meurent ou trompent ou quand quelque chose arrive qui vous dit qu'il n'y a pas de retour en arrière possible seront parfois prêtes. Vous et Ramsey, vous avez eu un désaccord. C'était un grand désaccord, mais c'était quand même un désaccord. Personne n'a trompé. Personne n'a fait quelque chose d'impardonnable. Rien n'est arrivé qui dise que votre mariage est terminé et ne peut jamais être récupéré. C'est plus difficile parce que vous gardez espoir.

—Je-

—Vous savez que vous ne pouvez pas me mentir, a dit Sharon en haussant un sourcil sombre.

J'ai ri et acquiescé. —D'accord, vous avez raison. Il était si en colère samedi. Et s'il était jaloux?

—Et s'il l'était? Allez-vous renoncer à votre rêve d'avoir plus d'enfants?

J'ai soupiré. —Non.

—Alors rien n'a changé.

J'ai hoché la tête et refoulé ma déception. Je voulais croire que Ramsey finirait par changer d'avis. Qu'il verrait les choses à ma façon et saurait que j'avais raison. Nous avions la grande maison. Nous avions toujours parlé d'une grande famille. Et j'allais bien.

Mais lui... Il est parti. Il n'était pas d'accord avec moi, et il est parti.

—Je suis avec Ramsey depuis le lycée. Je n'ai aucune idée comment rencontrer quelqu'un.

—En ligne, a dit simplement Sharon comme si j'étais idiote de ne pas le savoir.

—Non. Les rencontres en ligne? Non. C'est pour les gens qui ne peuvent pas avoir de rendez-vous.

Sharon a gloussé. —Non, ce n'est pas vrai. C'est pour les gens qui veulent rencontrer quelqu'un. Bien sûr, il y a des gens sur chaque site qui veulent juste des aventures, mais il y a aussi beaucoup de personnes qui veulent apprendre à connaître quelqu'un qu'elles n'auraient normalement pas l'occasion de rencontrer.

J'ai soupiré à nouveau. Les rencontres en ligne. J'étais passée de l'état d'épouse du seul homme que j'avais jamais aimé à celle de célibataire cherchant en ligne. Ma vie était nulle.

—Bien. Je vais essayer. Mais je ne sortirai pas avec quelqu'un s'il est bizarre.

—Bien sûr que non, a dit Sharon en riant. J'espère vraiment que vous avez plus de discernement que ça.

J'ai ri et essayé de considérer les rencontres, et les rencontres en ligne, comme une bonne idée. Rien de tout cela n'était une bonne idée. Mais je n'avais pas le choix en la matière parce que ce que je voulais vraiment n'allait pas se produire. Ramsey ne reviendrait pas.

JE N'AI PAS EU de nouvelles de Ramsey le reste de la semaine, et le week-end, j'ai décidé de m'inscrire aux rencontres en ligne. J'ai détesté chaque minute passée à remplir l'interminable questionnaire de l'application À la Recherche du Héros Littéraire Parfait de Karissa. Parmi toutes les options disponibles, la sienne semblait être la meilleure. Je détestais l'idée que Karissa sache que je l'utilisais, mais je me sentais aussi un peu mieux sachant qu'elle n'allait pas m'arnaquer.

Dimanche après-midi, Amber avait une fête d'anniversaire pour l'une de ses camarades de classe. La mère et moi étions devenues amies, et j'avais proposé de l'aider pour la fête. Amber et moi sommes allées chez elle une heure avant le début prévu de la fête, armées de fournitures pour transformer leur maison en centre festif.

J'ai porté mon bac jusqu'à la porte et souri quand Casey a ouvert la porte avec des yeux écarquillés.

—Euh, c'est quoi tout ça? a-t-elle demandé, clairement effrayée.

—Salut, Makayla, a dit joyeusement Amber.

—Amber! a crié Makayla. Maman, je peux montrer ma chambre à Amber?

Casey a acquiescé. —Bien sûr. Mais quand je t'appelle, tu dois descendre.

—D'accord, Maman. Viens, a dit Makayla à Amber.

—Ça te va, n'est-ce pas? m'a demandé Casey tandis que les filles se précipitaient dans les escaliers.

—Oui, bien sûr. On installera tout plus vite sans qu'elles essaient de jouer avec tout, lui ai-je dit. Elle m'a conduite à la cuisine et m'a fait signe de poser le bac sur la table.

—Bon, qu'est-ce que c'est tout ça? a demandé Casey à nouveau.

—C'est une fête dans une boîte. Jeux, décorations, vaisselle, tout.

—Tu es sérieuse? J'allais juste les laisser courir dans la maison et jouer. Et j'ai des assiettes et tout ça.

J'ai hoché la tête. —Je sais. Et tu peux utiliser ce que tu veux ici. Amber m'a aidée à tout rassembler, donc c'est tout ce qu'elle pense que Makayla aimera. Mais c'est totalement à toi de voir.

—Voyons ça.

J'ai souri et ouvert le bac. J'avais collecté des articles pendant des années dans les magasins à un dollar, les boutiques de fête, les rayons de liquidation et partout où je pouvais penser. J'avais trois autres bacs à la maison avec des articles similaires, mais Amber avait choisi les couleurs qu'elle pensait que Makayla aimerait. Rose, vert et blanc mais sans thème spécifique pour qu'elles puissent ajouter ce qu'elles voulaient.

—Wow, c'est... wow. Je n'ai rien de tout ça.

J'ai acquiescé et commencé à sortir des choses du bac. J'avais des jeux à mettre par terre, des jeux qui les envoyaient à travers la maison, et des jeux auxquels elles jouaient sur le mur. J'avais des décorations qui pouvaient transformer rapidement n'importe quelle pièce, y compris des ballons, des serpentins et des centres de table. J'avais même quelques sacs de bonbons dans les mêmes couleurs pour que nous puissions créer un bar à friandises ou à garnitures pour les filles, selon ce qui convenait à la fête.

—Comment as-tu tout ça? a demandé Casey, essayant de tout assimiler.

—J'adore organiser des fêtes. J'achète des trucs quand c'est en solde ou quand j'ai des coupons, et quand Amber veut une fête, nous avons tout ce dont nous avons besoin. Ça rend tout beaucoup plus facile.

—Je ne saurais même pas quoi acheter. Je veux dire, qui pense à ces choses.

J'ai souri.

—D'accord, c'est vrai. Toi. C'est vraiment impressionnant, a dit Casey. Bon, on commence par quoi?

—Je suggérerais de commencer par les jeux. On peut toujours mettre la table quand les enfants seront là, et les décorations sont optionnelles. Mais les jeux les empêcheront de détruire ta maison.

Casey a lentement hoché la tête. —Ça me va.

Je pouvais voir qu'elle était dépassée, alors j'ai choisi deux jeux et lui en ai donné un à installer dans le salon pendant que j'installais l'autre dans la cuisine. Quand elle a terminé, elle semblait un peu plus détendue.

—Est-ce que toutes les filles de la classe viennent? ai-je demandé alors que nous commencions à accrocher des serpentins dans le hall d'entrée pour guider les enfants vers la cuisine et le salon.

Casey a acquiescé. —Oui. Et tous les parents aussi.

J'ai roulé des yeux et gémi. Casey a marmonné en signe d'accord. Tous les enfants étaient adorables, mais on ne pouvait pas en dire autant des parents. Une des mères essayait constamment de tout prendre en main. J'avais fait du bénévolat avec elle pour la première fête de classe et je pensais qu'elle faisait partie du personnel à cause de la façon dont elle dirigeait tout le monde. Ce n'est que lorsque Casey m'a dit qu'elle était un parent que j'ai compris.

—Eh bien, je suppose qu'on va devoir la tuer avec gentillesse puisqu'on ne peut pas la tuer pour de vrai, a dit Casey.

J'ai pouffé et secoué la tête. —Tu es terrible.

—C'est pour ça qu'on est amies.

J'ai acquiescé. Casey et son mari avaient traversé une séparation avant le début de l'année scolaire. Ils ont fini par consulter et ont réussi à recoller les morceaux, selon Casey. Quand Ramsey s'est présenté à la rencontre avec l'enseignante séparément d'Amber et moi, Casey a rapidement compris notre situation et a dit qu'elle était prête à écouter si j'avais besoin d'une amie.

—Alors, ma thérapeute m'a dit que je devrais commencer à sortir avec quelqu'un, lui ai-je dit, sachant que j'avais besoin d'un autre avis.

—Bien. Tu devrais totalement le faire.

—Vraiment? lui ai-je demandé.

Elle a hoché la tête. —Absolument. Tu ne peux pas rester célibataire pour toujours.

—Je ne suis pas célibataire.

Casey a inspiré profondément et soupiré lourdement. —Je sais. Et je suis désolée. Mais tu l'es en quelque sorte. Je sais que tu ne veux pas entendre ça.

J'ai secoué la tête. —Non, je ne veux pas, mais ça ne veut pas dire que c'est faux. Je suis célibataire. Mon mari m'a quittée. Il a décidé qu'il ne veut plus être avec moi.

—Il est temps que tu te rappelles à quel point tu es incroyable. Tu sais quoi? Je pense que je connais peut-être quelqu'un avec qui je pourrais t'arranger.

J'ai secoué la tête à nouveau. —Je ne pense pas que ce soit une bonne idée.

Casey a posé sa main sur mon bras. —Il est dans une position similaire à la tienne. Il est encore marié mais séparé. Il n'est pas sûr de ce qui va se passer avec son mariage. C'est quelqu'un à qui tu pourrais parler. Tu n'es pas obligée de tomber amoureuse de lui et de l'épouser, mais je pense que c'est une bonne personne avec qui sortir. Facile.

J'ai inspiré profondément. —J'y réfléchirai.

Casey a acquiescé. —Je comprends tout à fait. Fais-moi

savoir. Et pour info, j'ai pensé à sortir avec quelqu'un quand Kyle et moi étions séparés, mais je n'en ai pas eu le courage. Je t'admire beaucoup d'y penser.

—Je me suis inscrite aux rencontres en ligne, ai-je avoué.

—Quoi? Non.

J'ai hoché la tête. —Je ne sais pas si je sortirai avec un inconnu, mais ce sera peut-être plus facile qu'avec quelqu'un que je connais vraiment.

—Sauf que tu pourrais te retrouver avec quelqu'un que tu connais, a dit Casey en plissant le nez.

J'ai haussé les épaules. —Je verrai comment ça se passe. Tout serait tellement mieux si je n'avais pas à le faire du tout.

Casey m'a enlacée sur le côté et posé sa tête sur mon épaule. —Je sais. Et je suis désolée.

J'ai forcé un sourire et l'ai remerciée. Nous avions juste assez de temps pour finir les serpentins quand la sonnette a retenti.

—Makayla! Descends accueillir tes invités! a crié Casey alors que nous marchions vers la porte d'entrée.

Les filles ont dévalé les escaliers et ouvert la porte brusquement avant que Casey et moi n'y arrivions. Elles ont toutes poussé des cris aigus, et les filles ont couru dans le couloir, nous laissant, Casey et moi, dire bonjour à la maman.

Le reste s'est déroulé à peu près de la même façon. Makayla, Amber et qui que ce soit d'autre présent répondaient à la porte, criaient et s'enfuyaient, et Casey se présentait et conduisait les parents dans la cuisine où des amuse-gueules et des collations étaient alignés sur l'îlot.

Au moment où le dernier invité est arrivé, j'étais dans la cuisine avec les parents déjà présents, et Casey a répondu à la porte toute seule. Je souriais à quelque chose qu'une des mamans avait dit lorsque Robin, la mère difficile, est entrée.

Mon sourire a disparu de mon visage tandis que Robin

examinait la pièce décorée avec les lèvres pincées. Elle a forcé ces lèvres à sourire quand Casey lui a demandé si elle voulait quelque chose à boire.

Casey a roulé des yeux vers moi en passant, et j'aurais pu l'embrasser pour avoir dissipé une partie de ma tension. J'avais toujours été quelqu'un qui cherchait à plaire. J'évitais les conflits et essayais de m'assurer que tout le monde m'aimait. J'étais devenue meilleure depuis qu'Amber était née, surtout quand elle avait besoin de protection, mais à l'intérieur, une partie de moi était toujours cette adolescente timide qui voulait désespérément que le garçon qui me plaisait me remarque.

Ça revenait toujours à Ramsey.

—Cet endroit est... mignon, a dit Robin à Casey.

—Merci, a dit Casey avec entrain. Melody est un génie avec tout ça. Elle a tout installé en environ trente minutes. Makayla adore.

Robin s'est tournée vers moi et a souri. Ses yeux ont parcouru mon corps aux formes généreuses puis m'ont immédiatement rejetée, me faisant revivre une autre partie du lycée quand les pom-pom girls me trouvaient pas assez bien pour être leur amie.

Il y avait une grande partie de moi qui savait que j'étais mieux sans être amie avec des filles qui n'avaient aucun intérêt à être amies avec moi, mais à l'époque, je ne pouvais pas le voir. Je voulais juste que les gens m'aiment.

Amber est entrée précipitamment dans la pièce avec les autres filles et s'est jetée sur moi, me distrayant de Robin. Je me suis concentrée sur ma fille, sa peau pâle rougie par l'excitation de passer du bon temps avec ses amies. —Maman, on va jouer à un jeu. Tu peux nous aider?

J'ai hoché la tête et repoussé ses cheveux de son visage. —Bien sûr. À quel jeu Makayla veut-elle jouer d'abord?

—Au lancer d'anneaux d'abord. N'est-ce pas, Makayla?

Makayla a acquiescé, et j'ai conduit les filles au salon. Nous avions mis en place un poste pour chaque enfant et découpé des assiettes en papier pour former les anneaux afin que rien dans la maison ne soit endommagé.

—C'est une excellente idée, m'a dit une des mamans.

—Merci. C'est bon marché et facile à faire, et les enfants aiment ça.

—C'est ce que vous faites dans la vie? Planifier des fêtes? a-t-elle demandé.

J'ai secoué la tête. —Non, je suis mère au foyer.

—Moi aussi. Nous devrions nous retrouver un jour pendant que les filles sont à l'école. Un café ou quelque chose. Si ça vous intéresse. Je suis Carly, au fait. C'est difficile de se souvenir qui sont tous les parents. Ma fille est Charlotte.

J'ai souri. —Melody. La mienne est Amber. Et un café serait génial.

Nous avons échangé nos coordonnées et convenu de vérifier nos calendriers et de rester en contact pendant la semaine. J'étais aux anges jusqu'à ce que je remarque Robin qui me fixait.

4

Je n'étais pas intéressée par une confrontation. Je voulais simplement regarder les enfants s'amuser, profiter de la conversation avec certains des autres parents, et rentrer à la maison.

Mais Robin avait manifestement d'autres projets.

— C'est vous qui avez fait tout ça ? demanda-t-elle en s'approchant de moi.

Ce n'était pas la question qui me dérangeait, c'était le ton. Celui qui disait non seulement qu'elle ne croyait pas que j'en étais capable, mais aussi qu'elle ne pensait pas que j'avais fait un assez bon travail. J'avais vraiment envie de lui rappeler que la fête était pour une enfant de six ans, pas un dîner au club avec les MacKellar, si jamais l'un d'entre eux revenait en ville. Et l'invitée d'honneur adorait sa fête.

— En effet, dis-je avec un sourire. Makayla aime beaucoup le rose et le vert, alors nous avons décoré dans ses couleurs préférées.

Robin pinça les lèvres et regarda à nouveau autour de la pièce.

— Où avez-vous trouvé ces jeux ridicules ?

Je gardai mon sourire figé et me promis un verre de vin après qu'Amber serait couchée si je ne démolissais pas Robin devant tous les enfants.

— Ce sont des jeux faciles à réaliser et parfaits pour l'intérieur. Comme il fait froid dehors, nous savions que les enfants seraient à l'intérieur. Et comme Casey ne voulait pas que sa maison soit détruite, j'ai choisi des jeux amusants pour les enfants, mais nous avons pu en installer plusieurs différents pour qu'ils ne s'ennuient pas en attendant que quelqu'un d'autre ait son tour.

— Ils doivent apprendre à attendre leur tour, dit Robin avec dédain.

J'acquiesçai.

— Je suis d'accord. Mais l'excitation d'une fête est un moment où les enfants oublient généralement leurs bonnes manières. Ils préfèrent simplement être des enfants et s'amuser.

Robin hocha sèchement la tête et pinça à nouveau les lèvres. Heureusement, avant qu'elle ne me pose une autre question, Casey m'appela.

— J'ai pensé que tu avais besoin d'être secourue, chuchota-t-elle quand j'arrivai à ses côtés.

Je gémis doucement.

— Elle est tellement... je ne sais même pas quoi.

— Si, tu le sais. Tu ne peux juste pas le dire avec douze enfants de six ans qui courent partout.

Je ris.

— C'est vrai.

— Qu'est-ce qu'elle t'a dit ? Tu avais l'air de vouloir lui arracher la tête.

Je levai les yeux au ciel.

— Elle voulait savoir si je t'avais aidée à planifier la fête et où j'avais trouvé ces jeux *ridicules*.

— Les filles adorent les jeux. Si on ne peut pas être ridicule à six ans, quand peut-on l'être ?

— C'est ce que je lui ai dit. Elle est juste trop rigide. Tout doit être parfait dans son monde.

Casey acquiesça.

— J'ai presque de la peine pour elle.

— J'ai de la peine pour son mari et sa fille. Je marquai une pause avant d'ajouter : En fait, non. Elle a un mari. Je ne vais pas avoir pitié de lui. Si le mien peut partir, alors le sien doit être plus heureux que Ramsey ne l'était.

L'émotion m'envahit en réalisant qu'une femme horrible et rigide était mieux équipée pour garder son mari que moi. J'étais là à la juger alors que j'aurais dû lui demander conseil.

— Je suis méchante, confessai-je.

Casey rit doucement.

— Nous le sommes toutes. Robin est méchante avec nous, nous sommes méchantes avec elle. Je ne sais rien d'elle. Peut-être qu'elle est gentille, peut-être pas, mais...

— Je suis mesquine. Ce n'est pas juste.

— Tu ne le penses pas vraiment, dit Casey pour me consoler.

Je ricanai.

— Si, un peu, mais ça n'arrange rien. Je ne gère pas bien les gens qui jugent les autres, et je suis là en train de la juger. Wow, pas étonnant que mon mari m'ait quittée.

— Il reviendra, dit Casey.

Je lui souris, mais elle essayait de m'apaiser. Ramsey ne reviendrait pas. Il en avait fini avec moi. Je cédais toujours quand nous nous disputions, mais cette fois, je voulais quelque chose. Je voulais gagner. Et je ne l'ai pas laissé faire à sa façon, et il est parti. En vérité, je n'étais pas sûre que ce soit le genre de mariage dans lequel je devrais être.

JE RESTAI à l'écart pour le reste de la fête, ayant ma propre fête d'apitoiement pendant que les enfants mangeaient du gâteau et que Makayla ouvrait ses cadeaux. Robin me regardait de temps en temps, mais elle ne m'approcha plus.

Quand la fête fut terminée, j'aidai Casey à nettoyer et récupérai les choses que j'avais apportées qui étaient encore utilisables. Amber et Makayla jouaient avec toutes ses nouvelles affaires pendant que Casey et moi rendions à leur maison son aspect normal.

Casey m'offrit un verre de vin avant que nous partions, mais je déclinai et lui dis que nous devions rentrer. Ce n'était pas vrai, et je crois que Casey le savait, mais elle n'insista pas.

À la maison, Amber débordait encore d'énergie. Elle voulait faire une soirée dansante dans le salon, alors nous avons poussé le canapé contre le mur et monté le volume de la musique. J'ai résisté, mais voir Amber si heureuse m'a fait sourire et j'ai commencé à danser.

— C'est amusant, Maman ! cria Amber alors que nous secouions, tournoyions et dansions sur la musique folle qu'elle avait choisie.

Je devais admettre qu'elle avait raison. J'ai ri avec elle et j'ai laissé partir toute ma tension. Ma vie changeait. Envolés étaient les rêves avec lesquels j'avais grandi, les rêves auxquels je m'étais accrochée ces vingt dernières années. Ramsey n'était pas intéressé à rester marié avec moi, et ça faisait mal, beaucoup, mais ça ne signifiait pas que ma vie était finie. Tout ce dont j'avais besoin était juste dans cette pièce.

Amber continuait à danser et à glousser. J'aurais aimé qu'elle ne connaisse jamais la douleur que je traversais. Avec un peu de chance, elle choisirait la bonne personne quand elle serait plus âgée. La personne qui la rendrait heureuse et qui ne voudrait jamais passer une minute loin d'elle.

C'était tout ce qu'un parent pouvait souhaiter pour son enfant. Le bonheur. Et je le souhaitais pour elle. Intensément.

Quand Amber fut épuisée et s'effondra dramatiquement sur le canapé, je baissai la musique et nous avons mis un film. Les dimanches étaient nos jours paresseux. Nous restions assises et faisions le moins possible, et après une fête animée, nous avions besoin d'un temps de paresse supplémentaire. Ce qui signifiait commander de la nourriture à livrer.

Amber choisit la pizza, alors j'ai passé la commande pendant qu'elle chantait avec le film. J'ai pris des assiettes en papier et deux verres d'eau et me suis installée avec elle pour regarder et attendre que la pizza arrive.

En regardant mon téléphone, j'ai vu une notification de À la Recherche du Héros Littéraire Parfait, l'application de rencontres. Je l'ai ouverte et j'ai été surprise de voir que j'avais deux matchs. Wow. J'ai regardé les deux et lu les détails que les gars avaient écrits dans leurs bios.

À qui est-ce que je mentais ? Je n'étais pas difficile. Je voulais juste de la compagnie à ce moment-là. Je n'étais pas encore désespérée pour du sexe, c'est pourquoi j'avais arrêté ma contraception, mais quelqu'un à qui parler qui ne risquerait pas d'avoir des ennuis pour avoir juré et qui ne me livrait pas de la nourriture, ce serait bien.

La sonnette retentit, et Amber bondit, se précipitant vers la porte.

— Tu sais que tu ne réponds pas à la porte sans moi, lui dis-je.

Elle s'arrêta et attendit que je la rattrape. J'ai regardé par le judas et lui ai fait signe d'ouvrir la porte. Le livreur de pizza lui a souri puis s'est concentré sur moi. Nous avons échangé de l'argent contre de la nourriture et nous sommes dit bonne nuit pendant qu'Amber fermait la porte.

Elle renifla avec enthousiasme quand j'ai ouvert la boîte.

— Miam.

J'ai ri et mis une tranche de pizza sur son assiette. Elle souffla dessus pendant environ deux secondes, puis prit une bouchée. Elle la recracha immédiatement et s'éventa la bouche.

— C'est chaud ?

Elle hocha la tête.

— Ça m'a brûlé la bouche.

— Bois un peu d'eau et souffle dessus avant de prendre une grosse bouchée.

Je l'ai observée du coin de l'œil alors qu'elle ignorait mon conseil et reprenait une autre bouchée après deux secondes de plus à souffler sur sa pizza. Elle ne l'a pas recrachée, mais elle mâchait la bouche ouverte.

Je ne pouvais pas vraiment la blâmer. J'étais tout aussi excitée par la pizza qu'elle. Commander était un plaisir pour nous. Je me sentais coupable d'être une mère au foyer et de ne pas avoir le dîner prêt tous les soirs, alors je m'efforçais de m'assurer que tout était fait. Et depuis que Ramsey était parti, j'essayais de surveiller encore plus notre argent. Je savais que je devais trouver un emploi, et bientôt, mais Ramsey n'avait encore rien dit. À part son commentaire sur le fait que la maison était toujours la sienne parce qu'il la payait.

La pizza était fondante et délicieuse et j'ai adoré chaque bouchée. Une partie de moi savait que je ne devrais pas prendre une deuxième tranche, mais j'ai dit à cette partie d'arrêter de se plaindre et j'ai apprécié la deuxième tranche autant que la première. J'ai même sérieusement envisagé une troisième. Parce que j'avais faim, et personne n'allait me juger pour la quantité de nourriture que je mangeais.

Quand nous avons fini avec la pizza, j'ai mis les restes au réfrigérateur et me suis réinstallée sur le canapé avec Amber. Elle continuait à chanter et à articuler en même temps que les acteurs qui disaient leurs répliques. Nous avions regardé le film tant de fois que je connaissais aussi la plupart des répliques, mais j'ai laissé Amber chanter toute seule.

Amber a commencé à bâiller peu après la fin du film, alors nous avons rangé et elle est allée au bain. Elle a à peine tenu jusqu'à la fin de la première page du chapitre, alors j'ai continué à lire mais j'ai mis le marque-page au début pour que nous puissions relire le chapitre.

Ensuite, je me suis versé un verre de vin et me suis assise sur le canapé avec mon téléphone. Je ne savais pas ce qui me faisait le plus peur, les hommes sur l'application ou l'appel téléphonique que je devais passer.

J'ai regardé l'heure et bu une bonne gorgée de mon vin, puis j'ai tapé sur l'écran et appelé ma mère.

Frisson.

— Melody, répondit-elle froidement.

— Bonjour, Mère. Comment allez-vous ?

Elle souffla. Rien n'était jamais bien avec elle. Rien n'était jamais mal non plus. Elle existait simplement.

— Je vais bien, Melody. Comment va Amber ?

— Amber va bien. Elle a eu une fête aujourd'hui et m'a aidée à tout installer. Ils se sont bien amusés. Beaucoup d'enfants couraient partout et se comportaient comme des enfants.

— On ne devrait pas laisser les enfants courir n'importe comment. On devrait leur apprendre la bonne façon de se comporter.

J'ai étouffé mon gémissement et pincé les lèvres.

— On apprend à Amber la bonne façon de se comporter. Et quand elle est avec ses amis, elle devrait être idiote et s'amuser.

— Tu peux t'amuser sans être hors de contrôle. Ou peut-être as-tu oublié cela depuis que tu n'as plus de mari qui t'aide à élever ton enfant.

La pique était bonne. Ma mère savait exactement quoi

dire pour s'assurer que je connaisse son opinion sur mes choix de vie. Lui parler une fois par semaine était un exercice de maîtrise de soi parce que Dieu m'en préserve, je montrais vraiment une émotion. Les gens n'étaient pas censés être contrariés par des choses aussi bêtes que leurs parents qui ne se souciaient pas s'ils étaient tristes ou en colère. Tout ce qui importait était de ne pas contrarier ma mère.

— Comment va Papa ? demandai-je, en espérant simplement un changement de sujet.

— Il va bien, dit-elle avec le même ton qu'elle utilisait pour chaque mot qu'elle prononçait. Il est allé dîner avec un ami ce soir.

— Vous ne vouliez pas y aller ?

Elle souffla.

— Et les écouter parler de pêche et de golf et de passer du temps sur leurs bateaux cet été ? Non.

Parfois, je me demandais comment mes parents s'étaient retrouvés ensemble. Ma mère était si froide et indifférente au monde, et mon père avait des amis, sortait et profitait de la vie. Il m'a dit une fois qu'il avait toujours été amoureux d'elle, et qu'elle n'était pas toujours si coincée, mais je ne connaissais pas ce côté d'elle. Je connaissais seulement la femme qui me disait que les émotions ne devraient être montrées que lorsque personne n'est là pour les voir.

Mon enfance n'était pas très amusante.

— Que faites-vous cette semaine ? lui ai-je demandé, en essayant à nouveau de trouver un sujet qui ne la contrarierait pas.

— J'ai un déjeuner mardi et mon club de tricot mercredi. Tu le sais déjà, Melody.

J'ai levé les yeux au ciel. Elle avait le même emploi du temps depuis des années. Elle rencontrait toujours les mêmes femmes, et c'étaient toutes les mêmes femmes coincées et froides. Je ne les comprenais vraiment pas du tout.

— Je sais. Je me demandais si vous aviez quelque chose de différent cette semaine.

— La plupart d'entre nous n'ont pas le luxe du temps libre. Je travaille encore tous les jours. Faire les courses et nettoyer la maison et préparer les repas pour ton père et moi. Les choses que tu devrais faire si tu veux que ton mari revienne.

— Oh, désolée, Maman. Amber m'appelle. Je dois y aller.

— Tu devrais la laisser apprendre à se calmer toute seule, Melody. Elle est assez grande pour ne pas te réveiller la nuit.

— D'accord, merci. Je dois y aller. Je vous aime.

— Bonne nuit, Melody.

J'ai raccroché le téléphone et me suis enfoncée contre le canapé, me sentant presque coupable d'avoir menti au sujet de ma fille pour faire raccrocher ma mère. C'était un miracle que j'aie jamais ressenti quoi que ce soit pour Ramsey avec une mère comme elle. Elle me reprochait d'avoir laissé mon mari partir, et j'en avais assez de l'entendre. Surtout parce que toutes les choses qu'elle disait étaient les mêmes choses que je pensais.

Si j'avais été une meilleure épouse, il ne serait pas parti.

Si je l'avais laissé faire à sa façon, il ne serait pas parti.

Si j'avais renoncé à mon rêve d'une grande famille, il ne serait pas parti.

Bien sûr, ma mère considérait chacun de ces péchés comme pire que le meurtre. Tuer quelqu'un qui le méritait était acceptable selon elle, mais laisser son mari partir ne l'était pas.

J'étais assez sûre que ses priorités étaient déformées, mais c'était elle qui avait un mari à la maison tous les soirs, tout comme Robin, et c'était moi qui me demandais ce que Ramsey faisait de ses nuits.

J'ai ignoré mon téléphone et les messages sur l'application, et j'ai commencé à nettoyer. Il n'y avait pas grand-chose dehors puisque nous avions passé la majeure partie de la journée chez Casey, mais je voulais quand même m'assurer que la maison était rangée pour le matin.

Quand j'ai eu fini, je suis retournée au canapé pour regarder un film. À mi-chemin, je me suis versé un autre verre de vin et j'ai essayé de prétendre que ma vie s'était réellement déroulée comme je l'espérais.

Une bande d'enfants qui courent partout, mon mari blotti à côté de moi dans le lit chaque nuit, et le bonheur pour nous tous.

Mon fantasme ne m'a menée que jusqu'à un certain point. La comédie romantique à l'écran me donnait envie de crier à l'héroïne qu'elle n'avait aucune idée de ce qu'elle avait quand elle avait dit au héros qu'elle en avait fini avec lui. Heureusement, elle avait une amie qui était prête à la rappeler à l'ordre et à lui faire voir où elle s'était trompée. Elle s'était excusée, et ils avaient pu vivre heureux pour toujours.

Dommage que ce ne soit pas aussi facile pour moi.

J'ai éteint la télé et mis mon verre de vin dans l'évier. J'ai regardé Amber puis suis allée dans ma chambre, seule.

Bon sang, je détestais ça.

— MELODY ? dit une voix masculine derrière moi le lundi matin à la dépose.

Je me suis retournée et ai souri au père de l'amie d'Amber. Scott, peut-être ? Ou Sean ? Quelque chose avec un S.

— Bonjour, dis-je avec un sourire.

— Bonjour. Comment allez-vous ? Je ne vous ai pas vue dernièrement.

J'ai aidé Amber à accrocher son manteau et à poser ses baskets sur le sol pour qu'elle puisse enlever ses bottes.

— Je vais très bien. Merci. Comment allez-vous ?

Il sourit.

— Je vais bien. Très bien. Je dois courir au travail, mais je me demandais si nous pourrions peut-être dîner ensemble. Demain soir ?

— Euh, demain ? bégayai-je, me demandant comment j'allais m'en sortir. Ce n'était pas qu'il n'était pas beau, ou qu'il n'était pas un homme gentil, mais il n'était pas mon mari.

— Tu as dit que tante Willow vient demain soir, Maman, intervint Amber. Puis elle se tourna vers Scott et dit : Ma tante Willow aime me garder parce qu'elle n'a pas d'enfants. Peut-être que Gina peut venir aussi, et tante Willow peut jouer avec nous deux pour que vous et Maman puissiez aller dîner.

Scott, j'étais presque sûre que c'était Scott, sourit largement et croisa mon regard. J'essayai de penser à quelque chose, mais il n'y avait rien que je puisse dire pour le repousser.

— Ça me semble être un excellent plan, Amber. J'adore ta façon de penser.

J'ai souri et me suis forcée à hocher la tête.

— Six heures, ça vous va ? demanda-t-il.

— Bien sûr, ça me semble bien. Y a-t-il quelque chose que Gina ne mange pas ou des allergies qu'elle a ?

Il secoua la tête, son sourire envahissant tout son visage.

— Non. Elle aime à peu près tout.

J'ai acquiescé.

— Très bien. Je suppose que je vous verrai demain soir alors.

Il hocha la tête.

— Certainement. J'ai hâte.

J'ai souri, puis je me suis tournée vers Amber. Elle avait une chaussure, alors je l'ai aidée avec l'autre et me suis assurée qu'elle avait ce dont elle avait besoin dans son sac à dos avant d'aller dans sa classe.

Je pensais être tirée d'affaire jusqu'à ce que je réalise que Scott était là, attendant pour moi.

— Puis-je vous raccompagner ? demanda-t-il.

J'ai souri et acquiescé. Je devais vraiment comprendre comment me comporter avec d'autres adultes. Surtout des adultes qui étaient des hommes et qui voulaient sortir avec moi.

— Que faites-vous aujourd'hui ? demanda-t-il tandis que nous marchions dans le couloir.

— Nettoyer la maison, cuisiner, faire les courses. Des choses comme ça.

— C'est bien, dit Scott. J'aimerais avoir le temps d'en faire plus. Je me sens toujours comme le mauvais parent quand Gina reste avec moi. Je fais de mon mieux pour obtenir des aliments que je sais qu'elle aime, mais c'est difficile de tout suivre. Sara s'occupait de tout ça.

J'ai hoché la tête et me suis souvenue qu'il avait divorcé il y a quelques années. Je ne les connaissais pas bien ni l'un ni l'autre, mais comme L'anse MacKellar était si petit, je savais qui ils étaient. Gina avait quelques mois de plus qu'Amber, mais jusqu'à ce qu'elles soient ensemble à la maternelle, je n'avais pas rencontré Scott ou Sara.

— L'ajustement a été difficile. C'est quelque chose que les gens ne vous disent pas avant de divorcer. Perdre la personne que vous pensiez être avec vous pour toujours est déjà assez dur, mais le bouleversement complet de tout ce à quoi vous étiez habitué était un rappel constant que rien ne serait plus jamais pareil.

J'ai acquiescé.

— Je l'apprends. Rien n'a été facile, et pour nous, ça ne fait que quelques mois.

— Ça ira mieux. Mais il y aura toujours des choses difficiles dans le divorce. Pour moi, la partie la plus difficile a été d'accepter que je n'aurai pas plus d'enfants.

Mes oreilles se sont dressées.

— Vous vouliez plus d'enfants ?

Il a sourit.

— Oui. J'ai toujours imaginé avoir une grande famille. C'était l'une des choses pour lesquelles nous nous disputions. L'une des raisons pour lesquelles nous avons fini par divorcer.

— Je connais ce sentiment.

— Vraiment ?

J'ai acquiescé.

Nous sommes arrivés à ma camionnette et nous nous sommes arrêtés. Scott a tendu la main vers moi et pendant une seconde, je me suis figée. Puis il a aplati mon col tordu et a souri.

— J'ai vraiment hâte à demain, Melody.

J'ai acquiescé.

— Moi aussi, lui dis-je honnêtement. Parce que si j'allais sortir avec quelqu'un, un homme qui voulait plus d'enfants allait certainement être en tête de ma liste. Moi aussi.

5

RAMSEY

Je suis entré dans le bar O'Kelley's et j'ai jeté un coup d'œil autour de moi. Pour un mardi soir, c'était animé. Malheureusement, j'avais fini par connaître le nombre habituel de clients à O'Kelley's chaque soir. J'y avais passé beaucoup trop de temps ces six derniers mois. Beaucoup trop.

Ian m'a fait signe du bout du bar. Je lui ai répondu d'un hochement de tête et me suis dirigé vers lui, remarquant à peine les femmes entre nous. Aucune ne m'intéressait. Elles n'étaient pas Melody.

Hudson avait posé une bière devant le tabouret avant même que j'arrive jusqu'à Ian. Je l'ai salué d'un signe de tête, il a relevé le menton en réponse avant de servir d'autres clients.

—Ça va ? m'a demandé Ian.

J'ai secoué la tête. J'avais arrêté d'essayer de cacher à quel point les choses allaient mal, mais c'était toujours difficile d'admettre que je n'arrivais pas à faire fonctionner mon mariage. Ian et Blake étaient nouveaux, frais et parfaits. Rien ne pouvait les atteindre. Il souriait sans même s'en rendre compte.

J'avais tout ça, avant. J'avais quelqu'un qui m'aimait autant que je l'aimais. Quelqu'un à qui je pouvais parler de tout et n'importe quoi.

—Tu as parlé à Melody récemment ?

—Pas depuis que je suis parti samedi matin, ai-je admis. Autant confesser tous mes péchés.

—Pourquoi étais-tu là-bas samedi matin ?

—Je passais du temps avec Amber vendredi soir, et Melody n'est pas rentrée.

Le sourcil d'Ian s'est levé brusquement.

J'ai hoché la tête. —C'est ce que j'ai pensé aussi. Mais non. Elle était chez Willow. Je lui suis tombé dessus et l'ai accusée de coucher avec quelqu'un que je connaissais. Elle m'a engueulé...

—Bien fait pour toi.

J'ai haussé les épaules et acquiescé. —Ouais. Puis je suis parti.

—Tu es parti ? Qu'est-ce que tu veux dire ? Tu t'es excusé avant de partir ou...

—La deuxième option. Je me suis faufilé par la porte arrière comme un putain de lâche sans colonne vertébrale. Je ne pouvais pas l'affronter. La douleur dans ses yeux... je continue de la blesser. Je continue de dire et faire des choses qui lui font mal. Je ne peux pas continuer à la faire souffrir, Ian. Je dois prendre mes distances.

—Ou peut-être que tu devrais t'excuser et réessayer.

J'ai secoué la tête. —Elle mérite mieux.

—Mieux que quelqu'un qui l'aime ?

J'ai ricané. —Tu es avec Blake depuis cinq minutes. Ça fait dix ans que je suis marié à Melody.

Ian a ri doucement. —Et qui va dormir seul ce soir ?

J'ai grogné.

—Écoute, pendant des années, je me suis dit que Blake méritait mieux que moi. Je me suis convaincu qu'elle devrait avoir quelqu'un qui avait plus à lui offrir. Je le pense toujours. Elle mérite le monde entier. Mais je l'aime. Et elle m'aime. Et nous sommes heureux ensemble. Je vais l'épouser, et nous allons fonder une famille et construire une vie ensemble. Mais rien de tout cela ne serait vrai si je ne m'étais pas excusé et si je n'avais pas dépassé mes propres blocages.

—Ce n'est pas si simple pour Melody et moi, ai-je marmonné.

—Il fait encore sa pleurniche ? a demandé Hudson en prenant nos verres pour les remplir avec aisance.

Ian a acquiescé. —Ouais. Il veut se plaindre de ne pas avoir Melody, mais il n'est pas prêt à faire ce qu'il faut pour la garder.

—Je l'ai perdue, ai-je crié.

—Non, tu l'as jetée, a dit Hudson d'un ton tranchant. Il s'est concentré sur moi, ses yeux sombres me tenant captif jusqu'à ce qu'il décide de parler à nouveau. —Tu n'as pas été capable d'avoir une conversation et d'agir comme un adulte. Tu n'as pas obtenu ce que tu voulais, alors tu as dit merde et tu es parti. Tu ne l'as pas perdue. Elle existe toujours. Elle est toujours sur cette putain de terre. Et si tu étais la moitié de l'homme que tu pourrais être, tu ne serais pas assis ici à pleurnicher dans ta bière. Tu écouterais ton ami qui va coucher ce soir et tu ferais quelque chose pour récupérer ta famille.

Ian se contentait d'acquiescer aux propos de Hudson, mais moi ? J'étais furieux. Parce que je savais qu'il avait raison.

—Elle ne veut pas de moi. Elle préfère avoir un autre enfant plutôt que moi, me suis-je plaint.

—Tu ne lui as pas donné de raison de changer d'avis à ce sujet. Avez-vous parlé ? Lui as-tu dit pourquoi tu avais peur ? Ou as-tu simplement exigé qu'elle fasse ce que tu dis puis pris la fuite quand elle a refusé ? a demandé Hudson.

Ses questions étaient effrayamment proches de leur cible. Moi.

—Elle ne voulait pas écouter, ai-je dit doucement.

—Alors tu as tout fait exploser, a dit Ian. —Combien de fois m'as-tu dit que j'aurais dû avouer à Blake que j'étais l'homme avec qui elle avait été jumelée sur À la Recherche du Héros Littéraire Parfait ?

—Une centaine de fois.

Ian a hoché la tête. —Exactement. Pourquoi penses-tu que les choses sont différentes pour toi ?

Je n'aimais vraiment pas quand ils avaient raison. Ça ne me faisait pas me sentir mieux.

Hudson a ouvert la bouche pour dire quelque chose, mais la porte d'entrée s'est ouverte. Il s'est figé sur place. Je me suis retourné et j'ai ressenti la même paralysie me clouer sur place.

Melody se tenait juste à l'intérieur de la porte. Sa veste rouge, celle que je l'avais aidée à choisir, glissait le long de ses bras. À chaque centimètre, un pull noir et un jean se révélaient. Mais ce n'était pas ma femme que je regardais. C'était l'homme derrière elle, qui lui souriait, qui l'aidait avec son manteau.

J'ai commencé à me lever pour aller vers eux quand deux mains m'ont attrapé. J'ai fusillé mes amis du regard, mais ils n'ont pas lâché prise.

—Tu ne feras rien de bon en allant là-bas, a dit sèchement Hudson. —Crois-moi.

—Il a raison, a dit Ian. —C'est toi qui as demandé le divorce. Tu ne peux pas te précipiter et agir comme un mari jaloux alors que tu lui as dit que c'était fini.

—Je n'ai jamais dit que c'était fini.

—Non, tu as juste dit que tu voulais divorcer. C'est la même putain de chose, a dit Hudson. —Tu ne peux pas t'attendre à ce qu'elle reste assise à t'attendre éternellement. Elle va sortir avec d'autres hommes, et toi aussi. Recule.

Je me suis dégagé de leur emprise et me suis réinstallé sur mon siège. —Putain de merde.

Je leur ai tourné le dos et j'ai essayé de prétendre qu'ils n'étaient pas dans la même pièce que moi. Je ne pouvais pas la regarder. Je ne le voulais pas. Si je le faisais, je saurais instantanément si elle s'amusait. Ses yeux brillaient-ils ? Se penchait-elle vers lui ? Touchait-elle son bras ?

—Qu'est-ce qui se passe au travail ? a demandé Ian.

Il essayait de me distraire. Rien ne fonctionnerait, mais j'appréciais l'effort. —J'ai un nouveau client qui vient jeudi. C'est le nouveau propriétaire de la ferme d'érable de la famille Jones.

—Vraiment ? a demandé Ian. —Je pensais que cet endroit était bloqué au tribunal des successions.

J'ai hoché la tête. —C'était le cas, mais c'est réglé. C'est une bonne chose, d'ailleurs. Ça fait trop longtemps que je n'y suis pas allé.

—Tu te souviens la première fois qu'on y est allés en sortie scolaire ? On était en quelle classe ? CM1 ?

J'ai ri. —Oui, je crois. C'est la première fois que je t'ai détesté.

Ian a éclaté de rire. —Le sentiment était réciproque.

—Je n'arrive toujours pas à croire que tu as dit à Mme Adams que c'était moi qui avais cassé le robinet.

Ian a haussé les épaules. —Je ne l'aurais pas cassé si tu ne m'avais pas poussé.

—Et je ne t'aurais pas poussé si tu n'avais pas essayé d'embrasser la fille avec qui je me tenais la main.

Nous avons ri tous les deux. Aucun de nous ne se souvenait du nom de la fille, mais elle était la première pour laquelle nous nous étions battus. Ça n'a fait qu'empirer en grandissant. Les enjeux étaient plus importants, les femmes plus importantes pour nous, et les menaces plus grandes. Si je ne m'étais pas fixé sur Melody, je n'étais pas sûr qu'Ian et moi aurions pu devenir amis. Nous avons arrêté de nous battre pour les filles parce que je l'avais trouvée. En réalité, c'est elle qui m'avait trouvé. Elle était tout pour moi.

Je me suis tourné sur mon tabouret et j'ai cherché dans le bar jusqu'à ce que je la trouve. Ils étaient à une table, mais elle me faisait face. Je ne reconnaissais pas le type avec qui elle était, ce qui m'a fait me demander qui il était et où elle l'avait rencontré.

—Je n'arrive pas à croire qu'elle est ici en rendez-vous, ai-je marmonné.

Le poids de ma situation a atterri lourdement sur ma poitrine. Je détestais ça. Elle était ma femme, l'amour de ma vie, et elle riait à quelque chose qu'un autre homme avait dit. Un homme qui essaierait de l'embrasser. Un homme qui penserait qu'il pourrait l'appeler. Qui voudrait plus avec elle.

Parce que quel homme ne le voudrait pas. Elle était parfaite, putain.

Sauf qu'elle voulait un autre enfant, même si ça la tuait.

—Peut-être que tu devrais commencer à sortir avec quelqu'un, a dit Ian doucement.

Hudson venait juste d'arriver et a sursauté en entendant ce qu'Ian avait dit. Il a pivoté sur ses talons et s'est dirigé vers l'autre bout du bar.

J'aurais aimé pouvoir m'échapper aussi facilement.

—Je ne veux personne d'autre.

Ian a hoché la tête. —Je comprends. Mais si Melody passe à autre chose, peut-être que tu devrais y penser. Si tu te faufiles hors de chez toi et évites de lui parler, tu ne vas pas arranger les choses.

—Tu n'étais pas en train de me dire de m'excuser auprès d'elle ?

Ian a encore acquiescé. —Et je le pense toujours. Mais si elle sort avec quelqu'un, il est peut-être trop tard.

J'ai sorti mon téléphone. —Comment s'appelle cette application que tu as utilisée ? Celle que Karissa a créée ?

—À la Recherche du Héros Littéraire Parfait. Pourquoi ?

J'ai tapé sur l'écran alors qu'Ian comprenait ce que je faisais.

—Pas une bonne idée, mec.

—Pourquoi pas ? Tu viens de me dire que je devrais sortir avec quelqu'un.

—Oui, mais...

—Mais quoi ? Ma femme est assise de l'autre côté de la pièce avec un autre homme. Ma femme, putain, mec. Elle est ici avec quelqu'un d'autre. Et elle rit, parle et flirte. Elle n'est pas assise à attendre que je m'excuse. Elle passe à autre chose. Je devrais faire pareil. Tu viens de le dire.

Ian a soutenu mon regard pendant une longue minute puis a détourné les yeux. J'ai ignoré sa désapprobation et me suis inscrit pour un compte. Il y avait une tonne de questions auxquelles répondre, mais je me suis assis là et j'ai répondu à toutes.

À un moment, pendant que j'étais concentré sur l'application, Ian m'a tapé dans le dos et est parti. J'ai continué à travailler. Je n'aurais pas le courage de le faire une autre fois. Ça devait être maintenant, quand ma femme était en rendez-vous avec un autre homme.

J'ai appuyé pour publier mon profil et j'ai finalement levé les yeux de mon téléphone. Hudson servait des bières. Piper souriait à un client à une table. Et Melody était partie.

J'ai avalé le reste de ma bière tiède et j'ai essayé de ne pas imaginer où Melody était. Ou ce qu'elle faisait. Ou à quel point elle était plus heureuse sans moi dans sa vie.

Oui, c'est moi qui étais parti. C'est moi qui avais dit qu'on devrait divorcer. C'est moi qui avais été un connard. Mais j'avais fait tout ça pour qu'elle voie à quel point je l'aimais. Pour qu'elle voie que je préférais la perdre et la laisser vivre plutôt que de rester assis et la regarder mourir.

J'hésitais à commander une autre bière et quelque chose à manger quand quelqu'un est monté sur le tabouret qu'Ian avait libéré. Je me suis tourné pour voir qui s'asseyait à côté de moi et j'ai immédiatement froncé les sourcils.

—C'est si bon de te voir, bientôt-ex-beau-frère, a dit Willow avec un sourire.

Willow ne m'a jamais aimé. Je ne savais pas pourquoi, mais c'était comme ça. Elle faisait tout ce qu'elle pouvait pour me taper sur les nerfs et tout ce qu'elle pouvait pour créer un fossé entre Melody et moi. Il y avait une partie de moi qui se demandait si Melody et moi aurions autant de problèmes si Willow n'était pas là pour remuer le couteau dans la plaie.

—Que veux-tu, Willow ? ai-je exigé.

Elle a ricané et rejeté ses boucles rousses derrière son épaule. —J'allais juste prendre un verre.

—Et tu as dû choisir le tabouret à côté de moi pour le faire ?

Elle a haussé les épaules. —Boire seul n'est pas bon pour toi.

J'ai levé les yeux au ciel et j'ai attrapé mon portefeuille. Il valait mieux sortir de là avant qu'elle ne dise quelque chose qui me mette en colère plutôt que de rester assis et d'attendre que ça arrive. J'avais de la bière à la maison, et j'avais assez bu seul pour ne plus me soucier de savoir si c'était mauvais pour moi.

—Tu t'en vas ? Je pensais que tu voudrais savoir comment s'est passée la journée d'Amber, a dit Willow avec un air triste.

Amber. Cette garce savait exactement ce qu'elle faisait. Si elle parlait d'Amber, elle savait que je ne partirais pas. Je me rassiérais et j'écouterais parce que c'était à propos de ma fille.

Ça a marché, bon sang.

—Qu'est-il arrivé à Amber ?

Willow a secoué la tête. —Rien. Il semble qu'elle ait passé une assez bonne journée à l'école. Et on a mangé des crêpes pour le dîner. Une de ses amies est venue.

—Un soir d'école ? ai-je demandé. Melody et moi avions toujours été clairs. Pas de rendez-vous de jeu pendant l'école. On s'était mis d'accord.

—Eh bien, Melody avait un rendez-vous avec le père de la fille, alors c'était plus pratique pour eux si je gardais les deux filles. Et Gina était adorable. Son père aussi.

—Je ne veux pas entendre ça, ai-je dit en me levant à nouveau.

Willow a ri. —Non, probablement pas. Parce que ma sœur est plus heureuse sans toi dans sa vie. Elle peut faire ce qu'elle veut faire. Elle peut sortir avec des hommes qui ne vont pas lui dire ce qu'elle peut et ne peut pas faire. Elle va réaliser ses rêves.

—Pourquoi ne t'inquiètes-tu pas autant de tes propres rêves et ne penses-tu pas aux tiens, Willow ? Pourquoi dois-tu toujours avoir le nez dans les affaires de ta sœur ? Ta vie est-elle si misérable que tu doives vivre par procuration à travers ta sœur tout le temps ? ai-je craché.

Pendant une fraction de seconde, ses murs se sont effondrés et elle a semblé blessée. Puis ils étaient de retour et elle a ricané à nouveau. —Un de mes rêves est de voir ma sœur heureuse. De la voir avec plein d'enfants. De savoir qu'elle vit la vie dont elle a toujours rêvé. Et elle va le faire. Le gars avec qui elle est sortie est vraiment gentil. Sa fille est adorable. Et il veut plus d'enfants, tout comme Melody. Elle a dit qu'elle l'aimait assez pour le revoir. Alors peut-être que ma sœur aura tout ce qu'elle veut. Un mari formidable, une grande famille et le bonheur. Toutes les choses qu'elle n'avait pas quand elle était avec toi parce que tu es un connard têtu trop égoïste pour voir ce qui est juste devant lui.

Willow ne m'a pas donné l'occasion de répondre. Elle a sauté du tabouret et s'est éloignée dans la foule. Je l'ai regardée pendant une seconde, puis j'ai senti ses paroles s'enfoncer en moi.

Melody aimait bien le gars. Il voulait plus d'enfants.

Ce qui signifiait que la quitter n'était pas suffisant pour la garder en sécurité. Elle était toujours prête à risquer sa vie. Elle n'était pas intéressée par d'autres façons d'agrandir la famille, ce qui signifiait qu'elle n'était pas en sécurité.

La colère et la peur se sont agitées en moi. Si je les laissais prendre le dessus, ce ne serait pas bon. Je devais sortir de là.

J'ai jeté quelques billets sur le bar et fait signe à Hudson. Il ajouterait la différence à ma note si je ne lui laissais pas assez. J'ai enfilé mon manteau et suis sorti par la porte arrière qui donnait sur la promenade longeant la crique.

Je n'avais jamais envisagé de vivre ailleurs qu'à L'anse MacKellar. La petite ville où j'avais grandi avait toujours été ma maison, mais plus que ça, c'était là où Melody voulait être. Sa vie de famille n'avait pas été la meilleure en grandissant, mais elle était déterminée à changer cela pour Amber.

Quand elle a appris qu'elle était enceinte d'Amber, nous étions si excités. Mon cabinet était ouvert et commençait à mieux marcher. Melody travaillait comme institutrice en CE1 à l'école primaire de L'anse MacKellar. Elle adorait ça, mais plus elle s'approchait de la date d'accouchement d'Amber, moins elle voulait retourner enseigner après sa naissance. Melody voulait rester à la maison avec notre enfant au lieu de s'occuper des enfants des autres.

J'ai soutenu sa décision, et nous avons fait quelques sacrifices, mais nous y sommes toujours arrivés parce que nous nous avions l'un l'autre. Nous étions une équipe.

Quand elle est tombée enceinte de Steven, aucun de nous

n'a envisagé la possibilité que quelque chose n'allait pas. Le perdre a été un choc pour notre système, un choc dont nous n'avions pas pu nous remettre. Melody est restée à l'hôpital pendant presque une semaine après que nous ayons perdu Steven, et la voir comme ça a failli me tuer. Mais la ramener à la maison par la suite et la voir commencer à disparaître était encore pire. Elle a cessé d'être ma femme et ma partenaire. Elle était une étrangère dans ma maison. Nous nous disputions tout le temps et nous luttions pour coexister.

Et maintenant, elle passait à autre chose. Elle était sortie avec un autre père de l'école. Elle lui avait parlé et lui avait parlé d'elle-même. Elle lui avait souri. Peut-être même l'avait-elle embrassé.

Je détestais l'idée de la laisser partir. Je détestais rester assis sans rien faire pendant que je perdais ma famille pour de bon. J'étais sûr qu'elle aurait compris maintenant et réalisé que j'avais raison. Au lieu de cela, elle planifiait une famille avec quelqu'un d'autre.

Qu'est-ce que j'allais faire, bon sang ?

6

MELODY

J'adorais entendre Amber rire. Son gloussement quand elle était heureuse était le plus beau son du monde entier. Savoir que j'avais fait quelque chose qui la faisait produire ce son me donnait toujours l'impression que je pouvais tout accomplir.

— Tu t'es bien amusée avec Gina hier soir ? lui ai-je demandé, espérant connaître son opinion sur le fait que je recommence à sortir avec quelqu'un.

Elle a hoché la tête et fait une autre boule de neige.

— Ouais, c'était cool. Mais elle a dit que son papa allait t'embrasser. On s'est disputées parce que je lui ai dit que la seule personne que tu embrasses, c'est mon papa, pas le sien.

Mon sourire s'est figé sur mon visage. J'ai évité de la regarder pendant que j'essayais de réfléchir à comment expliquer à ma fille de cinq ans que son père ne voulait plus m'embrasser.

— Eh bien, je pourrais embrasser son papa un jour. Ça te dérangerait ?

Elle a plissé le visage et fixé la neige pendant une minute.

Quand elle a croisé mon regard, ses yeux étaient moins joyeux.

— Je pense que ça dérangerait Papa.

Je me suis forcée à sourire pour elle.

— J'aimerai toujours ton papa, mais il n'habite plus ici.

— Ça ne veut pas dire que tu devrais embrasser un autre papa, a-t-elle dit. Sa voix est devenue plus forte. Son corps était tendu.

— D'une certaine façon, si, ma puce. Ton papa ne voulait plus m'embrasser. Il voulait vivre ailleurs qu'avec moi. Alors, je pourrais embrasser un autre papa.

— Non ! Tu ne peux pas. Tu dois embrasser mon papa, pas celui de Gina. Je déteste Gina. Et je déteste son papa !

Elle a couru dans la maison et claqué la porte.

J'ai soupiré et l'ai suivie, détestant devoir gérer seule la colère d'Amber. J'aimais ma fille, mais le divorce était quelque chose que je n'avais jamais pensé qu'elle aurait à apprendre. Surtout pas à cinq ans.

Son manteau était sur le sol juste à l'intérieur de la porte. Ses bottes suivaient. Puis son écharpe, son bonnet et ses gants. J'ai ramassé chaque article en suivant la piste jusqu'à la porte fermée de la chambre d'Amber. J'ai frappé doucement, mais elle n'a pas répondu.

Quand j'ai ouvert la porte, elle était allongée face contre terre sur son lit. J'ai appelé son nom et elle a tourné la tête loin de moi.

— Je ne t'aime pas, a-t-elle dit.

Je me souviens avoir pensé ces mêmes mots plusieurs fois étant enfant à propos de ma propre mère. Ma mère était froide, distante et presque cruelle, et je m'étais juré que je ne serais jamais comme elle. Je ne donnerais jamais à mes enfants une raison de me détester.

Mais je l'avais fait.

— Je sais, Amber. Et je suis désolée. J'aimerais pouvoir

changer les choses avec ton papa, mais je ne peux pas. C'est lui qui est parti. Je l'aime, et je l'aimerai toujours.

— Il ne t'aime pas ? a-t-elle demandé en se tournant pour me regarder. Elle s'est redressée pour s'asseoir et a croisé les jambes.

J'ai haussé les épaules.

— Je ne sais pas. Il a dit qu'il ne voulait plus être marié avec moi.

Sa lèvre a tremblé et ses yeux se sont remplis de larmes.

— Est-ce que ça veut dire qu'il va arrêter de m'aimer, moi aussi ?

Je l'ai prise sur mes genoux et embrassé le haut de sa tête.

— Non, bébé, non. Bien sûr que non. Papa t'aimera toujours. Il te mettra toujours en premier. Il ne va nulle part et sera toujours présent dans ta vie.

— Mais il est parti. Tu as dit qu'il ne voulait plus vivre ici. Il ne voulait pas vivre avec moi.

J'ai secoué la tête.

— Non, Amber. Non. Ce n'est pas vrai, ai-je dit fermement. Ton papa vivrait avec toi s'il le pouvait. Quand il est parti, nous avons convenu que le mieux pour toi serait de rester dans ta chambre, dans ton lit, dans ta maison où tu as toujours vécu. C'est lui qui voulait partir, et comme son emploi du temps professionnel lui rend difficile de t'emmener à l'école et de venir te chercher, nous avons convenu que je resterais à la maison avec toi.

— Je veux que vous viviez tous les deux ici, a gémi doucement Amber.

J'ai hoché la tête et l'ai reprise dans mes bras.

— Je sais, bébé. Moi aussi.

Nous sommes restées assises sur son lit pendant quelques minutes de plus, nous accrochant simplement l'une à l'autre. J'ai jeté un coup d'œil à son réveil et j'ai su que je devais commencer à préparer le dîner. Je lui ai proposé un marché.

— Et si je commençais à préparer le dîner pendant que tu appelles Papa ? Raconte-lui ta journée et dis-lui que tu penses à lui.

Elle s'est reculée et a hoché la tête, un sourire finalement de retour sur son visage.

Amber s'est installée sur le canapé avec mon téléphone pendant qu'il sonnait. Une fois qu'elle a souri et dit « Papa », je suis allée dans la cuisine pour commencer le dîner.

Un des repas préférés d'Amber était les tacos avec des macaronis au fromage, alors j'ai mis de l'eau à bouillir et du bœuf haché dans une poêle pour le faire dorer. J'ai sorti le reste des ingrédients et j'étais en train de remuer la viande hachée quand la sonnette a retenti.

Amber parlait encore à Ramsey quand je suis passée devant elle pour voir qui était à la porte. J'ai souri en voyant ma sœur à travers le judas.

— Salut, ai-je dit en ouvrant la porte. Je ne savais pas que tu venais.

Elle a haussé les épaules et est entrée, fermant la porte derrière elle.

— Je voulais voir comment tu allais et prendre des nouvelles de ma nièce préférée.

— Elle parle à Ramsey. Nous avons eu un petit problème tout à l'heure.

— Un problème ? a demandé Willow.

J'ai hoché la tête et fait un signe vers la cuisine. Willow a compris l'allusion et a accroché son manteau, puis m'a suivie hors de la pièce.

— Je lui ai demandé si elle s'était amusée avec Gina l'autre jour. J'essayais de sonder ce qu'elle pensait du fait que je recommence à sortir avec quelqu'un.

— Et ?

J'ai haussé les épaules et ajouté les pâtes à l'eau bouillante, puis remué la viande et ajouté l'assaisonnement à tacos. J'évitais la question, et nous le savions toutes les deux. Mais Willow était patiente.

— Elle a dit que Gina lui avait dit que j'allais embrasser son papa, et Amber était en colère parce que je n'étais censée embrasser que Ramsey.

Willow a secoué la tête.

— Je savais qu'elles s'étaient disputées à propos de quelque chose, mais aucune des deux ne voulait me dire quoi. Qu'est-ce que tu lui as dit ?

J'ai soupiré.

— La vérité. Que Ramsey ne veut plus être marié avec moi et que je pourrais embrasser d'autres papas parce que le sien ne veut plus m'embrasser.

Willow a souri.

— Comment ça s'est passé ?

— Elle a demandé si Ramsey allait arrêter de l'aimer, elle aussi.

Le visage de Willow s'est affaissé.

— Pauvre petite. C'est beaucoup pour elle à gérer.

J'ai acquiescé.

— C'est vrai. Et je déteste ça. J'ai toujours dit en grandissant que je ne voulais pas que mes enfants aient à gérer les choses que nous avons dû gérer. La parentalité merdique et l'impossibilité d'exprimer ses émotions.

— Et elle ne les gère pas, a argumenté Willow.

— Non, mais elle n'a pas non plus l'enfance que j'espérais qu'elle aurait. Ses parents divorcent.

— Quand nous étions enfants, nous avions tellement peur de finir comme Maman et Papa. Des gens qui ne pouvaient rien dire. Tu voulais une grande famille qui serait folle et s'aimerait passionnément et serait toujours là les uns pour les autres.

— Adieu ce rêve, ai-je dit amèrement.

Willow a hoché la tête.

— C'est pour ça que tu as laissé partir Ramsey. Parce qu'il n'était pas intéressé à soutenir ton rêve. Il n'était pas prêt à essayer de nouveau.

— Il s'inquiétait pour moi, ai-je dit.

— C'était un lâche. Il ne pouvait pas le supporter. Chaque grossesse comporte des risques. Chaque jour comporte des risques. Il l'a utilisé comme excuse pour obtenir ce qu'il voulait.

— Mais...

— Non, Mel. Toi et moi savons bien que c'est ce qui s'est passé. Je sais que tu l'aimes, mais il n'a jamais été fait pour toi. Maintenant, tu as une chance de trouver quelqu'un qui l'est. Quelqu'un qui veut les mêmes choses que toi.

J'ai acquiescé, sachant qu'elle avait raison même si ça ne me plaisait pas. Elle n'avait jamais été de l'équipe Ramsey, mais elle savait combien je l'aimais. Elle était la première personne à qui j'avais dit que je l'aimais. Même si elle avait cinq ans de moins que moi, Willow avait toujours été la personne à qui je parlais. De tout.

— Je ne veux pas qu'Amber souffre de tout ça, ai-je avoué.

Willow m'a offert un sourire gentil qui disait que je n'allais pas obtenir ce que je voulais. Pas cette fois.

— Elle va souffrir, Mel. Ses parents se séparent. Son monde change. Quand il est parti, ça a été difficile. Quand elle réalisera qu'il ne reviendra jamais et que quelqu'un d'autre partagera ton lit, ce sera encore plus difficile. Mais elle s'en sortira. Les enfants survivent.

J'ai acquiescé et espéré que Willow avait raison. C'était généralement le cas, c'est pourquoi je l'écoutais. Elle me connaissait mieux que quiconque au monde, et elle adorait Amber comme une tante devrait le faire. Nous avions de la chance de l'avoir.

— Tante Willow ! a crié Amber en se précipitant dans la

cuisine. Willow l'a soulevée et fait tournoyer, toutes deux riant.

— Comment va ma princesse aujourd'hui ? a demandé Willow.

— Bien. Maman et moi avons joué dans la neige quand nous sommes rentrées. Et Papa a dit qu'il allait toujours nous aimer, moi et Maman, donc Maman n'a pas besoin d'embrasser le papa de Gina à nouveau.

Les sourcils de Willow se sont levés. Elle m'a regardée.

— Amber, chérie, ce n'est pas vraiment la vérité, ai-je dit.

Amber s'est tournée vers moi, son front plissé au milieu.

— Mais Papa a dit qu'il t'aimait. Et il a dit qu'il m'aimait.

J'ai acquiescé et me suis accroupie devant elle.

— Oui, ma puce. Et j'aime Papa et toi. Mais Papa et moi n'allons plus être mariés.

Sa lèvre a tremblé et des larmes ont à nouveau rempli ses yeux.

— Mais Papa t'aime. Pourquoi tu ne veux pas rester mariée avec lui ?

Ma respiration s'est bloquée dans ma gorge. J'aurais aimé avoir une bonne réponse pour elle. Une qui aurait du sens pour son esprit de cinq ans.

— Parfois, des personnes qui s'aiment ne sont pas censées être ensemble. Parfois quelqu'un tombe malade ou meurt ou...

— Papa va mourir ? a-t-elle hurlé.

— Quoi ? Non. Amber, non, ma puce, Papa va bien.

— Alors c'est toi ? a-t-elle crié, ses yeux fous de peur.

— Non, Amber. Personne ne va mourir. Personne n'est malade. C'est...

— Alors pourquoi Papa et toi ne pouvez pas rester mariés ?

J'ai soupiré.

— Parce que Papa et moi voulons des choses différentes.

— Comme quand je veux des macaronis au fromage pour dîner mais que tu me dis que je dois manger du poulet à la place ? a-t-elle demandé.

Willow a toussé pour cacher un rire, mais j'ai simplement hoché la tête solennellement.

— Exactement comme ça.

— Mais tu me fais toujours faire ce que tu veux. Pourquoi tu ne fais pas simplement ça avec Papa ? Fais-lui faire ce que tu veux pour que vous puissiez rester mariés et que tu n'aies pas à embrasser le papa de Gina.

J'avais envie de rire mais c'était vraiment trop triste pour que j'y trouve de l'humour. Je brisais le cœur de ma fille. Je déchirais son enfance. Elle voulait que ses parents soient ensemble. Moi aussi, mais ni l'une ni l'autre n'allions obtenir ce que nous voulions. Et j'en avais assez d'avoir l'impression que rien de ce que je faisais n'avait d'importance.

J'ai lancé un regard à Willow, et elle a souri puis a soulevé Amber.

— Pourquoi ne me montres-tu pas quel livre toi et Maman lisez en ce moment ?

Willow a porté Amber hors de la pièce. Amber bavardait sans cesse à propos du Petit Monde de Charlotte et de quelle partie du livre nous en étions. Elle a raconté toute l'histoire à Willow, sa voix s'estompant alors qu'elles traversaient le couloir et s'éloignaient de moi.

Quand je ne pouvais plus les entendre, j'ai enfin poussé un soupir de soulagement. J'avais envie d'étrangler mon mari. C'était lui qui avait demandé le divorce. C'était lui qui avait refusé de parler d'avoir plus d'enfants. C'était lui qui était parti. Et je devais briser le cœur de notre fille et essayer d'expliquer pourquoi encore et encore.

C'était nul.

J'ai fini de préparer le dîner pendant qu'Amber et Willow étaient parties. Quand elles sont revenues, j'avais trois assiettes de nourriture sur la table et de l'eau dans trois verres.

— Oh, je reste dîner ? a demandé Willow à Amber.

Amber a hoché la tête avec enthousiasme.

— Ouais, ouais. Tu veux bien, Tante Willow ?

Willow a souri.

— Bien sûr, princesse. Sur quelle chaise dois-je m'asseoir ?

— Celle-là, a dit Amber, en désignant l'une des chaises. Amber a choisi la sienne, puis je me suis assise à la dernière.

Willow et Amber ont parlé de livres, d'école et de tout sauf de Ramsey et moi jusqu'à la fin du dîner. Je suis restée silencieuse, préférant laisser régner la joie plutôt que la peur et la tristesse. Amber a demandé à Willow de rester et de lui faire la lecture, alors j'ai laissé Willow donner son bain à Amber et j'ai dit bonne nuit avant que Willow ne lise à Amber et ne la borde.

J'étais assise sur le canapé quand Willow est sortie de la chambre d'Amber.

— Elle dort ?

Willow a hoché la tête.

— Comme une souche. Elle a à peine tenu la moitié du chapitre.

— Merci, lui ai-je dit.

Elle s'est effondrée sur le canapé à côté de moi et a acquiescé.

— Je suis désolée qu'elle ne prenne pas bien ça. Elle mérite mieux que ça.

— Je fais de mon mieux, ai-je dit doucement, détestant que même ma sœur, ma meilleure amie, pense que je n'assurais pas mon rôle de maman.

Elle a secoué la tête.

— Je parle de son père. Ramsey ne devrait pas te laisser

tout ça à démêler. Il devrait s'expliquer lui-même. C'est un connard.

— Pourquoi tu le détestes ? lui ai-je demandé. J'avais toujours su que ma sœur ne l'aimait pas, mais je n'avais jamais su pourquoi. Et je n'avais jamais eu le courage de lui demander.

À ma question directe, elle s'est figée.

— Tu sais que je ne l'ai jamais aimé.

J'ai acquiescé.

— Je le sais. Ce que je ne sais pas, c'est pourquoi.

— Il n'est pas fait pour toi, a dit Willow, évitant mon regard.

— Pourquoi ça signifie que tu devrais le détester ? Ne pas l'aimer, peut-être, mais le détester ?

Elle a haussé les épaules.

— Je t'aime. C'est toi qui m'inquiète. Il ne te mérite pas.

Elle s'est levée et a jeté un coup d'œil à la porte.

— Tu as besoin d'aide pour nettoyer la cuisine ?

J'ai secoué la tête et me suis levée avec elle.

— Je m'en suis occupée pendant que tu lisais à Amber.

— D'accord, alors je devrais probablement y aller.

— Tu n'es pas obligée, ai-je dit. J'aurais aimé pouvoir reprendre ma question. Willow détestait Ramsey parce qu'elle savait qu'il n'était pas fait pour moi. Je n'avais pas besoin d'en savoir plus que ça. Peut-être qu'il n'y avait vraiment rien de plus.

— Non, je dois y aller. J'ai des choses à faire ce soir. Je te verrai dans quelques jours.

Elle m'a serrée dans ses bras et m'a fait un signe de la main en sortant par la porte dans la nuit froide. Je suis restée debout au milieu du salon en me demandant pourquoi tous ceux que j'aimais semblaient vouloir être n'importe où sauf avec moi.

AVANT D'ALLER ME COUCHER, j'ai vérifié mon téléphone pour voir si Willow m'avait envoyé un message. Elle le faisait habituellement après être rentrée chez elle après avoir été chez moi. Et elle le faisait généralement avant d'aller dormir.

Je lui ai envoyé un message rapide disant bonne nuit et j'ai attendu. Rien n'est apparu immédiatement, alors j'ai ouvert À la Recherche du Héros Littéraire Parfait pour voir si j'avais de nouveaux matchs. Peut-être que voir quelqu'un qui n'était pas le père d'un camarade de classe d'Amber était une meilleure idée.

Il y avait quelques gars qui correspondaient avec moi. J'ai rapidement parcouru leurs profils, swipant à droite sur chacun d'eux. Les rencontres étaient une question de chiffres, selon Willow. Si je sortais avec beaucoup d'hommes, j'avais plus de chances de trouver mon nouveau "bon".

Je n'avais pas encore fermé l'application quand un message est apparu de l'un de mes nouveaux matchs.

RH142

Salut maman du web. Comment vas-tu ?

Vraiment ? C'était sa phrase d'ouverture ? Il avait l'air d'avoir autant d'expérience en matière de rencontres au cours de la dernière décennie ou deux que moi. Mais il avait fait le premier pas, alors je devais répondre.

MAMAN DU WEB

Salut. Bien. Et toi ?

Wow, oui, j'étais vraiment douée pour ça.

RH142

Je vais bien, merci. Je vois que tu es maman.
Les enfants, c'est génial, non ?

J'ai cliqué pour retourner à son profil. Il avait une fille, travaillait dans un domaine professionnel, et était divorcé. Sa photo de profil était une araignée, ce qui était drôle puisque la mienne était une toile.

Je suis retournée à la conversation et j'ai répondu.

MAMAN DU WEB

La plupart du temps. Ma fille était bouleversée ce soir quand j'ai essayé de lui expliquer pourquoi son papa et moi ne nous remettrons pas ensemble.

RH142

La mienne a aussi fait une crise ce soir. C'est la partie la plus difficile. Quand tu veux soulager leur douleur et que tu ne peux pas.

MAMAN DU WEB

Je suis d'accord. Ma fille ne comprend pas que deux personnes peuvent s'aimer et quand même ne pas vouloir être ensemble. Bien sûr, je ne suis pas sûre de le comprendre moi-même parfois.

RH142

Depuis combien de temps es-tu divorcée ?

Il n'y avait pas d'option pour "séparée", donc mon profil disait divorcée. Je n'aimais pas mentir, alors j'ai admis la vérité.

MAMAN DU WEB

En fait, je ne le suis pas. Nous sommes séparés depuis l'été dernier. Mais mettre "mariée" ne semblait pas correct non plus.

RH142

Pareil. Désolé. C'est nul. Je pensais que je serais avec elle pour toujours.

MAMAN DU WEB

D'accord.

RH142

Puis-je te demander pourquoi ton nom est
maman du web ?

J'ai ri.

MAMAN DU WEB

Le livre préféré de ma fille est Le Petit Monde
de Charlotte. Nous le lisons chaque soir
avant qu'elle aille se coucher. C'était la seule
chose à laquelle je pouvais penser.

RH142

Euh. C'est une coïncidence bizarre. La
mienne fait la même chose.

Non. Ce n'était pas possible. Ça ne pouvait pas être. Non.

RH142

C'est Melody ?

— Non ! Tu plaisantes ? C'est quoi ce bordel ? ai-je gémi.

MAMAN DU WEB

Ramsey ?

RH142

Wow. Eh bien, je suppose que nous avons
beaucoup en commun. Ça aurait du sens
qu'on nous associe.

MAMAN DU WEB

Ouais, mais c'est évident que ça ne marche
pas ou nous ne serions pas tous les deux sur
ce site. Désolée, mais je dois y aller.

J'ai fermé l'application sans attendre sa réponse et j'ai

ignoré celle qui est apparue. Quelles étaient les putains de chances ?

J'ai ouvert mes messages et regardé le texte que j'avais envoyé à Willow. Il était toujours non lu. Ce qui signifiait qu'elle ne me parlait pas. J'ai failli lui écrire au sujet d'avoir été associée à Ramsey, mais il était la raison pour laquelle Willow était partie plus tôt.

J'ai verrouillé mon téléphone et décidé que la meilleure chose pour moi était le sommeil. Tout était toujours mieux après une bonne nuit de sommeil.

7

RAMSEY

J'étais encore sous le choc le lendemain matin, assis dans mon bureau, essayant de penser à autre chose qu'à Melody. Quelles étaient les chances pour que Melody et moi soyons associés sur cette appli ? Apparemment bonnes, mais bon sang, ce n'était pas ce à quoi je m'attendais.

Je m'étais dit que j'allais contacter l'une des femmes avec qui j'avais matché pour entamer une conversation. J'avais besoin d'avancer. Et la seule femme que j'ai choisie, celle dont le profil m'intéressait le plus, était ma fichue épouse.

Le plus nul dans tout ça, c'est que j'appréciais notre conversation avant de découvrir qui elle était. Je me sentais bien, fier de moi pour avoir osé me lancer. Et puis elle a mentionné qu'ils lisaient toujours Le Petit Monde de Charlotte et tout est devenu clair.

C'est quoi ce bordel ?

Ce n'était vraiment pas juste que la seule femme vers qui je voulais aller soit mon épouse. Et elle n'était clairement pas intéressée.

J'ai sérieusement envisagé de supprimer l'application,

mais je n'ai pas pu m'y résoudre. J'ai regardé à nouveau notre conversation, imaginant le sourire de Melody quand elle flirtait avec moi, puis sa stupéfaction quand elle a compris qui j'étais. Je devais m'accrocher à ce sourire.

Un coup à ma porte m'a fait fourrer mon téléphone dans ma poche avant d'inviter mon nouveau client à entrer. Je me suis levé et j'ai contourné mon bureau pendant qu'il ouvrait la porte.

Colin Jones a serré les lèvres en un sourire et a jeté un coup d'œil autour de la pièce avant d'entrer complètement. J'ai remarqué ses bottes de travail usées associées à son costume propre et net. La veste bleu marine et le pantalon noir ne s'accordaient pas vraiment, et la chemise grise en dessous ressemblait à un tee-shirt.

Je portais l'un de mes meilleurs costumes. Gris avec une chemise habillée bleu marine, des chaussures noires et une cravate rouge. C'était l'un de mes costumes de pouvoir parce que je me sentais bien dedans, et après avoir flirté avec Melody, j'avais besoin de cette armure supplémentaire. Mais ça ne ressemblait plus à une armure quand Colin Jones l'a examiné.

— Vous êtes l'avocat de ma grand-mère ? m'a-t-il demandé, son visage montrant clairement sa surprise.

J'ai hoché la tête et lui ai tendu la main. Il l'a fixée un long moment avant de tendre la sienne pour me serrer la main. — Ramsey Holland. Ravi de vous rencontrer, Monsieur Jones.

Il a ri doucement et secoué la tête. Ses cheveux noirs coupés court n'ont pas bougé avec le mouvement. Il était prêt à filer vers la porte si ses yeux marron foncé étaient une indication. Il n'était pas impressionné par moi.

— Pourquoi ne pas nous asseoir et discuter, Monsieur Jones ? ai-je proposé en reculant d'un pas.

Il a jeté un coup d'œil à mon siège et a regardé à nouveau

autour de la pièce. J'ai essayé de voir mon bureau de son point de vue. Ce n'était pas immense, mais j'avais fait de mon mieux pour le rendre impressionnant. Les bibliothèques contenaient un mélange de manuels et de récompenses que j'avais reçues, plus quelques éléments décoratifs. Les murs affichaient mes diplômes. Les fauteuils pour les invités étaient confortables et mon bureau imposant. Mais M. Jones ne voyait clairement pas les mêmes choses.

— Je ne pense pas que ça va fonctionner, a-t-il dit prudemment.

— J'ai travaillé avec votre grand-mère pendant des années. Puis-je vous demander pourquoi vous n'êtes pas prêt à vous asseoir et à me parler ?

Il m'a regardé et a soupiré. — Écoutez, je ne suis pas un type d'entreprise. Je travaille dehors, et j'aime ça. J'ai pris les vêtements les plus élégants de mon placard, et j'ai quand même l'air d'un clochard à côté de vous. J'ai besoin de quelqu'un qui soit un peu plus authentique. Quelqu'un qui comprendra ce que c'est que de galérer un peu.

Il s'est retourné pour partir et j'ai su que je devais dire quelque chose. — Je suis en plein divorce, ai-je lâché.

Il s'est arrêté et m'a regardé par-dessus son épaule. Quand il a vu que je ne plaisantais pas, il s'est retourné et a croisé les bras sur sa poitrine. — Et alors ?

— Je vis dans l'ancien appartement de mon ami parce que j'ai quitté la maison que je partageais avec ma femme et ma fille. Je ne sais pas cuisiner pour moi-même, donc je mange dehors presque tous les soirs. Je me suis enfin inscrit sur un site de rencontres en ligne et la première femme que j'ai contactée était ma propre femme.

Un éclat de rire lui a échappé. Il a essayé de le couvrir rapidement, mais c'était déjà sorti.

J'ai souri. — Je ne suis pas non plus un gars d'entreprise. Je possède ce cabinet parce que j'ai toujours voulu aider les gens. Si quelqu'un veut avoir sa propre entreprise, je veux l'aider à réaliser ce projet. Certains de mes clients préfèrent un gars qui a l'air d'avoir sa vie en ordre, mais aucun d'eux ne sait que je ne vis pas avec ma femme. Et je ne vais certainement pas leur dire que je l'ai rencontrée sur un site de rencontres six mois après l'avoir quittée.

Colin a pris une profonde inspiration et a secoué la tête. — Je crois que vous êtes peut-être aussi paumé que moi.

J'ai souri. — Je pourrais même vous battre. Pourquoi ne pas vous asseoir pour qu'on puisse parler un peu plus de ce qui se passe avec la ferme ?

Colin a finalement fermé la porte derrière lui et a acquiescé. Il s'est assis dans l'un des fauteuils pour invités, et je suis retourné derrière mon bureau. J'ai pris le dossier que j'avais préparé pour lui et lui ai tendu la lettre qui s'y trouvait.

— Qu'est-ce que c'est ? a-t-il demandé.

— Votre grand-mère l'a laissée avec moi. Elle voulait que vous l'ayez quand vous décideriez de prendre la relève.

Il m'a regardé attentivement, puis a retourné la lettre cachetée. Je ne l'avais pas encore lue, donc je ne savais pas ce qu'elle disait. J'ai attendu pendant que Colin l'ouvrait et lisait la page.

— C'est pour de vrai ? a-t-il demandé.

J'ai secoué la tête. — Que voulez-vous dire ?

— Elle dit qu'il y a deux personnes qui pourraient hériter de la propriété.

— Quoi ? ai-je lâché, tendant la main vers la lettre. J'ai retiré ma main. — Puis-je la voir ?

— Vous ne l'avez pas lue ?

J'ai secoué la tête. — Non. Elle m'a demandé de la donner à son petit-fils quand il viendrait chercher de l'aide, mais elle n'a rien dit à propos du fait qu'il y en avait deux.

— Je n'ai pas de cousins, a dit Colin lentement.

J'ai parcouru rapidement la lettre. Cleotha ne nommait

personne, elle disait simplement qu'elle espérait qu'ils seraient bons l'un envers l'autre.

— Vous n'avez pas de cousins ? ai-je répété, réalisant enfin ce qu'il avait dit.

Colin a secoué la tête. — Non. Pensez-vous qu'elle était folle ?

J'ai ri doucement. — Pas le moins du monde. Cleotha Jones avait toute sa tête. Il doit y avoir une explication. Elle était la mère de votre père, c'est bien ça ?

Colin a hoché la tête. — Oui. Et il n'avait pas de frères et sœurs.

— Et vous non plus ?

Colin a secoué la tête à nouveau. — Non. C'est pourquoi je ne sais pas de quoi elle parle.

J'ai plié le papier et l'ai posé sur mon clavier. — Je vais creuser la question quand nous aurons fini. Pour l'instant, parlons de ce que vous devez faire pour l'entreprise.

— Êtes-vous sûr que je le peux ? S'il y a quelqu'un d'autre, cette personne n'aura-t-elle pas son mot à dire ?

J'ai pris une inspiration. — C'est possible. Mais s'il ne veut pas être impliqué, alors il ne le sera pas. S'il le veut, vous devrez tous les deux régler les détails, mais vous devez faire avancer les choses dans la bonne direction. Vous êtes dans vos droits légaux pour le faire.

Colin a poussé un soupir de soulagement et a hoché la tête. — Si vous en êtes sûr, alors c'est ce que je dois faire. Le printemps sera là avant que je m'en rende compte, et j'ai beaucoup de travail à faire si nous voulons obtenir du sirop d'érable de ces arbres quand ils commenceront à dégeler.

— Vous allez rendre beaucoup de gens de cette région très heureux.

Colin a ri. — Tant que je ne fiche pas tout en l'air.

Je lui ai souri. — Ça n'arrivera pas. Maintenant, faisons un plan.

QUAND COLIN A QUITTÉ MON BUREAU, j'ai consulté tout ce que j'avais sur sa grand-mère et sa famille. Comme ce n'était pas grand-chose, il ne m'a pas fallu longtemps pour réaliser que je n'avais aucune idée de qui était l'autre petit-fils.

Pourrait-ce être une erreur ? Je ne le pensais pas. Cleotha était très claire dans sa lettre qu'ils étaient deux. Elle n'a jamais mentionné de noms, même pas celui de Colin. Trouver celui-ci était simple, mais il n'y avait aucune trace de cet autre petit-fils.

Je suis sorti de mon bureau et suis allé chercher Penny. Elle était mon assistante depuis des années et était la meilleure personne que je connaissais quand il s'agissait de dénicher des informations. Elle était dans la salle d'archives, à trier des dossiers.

— Est-ce que Cleotha Jones a un deuxième petit-fils ? lui ai-je demandé quand elle s'est retournée et m'a vu debout dans l'embrasure de la porte.

Penny a haussé les épaules. — Pas que je sache. Pourquoi ?

J'ai secoué la tête et lui ai tendu la lettre. — Cette lettre dit qu'ils sont deux.

— Monsieur Jones ne saurait-il pas s'il avait un cousin ? a-t-elle demandé en riant.

J'ai encore secoué la tête. — Il dit que son père était fils unique et qu'il l'est aussi. Il ne connaît aucun cousin.

— Ooh, un mystère. Tu veux que je fasse des recherches ?

J'ai acquiescé. — Oui, s'il te plaît. Si quelqu'un peut trouver des réponses à tout ça, c'est bien toi.

Elle a souri. — Merci, patron. Hé, comment ça va avec Melody ?

J'ai gémi. Penny n'était pas seulement mon assistante, elle était devenue une amie. Elle était un peu plus jeune que Melody et moi, mais elle était mariée à son amour de lycée et avait une fille un peu plus jeune qu'Amber. Quand Melody et moi nous sommes séparés, Penny a été presque aussi bouleversée que moi.

— Pas terrible. Je n'arrête pas de faire des gaffes avec elle.

— Qu'est-ce que tu as encore fait ?

J'ai ri. — J'ai été jumelé avec elle sur une application de rencontres.

— Quoi ? a demandé Penny, à moitié en riant.

— Je me suis inscrit sur cette application de rencontres l'autre jour après qu'elle soit sortie avec quelqu'un. J'étais en colère et j'ai décidé que je voulais passer à autre chose, alors je me suis inscrit.

— Même si tu aimes toujours ta femme et que tu ne veux pas vraiment passer à autre chose.

J'ai souri timidement. Elle me connaissait trop bien. — Ouais, enfin, elle ne veut pas de moi.

— Mais vous avez été jumelés, donc elle a dû t'accepter, non ? N'est-ce pas comme ça que ça marche ?

J'ai hoché la tête. — Oui, mais elle ne savait pas que c'était moi. L'appli n'utilise pas nos photos. Nous discutions, et c'était... sympa. Mais j'ai compris qui elle était et je lui ai demandé. Je ne pense pas qu'elle était contente.

— Elle était probablement juste choquée. Peut-être que c'est un moyen pour toi de lui parler. De flirter avec elle.

— Je ne peux pas flirter avec elle.

— Pourquoi pas ? Elle est toujours ta femme. Et tu l'aimes.

— C'est exactement pourquoi. Je ne veux pas qu'elle pense que je suis...

— Que tu es quoi ?

— Je ne sais pas, ai-je soupiré. Je veux juste... Je veux retrouver ma famille. Je veux qu'elle arrête de sortir avec d'autres hommes et de prévoir plus d'enfants avec eux. Je veux qu'elle me veuille à nouveau.

— Peut-être qu'elle le veut, mais tu es tellement bloqué

sur le fait qu'elle ne tombe pas enceinte que tu n'écoutes pas tout le reste.

— Je ne sais même pas ce que ça veut dire.

— Lui as-tu déjà demandé pourquoi elle est prête à risquer sa vie pour avoir un autre bébé ?

J'y ai réfléchi une seconde, puis j'ai secoué la tête. — Elle a juste dit qu'elle avait toujours rêvé d'une grande famille.

— D'accord, mais pourquoi ?

— Parce que sa propre famille n'était pas géniale.

— Beaucoup de gens ont des enfances pourries. Ça ne signifie pas qu'ils doivent avoir de grandes familles. Il y a autre chose.

— Comme quoi ?

Penny a haussé les épaules. — Seule Melody connaît cette réponse. Penny m'a tapoté l'épaule et a souri. — Tu dois parler à ta femme. Je vais trouver le petit-fils manquant.

Penny est sortie de la pièce, et je suis resté là. Il y a autre chose. Une autre raison pour laquelle Melody veut plus d'enfants. Pourquoi est-elle prête à risquer sa vie ?

Je n'avais rien. Mais j'avais besoin de comprendre, alors j'allais devoir poser les questions difficiles.

CE N'ÉTAIT PAS ma soirée avec Amber, alors je suis rentré après le travail. Non, pas rentré. À l'appartement d'Ian. J'appréciais qu'il me laisse y rester, mais je détestais chaque seconde que j'y passais.

L'atelier était calme quand je suis entré, ce qui n'était pas inhabituel. Ian travaillait moins d'heures pendant l'hiver puisque la plupart des gens ne pensaient pas à leurs bateaux avant que le temps ne s'améliore et qu'il soit possible de sortir et de profiter de l'eau.

J'étais presque arrivé à l'appartement avant d'entendre des

bruits. C'était discret, comme si j'aurais pu facilement rêver, mais j'étais presque sûr qu'il y avait quelqu'un.

— Il y a quelqu'un ? ai-je appelé. L'espace était grand et ouvert, mais il y avait encore plein d'endroits où se cacher.

— Chut, a été la réponse presque immédiate.

— Qui est là ? ai-je demandé, peu disposé à laisser quelqu'un se cacher ou me surprendre. J'ai sorti mon téléphone et l'ai déverrouillé. — J'appelle la police.

— Détends-toi, Ramsey, a dit Ian de quelque part dans l'obscurité. C'est juste nous.

— Tu m'as fichu une sacrée crise cardiaque, ai-je soupiré. Mon cœur battait dans ma poitrine.

Ian est apparu dans la lumière et a redressé sa chemise. Blake était juste derrière lui, essayant de lisser ses cheveux.

— Désolé, a dit Ian. Blake est venue me voir et on s'est un peu emportés.

— Ian ! l'a réprimandé Blake.

Ian a ricané et haussé les épaules. — Tu crois vraiment que Ramsey s'en soucie ?

Blake m'a adressé un sourire embarrassé et ses joues sont devenues rouges. — Ce n'est pas très poli.

J'ai secoué la tête. — Ce n'est rien. Vous devriez être heureux. Après toutes ces années où j'ai entendu ce gars se plaindre que tu étais avec quelqu'un d'autre, je suis content que les choses aillent bien.

Blake a posé sa tête sur l'épaule d'Ian et l'a regardé. Melody faisait la même chose avec moi, et ça me faisait sentir comme l'homme le plus chanceux du monde. Elle était tout ce que j'avais jamais voulu ou dont j'avais besoin, mais elle ne me regardait plus comme ça.

— Les choses vont vraiment bien, a dit Ian. En fait, nous allons nous marier.

— Quoi ? Pas possible. C'est génial. Félicitations, ai-je dit, en combattant le désespoir qui me rongeait. J'étais heureux pour eux, et mon propre échec conjugal n'était pas leur faute.

— Merci, a dit Ian joyeusement.

Blake a souri, comme si elle pouvait voir la douleur que j'essayais tant de cacher.

— Comment va Melody ? a demandé Blake à la place.

J'ai forcé un sourire. — Bien, je crois. Elle sort avec des gens.

— Oui, Ian me l'a dit. Est-ce que ça te va ?

J'ai ri brièvement et secoué la tête. — Non, pas vraiment. Ma femme voit d'autres hommes et essaie de trouver quelqu'un de nouveau qui la mettra enceinte. Je ne suis pas du tout d'accord avec ça.

— Tu lui en as parlé ? a demandé Blake. Elle m'a regardé avec ses yeux marron. De l'espoir. C'était l'émotion qu'ils reflétaient. Une femme au début d'une relation. Quelqu'un qui n'avait pas été détruite par la personne qu'elle aimait. Une femme qui croyait encore que l'amour pouvait durer pour toujours.

J'ai perdu ça quelque part au cours des dernières années.

J'ai pris une inspiration et secoué la tête. — Je lui ai dit quelque chose le week-end dernier et ça ne s'est pas bien passé. J'ai été un con, et elle me l'a fait savoir. Elle passe à autre chose, et la meilleure chose pour moi est de la laisser faire. Je l'aimerai toujours, mais je ne suis pas bon pour elle.

— Je ne pense pas que ce soit vrai, a dit Blake avec un sourire hésitant. Je pense que Melody t'aime toujours. Je pense qu'elle serait plus heureuse avec toi.

— Tant que je suis prêt à la mettre enceinte et à la tuer.

— Quoi ? a soufflé Blake.

J'ai secoué la tête. — Son médecin a dit que si elle tombait enceinte à nouveau, elle pourrait mourir. Elle refuse d'écouter et insiste sur le fait qu'elle veut plus d'enfants. C'est toute la raison pour laquelle je suis parti. Je ne peux pas rester là et regarder ça arriver.

— Wow, a soufflé Blake. Je n'en avais aucune idée. Je suis vraiment désolée.

J'ai haussé les épaules. — C'est comme ça. Elle va faire ce qu'elle veut faire.

— Je pense vraiment que-

— Je crois que nous devrions laisser Ramsey se détendre un peu, ma chérie, a dit Ian prudemment.

— Oh, c'est vrai. Désolée. J'ai tendance à vouloir réparer les relations des autres ces derniers temps. Je suis désolée, Ramsey, a dit Blake.

J'ai acquiescé.

Elle s'est approchée et m'a serré dans ses bras, puis m'a relâché et est partie avec Ian.

Quand la porte s'est fermée derrière eux, je me suis dirigé vers l'appartement et j'ai posé mes affaires sur la table. Tous mes vêtements étaient dans la chambre, mais ça ne semblait toujours pas être mon foyer. Je ne voulais pas être là, mais aller à O'Kelley's à nouveau me faisait sentir comme un parfait loser. Je ne pouvais pas passer toutes les nuits au bar. Ce qui signifiait que je devais trouver quelque chose à manger et quelque chose à faire.

J'ai commandé de la nourriture et j'ai zappé les chaînes pour trouver quelque chose à regarder. Je me suis arrêté sur le film préféré de Melody, N'oublie jamais. Je n'ai pas pu m'empêcher de l'imaginer assise là avec moi alors que je prenais mon téléphone pour lui dire qu'il passait.

Au lieu d'envoyer un texto, j'ai ouvert À la Recherche du Héros Littéraire Parfait. J'ai souri en lisant notre échange de la veille, puis je lui ai envoyé un nouveau message.

RH142

N'oublie jamais passe à la télé en ce moment. Je pense à toi. Je me suis dit que tu voudrais peut-être regarder.

Je ne m'attendais pas à une réponse, mais une est arrivée presque immédiatement.

MAMAN DU WEB

Merci. Amber est presque au lit. J'ai besoin de me détendre et d'oublier la vie pendant un moment ce soir.

RH142

Tout va bien ?

Elle n'a pas répondu tout de suite et j'ai supposé que c'était parce qu'elle mettait Amber au lit. J'ai attendu, espérant qu'elle répondrait, pendant que je regardais le film.

La sonnette a retenti et je suis allé chercher ma nourriture, puis je suis revenu pour finir de regarder le film. Un message m'attendait.

MAMAN DU WEB

Amber a du mal avec tout ça. Le gars avec qui je suis sortie l'autre soir était sympa, mais sa fille semble penser que c'était sérieux. J'ai l'impression qu'il ne lui a pas parlé de ses autres rendez-vous, alors elle pense que le nôtre était important. Ça tracasse vraiment Amber ces deux derniers jours.

RH142

Tu veux que je lui parle à nouveau ?

MAMAN DU WEB

Merci, mais non. Ça ne fait que la troubler
davantage. Elle a raccroché après avoir parlé
avec toi, convaincue qu'on se remettait
ensemble, et j'ai dû lui dire que ce n'était pas
ce que tu voulais. Elle était vraiment en
colère contre moi. Willow a dû la calmer.

RH142

Je ne voulais pas causer de problèmes. Tu
es sûre que tu ne veux pas que je lui parle ?

J'ai attendu qu'elle réponde et j'ai su que je devais dire autre chose.

J'avais un message de tapé et prêt à envoyer, mais elle m'a devancé.

MAMAN DU WEB

J'en suis sûre. Merci de m'avoir prévenue
pour le film. Je vais le regarder et aller dormir.
À vendredi.

Elle s'est déconnectée avant que je puisse répondre. Avant que je puisse lui dire qu'elle avait tort. Avant que je puisse dire que retrouver notre famille était la seule chose que je voulais.

8

———

e vendredi soir, quand je suis arrivé à la maison, j'avais décidé de parler à nouveau avec Amber, même si Melody m'avait dit que ce n'était pas nécessaire. Melody ne devait pas être la seule à gérer la confusion d'Amber concernant notre situation.

Je suis arrivé à la maison et j'ai sonné. J'avais toujours les clés dans ma poche, mais je ne me sentais pas légitime à les utiliser puisque ce n'était plus vraiment ma maison. Je payais les factures, mais je n'avais plus le droit d'entrer comme si j'y habitais, alors je ne le faisais pas.

Amber a ouvert la porte avec un énorme sourire sur son visage. Melody était juste derrière elle, s'assurant que tout était sûr, avec un sourire identique. Sauf que le sourire de Melody n'était que pour Amber.

— Papa ! s'écria Amber en se jetant vers moi.

Je l'ai attrapée et l'ai soulevée dans mes bras, pressant mon nez dans ses cheveux. La même odeur de fraise que d'habitude m'a envahi, me donnant l'impression d'être chez moi. Amber avait toujours adoré le shampooing à la fraise, et c'était rassurant de voir que certaines choses n'avaient pas changé.

— Salut, ma petite intelligente. Comment vas-tu ?

— Je vais super bien parce que tu es là maintenant. On peut tous dîner ensemble.

J'ai jeté un coup d'œil à Melody. Elle regardait Amber avec un sourire triste, et quand Amber a mentionné le dîner, elle a croisé mon regard. J'ai haussé un sourcil, et elle a hoché la tête.

— Eh bien, dîner ensemble semble vraiment génial. Tu as aidé Maman à cuisiner ?

Amber a hoché la tête.

— Oui. Je suis restée hors de la cuisine pour que Maman puisse se concentrer.

J'ai réprimé un sourire tandis que Melody secouait la tête en souriant, me confirmant que la réponse d'Amber était parfaitement exacte.

— C'était très utile, j'en suis sûr.

— Oui, Papa. Maman l'a dit.

— Bien. Sommes-nous prêts à manger maintenant ? J'ai regardé Melody pour avoir une réponse à celle-là.

— Oui, tout est prêt. Je n'étais pas sûre de l'heure exacte à laquelle tu arriverais.

C'était l'une des choses pour lesquelles nous nous disputions avant mon départ. Mes horaires. Ce que je n'ai jamais avoué à Melody, c'est que vers la fin, j'avais peur de rentrer à la maison la plupart du temps. Je ne savais pas comment l'aider, et je ne disais jamais les bonnes choses, alors j'ai commencé à travailler de plus en plus tard pour éviter de me disputer avec elle.

Elle m'a accusé d'avoir une liaison une fois. Elle pensait que mes nuits tardives étaient passées au lit avec une autre femme. Ça m'a fait mal qu'elle pense que je puisse même regarder quelqu'un d'autre alors que la femme que j'aimais était toujours en vie, mais ça ne changeait pas le fait que je n'étais pas juste envers elle. Je la laissais avec Amber pendant des heures encore plus longues, et je n'assumais pas mon rôle de mari et de pilier sur lequel elle pouvait s'appuyer.

— J'aurais dû appeler, lui ai-je dit au lieu d'exprimer tout ce qui me passait par la tête.

Elle a souri, mais son sourire n'a pas atteint ses yeux. J'essayais de me rappeler la dernière fois que je l'avais fait sourire et que tout son être s'était illuminé. Ça faisait un moment.

— Porte-moi, Papa, a dit Amber, brisant la tension qui nous liait, Melody et moi.

Je me suis tourné vers elle et j'ai souri à nouveau, puis j'ai suivi Melody dans la cuisine. Nous nous sommes assis à la table qui était trop grande pour notre petite famille de trois personnes et Amber m'a raconté toute sa semaine.

Melody s'affairait dans la cuisine, son corps aux courbes généreuses dissimulé par le t-shirt ample et le jogging qu'elle portait. J'essayais de rester concentré sur Amber, mais savoir que Melody ne me fuyait pas attirait mon attention. C'étaient ses vêtements décontractés, ceux qu'elle portait pour rester à la maison, et si elle les portait, cela signifiait qu'elle n'allait pas s'enfuir dès que le dîner serait terminé.

— Paaaapaaaa, a gémi Amber.

J'ai détaché mon attention de Melody et j'ai souri à Amber.

— Oui, ma chérie.

— Tu ne m'écoutes pas.

— Je suis désolé. Redis-moi.

— J'ai dit que je devais fabriquer une boîte aux lettres pour la Saint-Valentin. Maman a dit qu'on pouvait la faire tous ensemble. On peut la faire ce soir ?

J'ai regardé Melody pour avoir son accord, mais elle a évité mon regard.

— Euh, on verra.

— Tu pars après le dîner ?

Encore une fois, j'ai regardé Melody.

— Je n'avais pas prévu de...

— Je vais retrouver Tante Willow, a dit Melody. Je te l'ai dit, ma puce. C'est pourquoi nous ne pouvons pas le faire ce soir. Mais nous trouverons un jour.

— Ah bon ? ai-je lâché.

Melody m'a regardé. Un éclair de la douleur que j'avais causée la dernière fois qu'elle avait rencontré Willow a traversé son regard, puis s'est évanoui lorsque la défiance a pris le relais, me mettant au défi de dire quelque chose à ce sujet.

J'ai forcé un sourire que je ne ressentais pas. Ma femme sortait encore. Pour rencontrer des hommes et flirter et qui sait quoi d'autre. Willow ne ferait que l'aider à faire tout ça. Peut-être même l'encouragerait-elle à aller au-delà du simple flirt.

Je voulais exiger qu'elle reste à la maison et qu'elle aide Amber et moi avec son projet pour la Saint-Valentin. Je voulais lui dire que jusqu'à ce que nous soyons divorcés, elle n'avait pas le droit de toucher un autre homme. Je voulais la jeter sur mon épaule et la porter jusqu'au lit que nous avions partagé pendant une décennie et lui montrer ce qui lui manquait sans moi.

Tout ce que j'ai fait, c'est sourire et continuer à manger mon dîner.

Amber a assuré le reste de la conversation pour nous. Quand nous avons terminé le dîner, Melody a disparu dans la chambre, porte fermée.

Amber m'a montré ce qu'elle avait appris au cours de danse cette semaine. J'ai essayé de faire attention à elle, mais la moitié de mon attention était fixée sur Melody et ce qu'elle faisait derrière la porte close. Quand j'habitais là, nous ne fermions jamais la porte sauf quand nous nous déshabillions ensemble. C'était juste un changement de plus, un rappel supplémentaire que je n'avais plus ma place ici.

Quand la porte s'est à nouveau ouverte, Amber avait à peine un quart de mon attention. J'ai senti Melody avant qu'elle n'entre dans la pièce, son léger parfum fleuri atteignant mes narines. Je me suis tourné pour la regarder et chaque fibre de mon être s'est dressée, voulant exiger qu'elle se change. Son jean épousait ses courbes d'une façon qui me donnait l'eau à la bouche. Son haut était ample mais décolleté. Quand elle s'est penchée pour mettre ses bottes, des images d'elle penchée sur le canapé, la table, le lit et même mon bureau m'ont assailli.

Une fine parcelle de peau était visible alors que son haut remontait dans son dos pendant qu'elle zippait ses bottes. Je ne me souvenais plus de la dernière fois que je l'avais touchée ou embrassée. Elle n'avait plus été mienne depuis si longtemps que je commençais à oublier son odeur et la douceur de sa peau. Je n'avais jamais pensé à ces choses avant, mais elles me manquaient maintenant. Tout ce qu'il y avait à savoir sur ma femme me manquait.

Et ça me tuait putain.

Je n'étais pas assez fort pour m'éloigner d'elle. Je n'étais pas assez homme pour lui dire de passer à autre chose. Je l'aimais toujours et je la désirais, et la laisser franchir cette porte n'était pas une option.

— Pourquoi ne restes-tu pas ici avec nous ? ai-je suggéré quand Melody s'est levée et a tendu la main vers son manteau.

Elle ne m'a pas regardé.

— J'ai dit à Willow que j'étais sur le point de partir. Mais je serai à la maison ce soir.

Elle a prononcé cette dernière phrase avec un regard noir

qui était presque aussi douloureux que la gifle qu'elle m'avait donnée la dernière fois.

J'ai hoché la tête et décidé de ne pas insister. La pousser à parler, la pousser à renoncer à son rêve d'une grande famille, la pousser à être présente... c'est ce qui m'avait conduit à partir. Je ne pouvais pousser que jusqu'à un certain point.

Melody a dit bonne nuit à Amber et lui a fait un câlin et un bisou, puis m'a fait un signe de la main et a disparu dans la nuit. Je suis resté immobile pendant un long moment, fixant la porte et souhaitant qu'elle revienne.

Amber a appelé mon nom plusieurs fois avant que je ne lui réponde. Quand je l'ai finalement fait, elle a demandé :

— Pourquoi Maman ne reste pas ici avec nous ?

J'ai souri.

— Maman a besoin de passer du temps avec Tante Willow. Elles s'amusent juste un peu. Que dirais-tu si on faisait quelque chose pour Maman ? Quelque chose qui lui montrera à quel point elle nous a manqué quand elle n'était pas là avec nous.

Les yeux d'Amber se sont illuminés.

— Ouais ! Maman va adorer ça.

— Qu'est-ce qu'on devrait faire ? On pourrait nettoyer la maison pour que Maman n'ait pas à le faire.

Amber a plissé le nez.

— Ce n'est pas drôle. On devrait lui fabriquer quelque chose.

— Comme quoi ?

Amber a tapoté son doigt sur son menton pendant une minute, puis ses yeux se sont écarquillés et elle m'a regardé avec un grand sourire.

— On devrait faire un cadeau pour la Saint-Valentin à Maman ! Elle a dit qu'elle adorait toujours la Saint-Valentin. C'était l'un de ses jours préférés. On devrait lui offrir un cadeau pour la Saint-Valentin pour qu'elle l'aime à nouveau.

Les enfants ont ce don de dire la chose la plus honnête qui vous déchire complètement. La Saint-Valentin, c'était notre jour. Un jour où nous nous célébrions l'un l'autre. Je me voilais la face, ignorant le fait que ce jour approchait, et approchait rapidement. Je n'étais pas sûr de pouvoir le supporter en sachant que je ne le passerais pas avec Melody, mais Amber avait raison. Il ne s'agissait pas de moi. Il s'agissait de Mel.

— Je pense que c'est une excellente idée, ai-je dit à Amber.

— Youpi ! Je vais chercher tout le matériel.

Elle s'est dirigée vers les fournitures artistiques dans le coin du salon. Melody avait toujours voulu qu'Amber se sente libre de s'exprimer de la manière qu'elle jugeait appropriée, alors elle gardait à proximité des fournitures d'art, des livres, et beaucoup de papier et de crayons. Elle veillait également à ce que les meubles du salon ne soient pas trop rapprochés pour qu'Amber ait de l'espace pour danser si l'envie lui en prenait.

Amber peinait à soulever la boîte, alors je me suis précipité et je l'ai prise.

— Et si on installait tout sur la table ? Comme ça, on pourra tout étaler et voir ce qu'on veut utiliser.

Amber a hoché la tête.

— Bonne idée, Papa. J'ai plein d'idées pour Maman. Elle va adorer.

J'ai souri et l'ai suivie jusqu'à la table. Elle est montée sur une chaise et s'est mise à genoux pendant que je déballais la boîte. Les feutres, les crayons de couleur et les crayons étaient chacun dans des bacs individuels. Des feuilles de papier remplissaient le fond de la boîte. Des paillettes renversées recouvraient la plupart des feuilles. Il y avait de la colle, de petits sacs de paillettes, des autocollants, du ruban adhésif fantaisie et des tampons jetés dans la boîte. Nous pourrions faire une centaine de choses pour Melody sans jamais épuiser les fournitures de cette boîte.

— Que veux-tu faire en premier ? ai-je demandé à Amber.

— Une carte. Maman devrait avoir une carte qui dit qu'on l'aime.

— Ça me semble bien. En rose ?

Amber a secoué la tête.

— Maman aime la couleur rose plus foncée.

J'ai fouillé jusqu'à ce que je trouve la bonne teinte et je l'ai sortie. Le coin avait des paillettes dessus, mais la moitié est tombée sur la table quand Amber a essayé de plier le papier en deux. Deux des coins étaient presque alignés, mais les deux autres étaient décalés de plus de deux centimètres. Sa lèvre inférieure a tremblé.

— Je ne l'ai pas bien fait.

— Et si j'essayais pendant que tu décides ce que tu veux mettre sur la carte ?

Elle me l'a tendue et a pris des autocollants et des feutres pendant que je pliais la feuille en deux. Quand je l'ai remise devant elle, elle a tiré la langue et a commencé à dessiner des cœurs sur la page.

Je l'ai observée pendant quelques minutes alors qu'elle couvrait le devant de cœurs. Elle a ajouté quelques autocollants, puis a ouvert le papier et a écrit *Je t'aime, Amber* à l'intérieur.

— Tu vas la signer aussi ? m'a-t-elle demandé, se tournant pour me regarder avec ses yeux bruns.

J'ai hoché la tête et lui ai souri.

— Je vais le faire. Si ça te va.

Elle a acquiescé et a jeté le feutre sur la table. Il a roulé vers moi, et je l'ai attrapé avant qu'il ne tombe du bord et atterrisse sur moi. J'ai signé mon nom et j'ai rendu le feutre à Amber. Elle a joyeusement continué pendant que je restais assis là à me demander si c'était la dernière Saint-Valentin que j'offrirais jamais à Melody.

Ma gorge s'est serrée à cette pensée et j'ai dit à Amber que je revenais tout de suite. J'ai descendu le couloir jusqu'à la salle de bain et me suis empêché d'entrer dans mon ancienne chambre.

Quand je suis parti, je croyais sincèrement que Melody m'arrêterait. Je pensais qu'elle ne me laisserait jamais partir. Quand elle l'a fait, je suis resté assis dans l'allée, attendant qu'elle sorte en courant pour me dire qu'elle s'était trompée. Quand cela ne s'est pas produit, j'ai conduit directement chez Ian et je me suis dit qu'elle avait juste besoin d'un peu de temps pour réfléchir et que je serais de retour dans un jour ou deux.

Ça faisait six mois. Six mois à me demander ce que je manquais. À vouloir être là. À me détester d'être parti.

Je n'étais pas prêt à céder et à essayer d'avoir un autre bébé. Je ne pouvais pas. Perdre Steven était la pire chose que j'avais vécue de ma vie, mais presque perdre Melody était pire. Savoir que si elle tombait à nouveau enceinte, la même chose risquait de se produire me disait que la grossesse n'était pas une option. Elle ne pouvait pas avoir plus d'enfants, pas si elle voulait être là pour eux. Parce que si la grossesse ne la tuait pas, il était fort probable qu'elle n'arriverait pas à terme. Et si elle perdait un autre bébé, je savais qu'elle ne s'en remettrait pas.

Et si je la perdais, je ne me le pardonnerais jamais.

J'avais essayé de lui parler d'adoption ou d'accueil familial, mais elle n'était intéressée par aucun des deux. Elle disait qu'elle voulait être à nouveau enceinte. Elle ne voulait pas entendre parler des risques. Elle voulait juste être enceinte.

Je me suis lavé les mains et j'ai sorti mon téléphone. J'étais un connard, mais je ne pouvais pas m'empêcher d'envoyer un texto à Hudson pour lui demander de s'assurer que Melody ne parte pas avec un autre homme. Ou ne fasse rien avec un autre homme.

Hudson comprenait. Sa femme était partie et ne reviendrait jamais. Il savait ce que signifiait la perte. Et heureusement, c'était le genre d'ami qui acceptait de m'aider à traverser ma misère.

« Pas d'hommes », a-t-il répondu par texto. « Elle est assise au bar et je fusille du regard tous ceux qui s'approchent trop. »

« Tu es vraiment un bon ami », ai-je répondu.

Il a répondu avec un pouce levé.

J'ai rangé mon téléphone et je suis retourné dans la cuisine où Amber avait mis un désordre monstre.

— Ouah. Que s'est-il passé ici ?

Amber a regardé autour d'elle comme si ce n'était pas grave et a haussé les épaules.

— D'accord, ma petite. Maintenant, nous devons vraiment nettoyer pour Maman.

— Après avoir fini celle-ci.

J'ai hoché la tête et ai commencé à rassembler des objets pour les remettre dans la boîte. Pendant qu'elle travaillait, j'ai sorti le balai et l'aspirateur, sachant qu'Amber ne serait pas d'une grande aide pour l'un ou l'autre.

Elle a finalement terminé son chef-d'œuvre trop pailleté et l'a soulevé pour me le montrer. La colle était encore humide, alors certains de ses morceaux ont commencé à glisser.

— Pose-la, ma chérie. Laissons cette colle sécher, lui ai-je dit.

— Mais alors Maman la verra. Je dois la mettre dans mon placard pour qu'elle ne la voie pas, a dit Amber.

— Et si je l'emportais avec moi ? Comme ça, on pourra garder le secret jusqu'à la Saint-Valentin.

Amber a hoché la tête.

— Bonne idée, Papa. Tu pourras la lui donner quand toi et Maman irez à votre rendez-vous.

— Euh, quel rendez-vous ?

— Celui où vous allez toujours pour la Saint-Valentin. Tante Willow me garde toujours.

— Comment sais-tu ça ? lui ai-je demandé. Nous n'avions jamais fait grand cas du jour où Melody et moi partions, mais de toute évidence, Amber avait quand même fait le rapprochement.

— C'est toujours quand on fait notre fête de la Saint-Valentin à l'école. C'est pour ça que je sais que Maman aimerait les cœurs. Elle m'a dit que les cœurs signifient qu'on aime quelqu'un.

J'ai acquiescé.

— C'est vrai. Et je ne suis pas sûr que Maman et moi allions à notre rendez-vous cette année.

— Pourquoi pas ? a demandé Amber. Elle a incliné la tête et bâillé. Ses cheveux roux ont doucement oscillé, ses boucles rebondissantes effleurant ses épaules.

— Eh bien, parce que Maman et moi ne sommes pas ensemble en ce moment.

— Je sais, a dit Amber. Mais Maman sera à la maison plus tard et vous serez ensemble à ce moment-là.

— Ce n'est pas ce que je voulais dire.

L'espace entre ses sourcils s'est plissé de confusion.

— Alors, qu'est-ce que tu voulais dire ?

— Je veux dire que Maman et moi ne serons plus mariés pour longtemps. Et...

— Mais tu as dit que tu aimais toujours Maman, a dit Amber. Si tu l'aimes, pourquoi ne veux-tu pas être marié avec elle ?

— Je veux être marié avec elle, mais les choses sont compliquées quand tu es adulte. Tout n'est pas aussi simple que oui ou non.

— Je ne pense pas que je veuille devenir adulte, a dit Amber d'un ton catégorique. Je pense que je vais simplement rester une enfant pour toujours.

J'ai ri.

— J'aimerais avoir cette option. Être un adulte n'est pas toujours amusant.

— Et tu ne peux pas faire les choses que tu veux comme rester marié avec Maman. Maman ne veut pas être mariée avec toi ?

J'ai secoué la tête.

— Rien de tout cela n'est la faute de Maman. Nous sommes juste en désaccord, et nous n'arrivons pas à trouver comment nous mettre d'accord à nouveau.

— Alors, si je ne suis pas d'accord avec toi ou Maman, vous ne voudrez plus être mes parents ?

J'ai souri et j'ai tendu la main vers elle, l'attirant sur mes genoux. J'ai embrassé ses cheveux et respiré son parfum de fraise.

— Non, ma chérie. Ça n'arrivera jamais. Je veux toujours être marié à Maman. Et je vais toujours vouloir être ton papa. Et Maman voudra toujours être ta maman. Nous t'aimons tous les deux, et j'aimerai toujours Maman.

Amber a inspiré profondément et a bâillé à nouveau.

— D'accord, Papa.

Nous sommes restés assis là pendant quelques minutes avant qu'elle ne s'endorme dans mes bras. Je l'ai prise et l'ai portée dans sa chambre. Je l'ai bordée et j'ai allumé sa veilleuse, puis j'ai fermé la porte et je suis retourné à la cuisine.

J'ai rangé le matériel artistique, puis j'ai nettoyé la cuisine. Je n'ai pas mis les pieds dans sa chambre, mais j'ai fait en sorte que le reste de la maison soit aussi parfait que possible. Et quand il était presque minuit et que Melody n'était toujours pas rentrée, je me suis assis sur le canapé et j'ai allumé la télé, espérant que ma femme rentrerait avant trop longtemps.

9

MELODY

J'aurais voulu rentrer plus tôt, mais Willow m'a convaincue de rester dehors avec elle. J'ai envoyé un texto à Ramsey, mais il n'a jamais répondu, ce qui signifiait qu'il était en colère. Je n'avais pas hâte de rentrer chez moi pour qu'il m'accuse encore d'être une putain.

J'ai pris une profonde inspiration et me suis mordu la lèvre pour éviter d'avoir l'air coupable. Je ne lui devais rien. S'il était en colère, il allait devoir faire avec.

La porte s'est ouverte en silence. La télé était allumée dans le salon, mais la maison était calme. J'ai enlevé mes chaussures et accroché ma veste. J'ai envoyé un texto à Willow pour lui faire savoir que j'étais rentrée et j'ai verrouillé la porte d'entrée. Par habitude.

Je suis entrée dans le salon et me suis arrêtée. Ramsey était sur le canapé, la télé était allumée, mais il dormait profondément. Sa tête reposait contre le dossier du canapé, sa bouche légèrement entrouverte.

Je l'ai regardé pendant une minute mais je n'ai pas pu

résister à l'envie de m'approcher et de m'asseoir à côté de lui. Il a bougé mais ne s'est pas réveillé. Je me suis penchée, m'avouant à moi-même combien j'étais encore faible quand il s'agissait de lui. Je détestais à quel point je le désirais, à quel point je le voulais encore. Après l'avoir aimé pendant deux décennies, m'éloigner n'était pas facile. Et lui dire non non plus.

Dans son sommeil, il ressemblait au garçon dont j'étais tombée amoureuse. Ce garçon qui me faisait rêver d'une vie ensemble. Nous avons eu cette vie, pendant un moment, mais tout a disparu. Disparu mais pas oublié. Quelle cruauté, n'est-ce pas ? Je pouvais le regarder et me rappeler encore tous les rêves et les projets que nous avions pour notre vie ensemble, mais tout comme mon mari, ils étaient hors de portée.

Mais il dormait. Il n'était pas entièrement hors de portée. Je me suis rapprochée doucement de lui, et il n'a pas bougé. Il avait toujours eu le sommeil profond, le genre d'homme qui n'a jamais entendu Amber pleurer au milieu de la nuit. Je voulais lui en vouloir à l'époque, et c'était le cas, mais j'aimais aussi passer ces nuits endormies blottie contre notre fille. Elle avait son nez et ses sourcils, et quand elle dormait, c'était comme regarder son père enfant.

J'ai fait glisser mon doigt le long de son nez, effleurant à peine sa peau. Son souffle chatouillait mon doigt, et mon besoin de le toucher grandissait. J'ai caressé doucement sa joue et inspiré profondément. Être allongée contre lui me manquait, entendre les battements de son cœur sous mon oreille me manquait. Sentir ses bras autour de moi, son corps entier serré contre le mien me manquait. Tout ce qu'on peut regretter quand on n'est plus une moitié de couple me manquait, mais ça me manquait avec Ramsey.

Je me suis rapprochée de lui et j'ai posé ma tête sur sa

poitrine. Le battement régulier de son cœur a apaisé une partie de la tension que je ressentais ces derniers temps. Une tension à laquelle je ne voulais pas penser. Ramsey était là. Je n'allais pas me rappeler qu'il était là pour voir Amber. Il était là. Et je pouvais juste glisser prudemment, lentement, mon bras autour de sa taille et prétendre que rien n'avait changé.

J'ai soupiré et j'ai presque pleuré tant sa présence me faisait du bien. Je me suis permis cette indulgence pendant une minute de plus, mais je savais que je devais m'éloigner de lui avant qu'il ne se réveille.

J'ai commencé à bouger, et son bras a glissé dans mon dos. Il me maintenait en place. Je pensais qu'il dormait encore, mais il a chuchoté :

— Ne pars pas.

J'ai levé les yeux vers lui et le désir dans son regard m'a coupé le souffle. Il ne m'avait pas regardée comme ça depuis des années.

— Ne pars pas, Mel. S'il te plaît.

Je me suis figée, coincée entre le passé et le présent. Il m'avait quittée, il était parti, mais il me regardait comme avant. Avant que nous perdions Steven. Avant que nous nous perdions l'un l'autre.

— Mel, a-t-il gémi en se penchant vers moi.

Mon hésitation était une acceptation, et au moment où ses lèvres ont touché les miennes, j'ai su que ce n'était pas de l'hésitation. Non, c'était de la peur, du désir, du besoin et de la douleur, tout à la fois. Chaque émotion que j'avais jamais ressentie dans ma vie, je l'avais ressentie avec l'homme qui enroulait ses bras autour de mon dos et m'incitait à grimper sur ses genoux.

Je n'ai pas résisté et l'ai laissé m'attirer sur lui. Mes cuisses se sont écartées et je me suis enfoncée, sentant la crête familière de son sexe qui durcissait entre mes jambes. Le sexe était quelque chose qui avait disparu après Steven, mais ça me manquait quand même. Un vibromasseur, c'est bien, mais un homme qui sait utiliser ce dont il a été doté, c'est encore mieux.

Ramsey a incliné ma tête sur le côté et a pressé sa langue entre mes lèvres. Je ne pouvais pas l'arrêter, et je ne le voulais pas. Je le voulais. J'avais besoin de lui.

J'ai enroulé mes bras autour de son cou et me suis rapprochée. Chaque centimètre de son corps donnait l'impression de rentrer à la maison. Un soulagement. Il était confortable. L'homme que j'avais aimé pour toujours. La personne qui m'avait montré ce que l'amour signifiait vraiment. Bien sûr, j'aimais ma sœur, et d'une certaine façon, j'aimais mes parents, mais Ramsey était la personne qui m'avait montré que l'amour devait être désordonné, sauvage et amusant. Ce n'était pas une obligation. C'était incroyable et beau et quelque chose qui ne venait pas avec des règles.

Ses mains ont saisi mes fesses et m'ont rapprochée. Il a gémi quand je me suis frottée contre lui. Il s'est écarté de notre baiser pour faire glisser ses lèvres le long de ma gorge.

— Putain, tu m'as manqué. Je savais que tu finirais par passer à autre chose.

Le plongeon de l'Ours Polaire n'aurait pas pu me glacer plus vite. Je me suis reculée et l'ai foudroyé du regard, certaine d'avoir mal entendu.

— Qu'est-ce que tu viens de dire ?

Il m'a regardée comme s'il avait presque oublié que j'étais là. Ses yeux étaient vitreux de désir, son sexe toujours dur entre mes jambes. Il ne m'en aurait pas fallu beaucoup pour jouir, mais je n'étais plus du tout d'humeur.

J'ai commencé à descendre de lui, mais il m'a tenue fermement, refusant de me lâcher.

— Maintenant, tu veux me retenir ?

— Qu'est-ce que ça veut dire, bordel ? a-t-il lâché.

J'ai soupiré et me suis dégagée. Il m'a laissée partir, et je me suis sentie aussi seule que la première fois qu'il s'est éloigné de moi.

Il a soupiré et s'est levé. Son sexe était au garde-à-vous, mais nous avons tous deux ignoré l'éléphant dans la pièce.

— Je suppose que je devrais partir.

J'ai croisé les bras et hoché la tête.

Il m'a fixée pendant un long moment, mais je n'ai pas cédé. Je ne pouvais pas. Pas s'il pensait que j'allais accepter tout ce qu'il voulait juste parce qu'il était sacrément bon au lit. Le sexe n'avait jamais été notre problème jusqu'à ce que nous arrêtions d'en avoir. Je savais que j'en étais la raison. Perdre Steven m'avait terrifiée, et je ne laissais plus Ramsey me toucher.

Il disait qu'il comprenait, mais plus le temps passait, plus il devenait tendu. Et plus il devenait tendu, plus il m'était difficile d'être intéressée par le sexe. Et ainsi de suite jusqu'à ce que nous nous retrouvions dans une rencontre plus maladroite que notre première fois.

Non, le sexe n'était définitivement pas la réponse à nos problèmes. Et laisser le sexe prendre le dessus n'allait rien arranger, et ça n'allait certainement pas me convaincre de passer à autre chose.

La porte s'est refermée derrière lui, mais je sentais à quel point il avait envie de la claquer. Je l'ai verrouillée à nouveau et j'ai éteint les lumières une fois que j'ai entendu son véhicule utilitaire sport quitter l'allée.

J'avais besoin d'une douche et de quelques heures de sommeil, mais d'abord, je devais nettoyer la cuisine. Je ne l'avais pas fait avant de partir parce que passer du temps avec Ramsey et Amber était trop difficile. J'avais presque commencé à imaginer que nous étions une famille à nouveau, et c'était dangereux.

Je suis entrée dans la cuisine et j'ai eu le souffle coupé.

C'était propre. Impeccable. L'évier était vide, la table dégagée, même le sol semblait avoir été lavé.

J'ai regardé autour de moi comme s'il y aurait une réponse magique expliquant comment c'était arrivé. J'ai éteint les lumières et je suis retournée dans le salon, surprise de constater qu'il avait été nettoyé aussi.

Ramsey ne nettoyait pas la maison quand il y vivait. Il détestait faire ça. Quand je voulais faire le ménage, il proposait toujours d'emmener Amber dehors pour que je puisse finir plus vite. Nous savions tous les deux que c'était juste parce qu'il ne voulait pas aider, mais je finissais effectivement plus vite quand ils n'étaient pas là.

Mais il avait nettoyé la maison sans qu'on le lui demande et avec Amber à la maison. Il l'avait fait pour moi.

J'ai sorti mon téléphone pour lui envoyer un texto, mais un SMS ne semblait pas approprié. Nous échangions des textos au sujet d'Amber, de quand il venait. Je voyais son visage quand je lui envoyais un texto. Mais via À la Recherche du Héros Littéraire Parfait, il était un gars sympa avec qui j'aimais discuter.

MAMAN DU WEB

Merci pour le ménage. Tu n'avais vraiment pas à faire ça.

Je n'étais pas sûre qu'il répondrait, mais presque immédiatement un message est apparu.

RH142

Amber et moi voulions faire quelque chose pour toi.

MAMAN DU WEB

Merci. Ça compte beaucoup.

RH142

Tu mérites plus. Tu mérites tout.

MAMAN DU WEB
J'ai eu tout ce que je voulais autrefois.

RH142

Moi aussi. J'espère l'avoir à nouveau un jour.
Si j'arrive à ne pas mettre les pieds dans le
plat.

Je ne savais pas comment répondre à cela, alors je ne l'ai pas fait. J'ai fermé l'application et je suis allée dans ma chambre. J'étais encore excitée, et je savais que je ne dormirais pas avant d'avoir libéré une partie de l'énergie qui circulait en moi.

J'ai regardé mon lit et me suis mordu la lèvre. J'ai regardé la porte et j'ai décidé de la fermer. Je l'ai verrouillée aussi. Puis j'ai enlevé mes vêtements et j'ai allumé ma douche. J'ai attendu que l'eau soit chaude, puis je suis entrée et j'ai pris une profonde respiration. J'ai fermé les yeux et j'ai repassé mon fantasme préféré. Un fantasme qui n'en était pas vraiment un mais plutôt un merveilleux souvenir, le meilleur souvenir.

Amber dormait, alors j'ai décidé de prendre une douche. J'avais pris beaucoup de poids pendant ma grossesse et je ne me sentais pas à l'aise avec mon corps. J'ai passé mes mains sur mon ventre et j'étais déprimée qu'il ne se soit pas plus aplati après sa naissance. Même maintenant, je portais encore le poids supplémentaire autour de mon ventre, mais je m'y étais habituée et je n'en étais plus si contrariée.

Mais c'était la première fois que je me permettais de pleurer. Je n'avais pas réalisé que Ramsey était à la maison jusqu'à ce qu'il ouvre la porte de la douche et m'enveloppe de ses bras par derrière. Je ne voulais pas qu'il me voie. La seule fois où nous avions fait l'amour depuis la naissance d'Amber, c'était avec les lumières éteintes, et avec l'éclatante luminosité des lampes de la salle de bain, j'avais honte de mon apparence.

— Je sors dans une minute, lui ai-je dit, sans me retourner.

Il a embrassé mon cou et m'a demandé :

— Pourquoi pleures-tu ?

Je pouvais tenir bon tant que je n'y pensais pas, mais sa question était impossible. J'ai frémi et essayé d'étouffer à nouveau mes larmes, mais il s'est pressé plus fort contre mon dos et m'a tenue.

— Je ne suis pas belle, ai-je murmuré, alors et maintenant. Une partie de moi portait encore cette douleur. Je ne pouvais pas m'empêcher de me demander si j'avais retrouvé ma silhouette, si mon mari ne serait pas parti, mais c'était une pensée pour une autre fois.

J'ai glissé ma main entre mes cuisses et j'ai laissé les mots de Ramsey d'il y a des années et le regard dans ses yeux il y a quelques heures remplir mon esprit. Il me voulait. Il m'avait toujours voulue. Dans la douche ce jour-là, il avait embrassé chaque centimètre de mon corps et m'avait dit combien il les aimait tous. Et quand j'ai finalement joui, il m'a promis de m'aimer pour toujours.

Mes doigts étaient glissants de mon fluide. J'ai taquiné mon clitoris et je me suis dit que c'était la main de Ramsey entre mes jambes et non la mienne. C'était Ramsey qui m'excitait. J'ai enfoncé un doigt et j'ai remonté l'humidité vers mon clitoris une fois de plus, puis j'ai caressé rapidement le bouton jusqu'à ce que je halète et que je puisse à peine tenir debout.

Il ne m'a pas fallu longtemps pour jouir, tout mon corps frémissant de ma délivrance. Mes genoux ont faibli, et j'ai souhaité que mon mari soit là pour me soutenir. Il s'assurait toujours que j'étais en sécurité.

J'ai repris une respiration tremblante et j'ai fini ma

douche, ne ressentant pas autant de soulagement que je l'avais espéré. J'aurais aimé que Ramsey et moi puissions finir ce que nous avions commencé sur le canapé, mais j'étais seule, et solitaire.

J'ai chassé ces pensées et me suis enveloppée dans une serviette avant de m'habiller pour dormir. Il ne faudrait pas longtemps avant que je sois à nouveau réveillée et que je commence une nouvelle journée. Nous allions patiner avec Willow, ce qui signifiait que nous allions sortir de la maison pendant un moment.

J'ai déverrouillé ma porte et je l'ai ouverte à nouveau, puis je me suis glissée dans mon lit. Le côté de Ramsey ne sentait plus son odeur. J'avais caché l'une de ses chemises dans sa taie d'oreiller juste après son départ, mais Willow l'avait trouvée et l'avait retirée. Elle disait que ce n'était pas bon pour moi de m'accrocher à lui.

Ce n'était pas bon pour moi de le laisser partir non plus.

Le sommeil n'est pas venu facilement, mais finalement je me suis endormie et j'ai rêvé d'une vie avec Ramsey. Mais ce n'était qu'un rêve.

UNE HEURE de patinage était tout ce que je pouvais supporter. J'ai pris un chocolat chaud et je me suis assise sur le côté, regardant Amber et Willow glisser sur la glace. Des familles patinaient sur la glace. Il était facile de repérer les enfants qui jouaient au hockey ou prenaient des cours de patinage. Il y en avait beaucoup. Et beaucoup de parents qui patinaient depuis toute leur vie.

La patinoire serait plus fréquentée le soir quand les adolescents envahiraient la glace, flirtant et s'amusant. Un de mes premiers rendez-vous avec Ramsey était au patinage. J'essayais d'être cool et je ne portais pas de gants. Mes mains étaient gelées à la fin de la soirée, mais il les avait réchauffées, puis m'avait embrassée et avait réchauffé le reste de mon corps.

— J'aimerais savoir ce qui a mis cette expression sur ton visage, a dit Blake, en s'asseyant à côté de moi. Elle a souri, ses yeux bruns aussi gentils que toujours.

Je n'étais toujours pas sûre si Blake et moi étions vraiment amies ou non. Elle était assez gentille, mais Ramsey allait définitivement avoir Ian dans notre divorce, et je supposais que Blake irait avec lui. Ce qui signifiait que se rapprocher de Blake était inutile.

— Je réfléchissais, c'est tout.

— À Ramsey ? a-t-elle demandé doucement.

J'ai répondu par un sourire triste.

— Je suis désolée. Je n'aurais pas dû dire quoi que ce soit.

J'ai secoué la tête.

— Non, ça va. Comment ça se passe avec Ian ?

Elle a souri et ressemblait probablement exactement à moi quand je pensais à Ramsey une minute plus tôt.

— Ça va bien. Vraiment bien. Nous sommes... euh... nous sommes fiancés.

J'ai souri malgré la douleur et lui ai dit que j'étais heureuse pour elle.

— Merci. Je me sens un peu coupable de te le dire.

J'ai secoué la tête.

— Tu ne devrais pas. Pas du tout. Parfois les choses fonctionnent, et parfois non. La bonne chose pour toi c'est que si la moitié des mariages se terminent par un divorce, tu es dans la bonne moitié.

— Ah, Melody. Je suis vraiment désolée.

J'ai haussé les épaules.

— C'est rien.

— Je n'arrive toujours pas à croire que vous ne vous êtes

pas remis ensemble. Ian était sûr que vous parleriez avant maintenant.

— Parler n'est pas notre point fort, ai-je marmonné.

Blake a eu un sursaut, puis a ri.

— Eh bien, on dirait que peut-être que vous ne devriez pas parler.

J'ai ri doucement.

— Déjà fait, déjà raté.

— Récemment ?

J'ai regardé mon téléphone.

— Il y a douze heures ?

— Non ! Sérieusement ? Pourquoi ça a échoué ?

J'ai pris une respiration froide et vérifié qu'Amber patinait toujours et ne pouvait pas m'entendre.

— J'ai perdu la tête et je me suis blottie contre lui alors qu'il dormait sur mon canapé. Il s'est réveillé et m'a embrassée. Puis il a dit qu'il savait que je finirais par passer à autre chose.

— Il n'a pas dit ça.

J'ai pressé mes lèvres ensemble en un sourire.

— Qu'est-ce qui ne va pas chez lui ?

— Chez qui ? a demandé Elise, s'asseyant de l'autre côté de Blake. Elle était en chaussettes, des patins de location bruns à côté de ses pieds. Elle a enfoncé un pied dans le patin et serré les lacets.

J'ai fermé la bouche. Je ne connaissais pas du tout Elise. Elle avait un an de moins que Willow et je la connaissais seulement pour avoir vécu dans la même ville. Elle était tout ce que je voulais être, cependant. Jeune, belle et confiante. Elle attirait les hommes et ne se souciait de rien d'autre que de s'amuser.

J'aurais aimé être aussi insouciante, ne serait-ce que pour un jour.

— Ramsey a dit à Melody qu'il savait qu'elle finirait par

passer à autre chose pendant qu'ils se pelotaient sur le canapé hier soir, a répondu Blake.

Elise a haussé les sourcils en croisant mon regard. Elle a enfilé l'autre patin tout en parlant.

— D'abord, tant mieux pour toi parce que ton mari est vraiment sexy. Ensuite, je suppose que tu participais au pelotage ?

J'ai acquiescé à contrecœur.

— Alors qui s'en soucie ? S'il va être un con, il va être un con. Mais peut-il être un con qui fait en sorte que tes orgasmes soient un match en double plutôt qu'en simple ?

— Elise ! s'est exclamée Blake. Elle s'est tournée vers moi.

— Je suis vraiment désolée pour elle.

— Ne t'excuse pas pour moi, a dit Elise.

— Elle a épousé ce gars. Elle l'aime clairement encore, et tout le monde sait qu'il se languit d'elle et attend le jour où elle le laissera revenir à la maison. Soit tu le sors de sa misère et tu te réconcilies, soit tu le laisses partir. Le faire marcher n'est bon pour aucun de vous deux.

— Je ne le fais pas marcher, ai-je protesté.

Elise a haussé les épaules.

— Je ne juge pas. Crois-moi, j'ai pris beaucoup de mauvaises décisions concernant les hommes dans ma vie. Si ce qui s'est passé peut être réparé, alors répare-le. Sinon, passe à autre chose.

Sur ces mots, elle s'est éloignée. Je voulais lui dire que je ne jouais pas avec Ramsey, mais était-ce le cas ? Je n'en avais pas l'intention. Merde.

— Je pense que les relations sont toujours compliquées. J'ai passé cinq ans avec William, et je n'ai jamais ressenti ne serait-ce qu'un peu de l'amour que je ressens pour Ian. Mais Ian me fait terriblement peur. Même maintenant, avec sa bague à mon doigt, j'ai peur qu'il ne s'ennuie avec moi et qu'il parte.

— Pourquoi ?

Elle a ri.

— Parce que si toi et Ramsey ne pouvez pas faire marcher les choses, je ne suis pas sûre que quiconque le puisse.

J'ai secoué la tête.

— Ramsey et moi n'étions pas faits l'un pour l'autre.

— Tu le crois ? Vraiment, honnêtement, de tout ton cœur, tu le crois ?

10

e ne pus m'empêcher de sourire en secouant la tête parce qu'elle avait raison. Ce n'était pas le cas. « Je suis tombée amoureuse de lui avant même de savoir ce qu'était l'amour. »

Blake sourit. « Je pense que c'est comme ça qu'on sait que c'est fait pour durer. Tu n'as pas besoin de le définir. Ça n'a pas besoin d'avoir un nom. L'amour est un sentiment, un désir de rendre l'autre personne heureuse à tout prix. »

Je soupirai et acquiesçai. « C'est pourquoi Ramsey et moi, c'est fini. J'ai toujours voulu une grande famille. Ma famille... ce n'était pas toujours facile en grandissant. Willow et moi, on parlait de se marier et d'avoir beaucoup d'enfants. D'avoir une grande famille pleine d'amour, de rires et de joie au lieu de ce que nous avons connu. » Je haussai les épaules. « J'ai toujours ce rêve. Elle ne l'a plus, mais moi si. »

Blake hocha la tête et se pencha pour enfiler un de ses patins. Elle finit de lacer le premier avant de dire : « Quand j'étais petite, je rêvais d'avoir un père. Un homme dans ma vie qui garderait ma mère sobre et veillerait sur moi et s'oc-cuperait des choses pour que je puisse être une enfant. »

— Merde, Blake. Je n'en avais aucune idée.

Elle secoua la tête. « Ce n'est pas grave. Mais ce que je veux dire, c'est qu'on a tous des rêves quand on est enfants. On veut tous certaines choses. Toi seule sais si le rêve que tu avais enfant est toujours un bon rêve, ou si ton rêve devrait changer pour avoir quelque chose d'autre que tu désires encore plus. Parce qu'on était assises là et tu parlais de Ramsey, mais tu n'as rien dit sur le fait de vouloir plus d'enfants. »

— Je... Elle avait raison.

— Maman ! Tu as vu ma pirouette ? demanda Amber, en accourant vers moi avec ses patins. Willow la suivait lentement.

— Bien joué, ma puce, dis-je même si je n'avais pas fait attention. J'étais trop occupée à parler de Ramsey pour regarder l'enfant que j'avais déjà.

— C'était comme en cours de danse mais sur la glace. Tante Willow a dit que j'ai vraiment bien fait, dit Amber, presque en criant alors qu'elle se laissait tomber sur le banc à côté de moi.

— Tu as vraiment bien fait, ma chérie.

Blake me toucha le bras. Je la regardai et elle sourit. « Je vais aller patiner. C'était bien de parler avec toi. »

J'acquiesçai. « Toi aussi. Félicitations, au fait. Vous méritez d'être heureuses toutes les deux. »

Elle sourit. « Toi aussi. »

Je souris et la regardai s'éloigner. Willow prit la place de Blake et demanda : « C'était quoi, tout ça ? »

— Je te raconterai plus tard.

Willow comprit et n'insista pas. J'aidai Amber à enlever ses patins et nous avons toutes décidé qu'il était temps de déjeuner en partant. J'essayai de les convaincre de rentrer déjeuner à la maison pour ne pas dépenser d'argent, mais elles voulaient absolument des hot-dogs et des frites.

Le Just Frank's était bondé, même pour un samedi après-midi. Nous avons fait la queue avec tout le monde et avons attendu notre tour. Amber s'assit sur les barres métalliques qui nous séparaient des gens de l'autre côté. Au fur et à mesure que nous avancions, elle glissait, se plaignant que ses pieds lui faisaient mal à cause du patinage.

Quand ce fut notre tour, nous avons toutes commandé des hot-dogs, des frites et des boissons. Amber demanda une glace, mais je lui dis non car elle devait d'abord manger. Willow commanda un milkshake et promit de le partager avec Amber si elle mangeait son déjeuner.

Amber sourit après ça.

Nous nous sommes assises et avons mangé pendant qu'Amber racontait sa semaine à Willow. Elle termina en mentionnant que Ramsey s'était joint à nous pour dîner la veille.

— Et Papa a dit qu'il aime toujours Maman, déclara Amber.

Mon cœur fit un bond à ses mots. Blake avait dit la même chose. Et Elise aussi.

— Et Maman aimera toujours Papa parce qu'il lui a donné toi, dit Willow, en tapotant le nez d'Amber.

Amber gloussa et continua à manger. Son hot-dog avait disparu et ses frites diminuaient. Ses yeux ne cessaient de regarder le milkshake qui était resté intact devant elle.

— Papa et moi avons aussi fait un cadeau pour Maman, dit Amber. « Mais Papa l'a emporté avec lui pour que Maman ne le voie pas. »

— Vraiment ? demandai-je.

Amber hocha la tête. « Oui, mais je ne vais pas te dire ce que c'est. »

— Tu me le diras à moi ? demanda Willow.

Amber la regarda puis me regarda à nouveau. Elle plissa les yeux et dit : « Tu vas le dire à Maman ? »

Willow haleta et sursauta. « Pourquoi je ferais ça ? »

Le regard d'Amber devint plus dur, et je dus lutter pour ne pas rire. « Parce que tu dis tout à Maman. Je les ai entendus, elle et Papa, se disputer à ce sujet. Elle te dit tout et pas à lui. C'est pour ça qu'il est parti. Et je ne veux pas te le dire si tu vas le dire à Maman et rendre Papa fâché à nouveau. »

Toute envie de rire s'évanouit. Le sourire de Willow disparut aussi. Nous avons échangé un regard avant que je n'affiche un sourire et attire l'attention d'Amber.

« Tante Willow n'est pas la raison pour laquelle Papa est parti, ma chérie. Tante Willow veut que Maman et Papa se remettent ensemble, mais Maman et Papa ont des choses à régler. »

— Papa va au travail tous les jours. Il devrait travailler plus vite.

J'exhalai un rire et hochai la tête. « Il devrait. Et il travaille dur. Mais je ne sais pas si Papa et moi réussirons à tout arranger un jour. »

— Pourquoi pas ?

— Parce que parfois les gens n'arrivent pas à tout réparer.

Amber plissa à nouveau les yeux. « Comme quand je dansais et que j'ai cassé ton cadre photo ? »

J'acquiesçai. « Oui, un peu comme ça. »

— Je suis vraiment désolée, Maman. Tu as dit que j'étais pardonnée. Sa lèvre tremblait.

Je souris et la serrai contre moi. « Tu l'es, ma chérie. »

— Alors, pourquoi toi et Papa ne pouvez pas vous pardonner l'un l'autre ?

— J'espère qu'on pourra un jour.

Willow est revenue à la maison avec nous après le

déjeuner. Amber alla dans sa chambre pour jouer, et Willow me demanda ce que Blake m'avait dit à la patinoire.

« On parlait de Ramsey. »

— Quoi à propos de mon bientôt ex-beau-frère ?

Je jetai un coup d'œil dans le couloir, et le visage de Willow se crispa. C'était suffisamment rapide pour que la plupart des gens l'auraient manqué, mais je connaissais ma sœur et ce regard signifiait qu'elle s'inquiétait de ce que j'allais dire.

« Ce n'est pas si grave. »

— Pourtant tu ne dis pas de quoi il s'agissait.

— Il m'a embrassée.

— Quoi ? demanda-t-elle, les yeux écarquillés et pas du tout contente.

« Quand je suis rentrée hier soir, il dormait sur le canapé. Il ressemblait au garçon dont je suis tombée amoureuse, et je n'ai pas pu résister à l'envie de m'allonger avec lui. Juste pour une minute. Mais il s'est réveillé et a commencé à m'embrasser. »

— D'accord ?

— Puis il a dit qu'il savait que je finirais par passer à autre chose.

— Quel con.

— C'est toujours mon mari, dis-je.

« Plus pour longtemps. Écoute, Mel, je t'aime. Et j'aime Amber. Et j'aimerais que ta petite famille ne vole pas en éclats, mais toi et moi savons que Ramsey n'est pas fait pour toi. »

— Tu l'as toujours dit.

Elle acquiesça. « Oui, et j'avais raison. Il t'a blessée, Mel. Pas qu'une fois. La première fois qu'il t'a blessée, c'était au lycée. Puis de nouveau, pire encore, quand il est allé à l'université et a rompu avec toi. Ensuite, il a décidé qu'il devait être avec toi, mais ce n'était pas toujours facile. Combien de fois m'as-tu dit qu'il flirtait avec quelqu'un d'autre ou qu'il regardait une autre fille devant toi ? Combien de fois as-tu pensé à rompre avec lui ? Et pire que tout, combien de fois as-tu renoncé à ce que tu voulais parce qu'il voulait autre chose ? »

— C'est mon mari, dis-je doucement.

Willow hocha la tête. « Je sais. Mais tu agis comme Papa la moitié du temps. »

Je me raidis instantanément.

Willow secoua la tête. « Maman est aux commandes. Nous le savons toutes les deux. Elle l'a toujours été. Elle n'a jamais cru en l'importance de montrer de l'affection. Elle voulait qu'on soit fortes. Et Papa l'a laissée faire. Il a accepté tout ce qu'elle voulait et ne s'est jamais opposé à elle. Nous avons grandi sans savoir si nos parents nous aimaient vraiment parce qu'il ne pouvait pas lui tenir tête. »

— Amber sait qu'elle est aimée, argumentai-je.

« Elle le sait, » acquiesça Willow. « Elle sait aussi que ses parents se disputent et pense que c'est ma faute. Peut-être qu'elle se blâme elle-même. Vous lui dites tous les deux que vous vous aimez toujours- »

— Ça ne disparaît pas comme ça, dis-je avec véhémence.

Willow secoua la tête. « Non, ce n'est pas le cas. L'amour s'attarde et te gifle en plein visage juste quand tu penses qu'il est parti. Il atteint ta poitrine et te serre le cœur quand tu te convaincs que c'est fini. Il brûle dans tes veines et te tue de l'intérieur quand tu réalises que ce n'est pas réciproque. »

— Will ? Je ne savais pas qu'elle aimait quelqu'un. Elle n'en avait jamais parlé.

Elle rit. « Je regarde trop de films. Et je ne veux pas être comme ces femmes. Tu ne devrais pas l'être non plus. Ramsey t'a blessée encore et encore. C'est le père de ton enfant, mais il n'est plus fait pour toi. Il est parti, Melody. Il a franchi cette porte et la seule fois où il revient, c'est pour

Amber. Il n'est pas revenu te demander de le laisser emménager à nouveau, n'est-ce pas ? »

Je secouai la tête.

— T'a-t-il dit qu'il t'aimait toujours et qu'il voulait réessayer ?

Je secouai la tête à nouveau.

— A-t-il dit qu'il essaierait d'avoir un autre enfant ?

— Non.

— Ou que tu représentes tout pour lui et qu'il ne peut pas vivre sans toi ?

— Non, Willow, non. Tu sais qu'il n'a rien dit de tout cela. Pourquoi fais-tu ça ?

Elle tapota ma main et me sourit tristement. « Parce que je veux que tu te souviennes que toutes les choses que tu veux ne viennent pas de lui. »

J'avalai ma salive pour faire passer la boule immobile dans ma gorge et hochai la tête. Elle avait raison. Ramsey attendait que je cède, comme je l'avais toujours fait. J'étais tellement désespérée qu'il me remarque au lycée que je me suis abandonnée morceau par morceau jusqu'à devenir la femme de Ramsey. Je n'étais plus Melody. J'étais la femme de Ramsey, la mère d'Amber et la sœur de Willow. Je n'étais plus Melody. Plus maintenant.

Tout ce que Willow avait dit est resté dans mon esprit pendant le week-end. Si rien d'autre, cela m'a fait réaliser que je ne pouvais pas rester assise et attendre que les choses s'améliorent avec Ramsey. Je devais commencer à vivre ma vie sans lui. Il ne reviendrait pas, et s'il le faisait, ce serait clairement à ses conditions.

Après avoir déposé Amber à l'école lundi matin, je me suis dirigée tout droit vers O'Kelley's. Parce que quand tu te sens mal pour toi-même, tu ne veux pas rentrer à la maison et tu ne veux pas aller voir la femme heureuse qui vient de se fiancer. Non, tu veux aller au bar du coin et boire à dix heures du matin.

C'était un bon endroit pour réfléchir, et Hudson savait toujours tout ce qui se passait. Peut-être pourrait-il m'aider à trouver un emploi. Sinon, ça me donnerait au moins quelque chose à faire à part boire toute la journée.

Il y avait quelques personnes à l'intérieur, mais c'était surtout calme. Hudson était derrière le bar et me lança un regard étrange quand je pris un tabouret face à lui.

— Euh, salut ?

— Bonjour. Je peux avoir un lemon drop ?

Son regard confus ne s'estompa pas. « Tu sais quelle heure il est ? »

Je jetai un coup d'œil vers la porte et pointai l'enseigne Ouvert allumée à côté. « L'enseigne est allumée ? »

Il acquiesça.

— Donc vous êtes ouvert ?

Il acquiesça à nouveau.

— Qu'est-ce que je manque ?

— Que veux-tu dire ?

— Si vous êtes ouvert, pourquoi n'ai-je pas le droit de prendre un verre ?

Il soupira et s'éloigna. Je le regardai prendre la vodka et un quartier de citron. Il posa un verre à martini sur le comptoir et ouvrit un shaker. Il versa la vodka puis ajouta une cuillère de glace. Il pressa le quartier de citron et ajouta une cuillère de sucre. Puis il mit le couvercle et secoua le tout. Il versa dans le verre à martini, ajouta une tranche de citron et le posa devant moi.

— Merci, dis-je, en levant le verre pour lui porter un toast. Je pris une gorgée, la saveur acidulée me faisant plisser les lèvres tandis que la vodka me brûlait la gorge. Je n'avais jamais été une grande buveuse, mais j'appréciais certaine-ment un verre de temps en temps. Le vin était mon choix de prédilection à la maison parce que c'était facile, mais quand je sortais, j'aimais essayer différentes choses.

— Qu'est-ce que tu fais ici ? demanda Hudson après une minute.

Je haussai les épaules. « J'avais envie d'un verre, et je ne voulais pas être seule maintenant. »

Son visage s'adoucit très légèrement. Sa barbe cachait la plupart de son visage, et la plupart de ses émotions, mais ses yeux révélaient ce qu'il ressentait. Habituellement, le bar était sombre et animé et je ne le remarquais pas, mais avec les lumières allumées et très peu de monde, j'avais plus de chance d'étudier Hudson.

— Tu comprends, n'est-ce pas ? demandai-je.

Il hésita un moment puis acquiesça. Il regarda autour de lui et haussa les épaules. « C'est pour ça que je suis toujours ici. »

Je souris et sirotai mon verre.

La porte d'entrée s'ouvrit et Hudson leva les yeux du shaker qu'il lavait. Il fit un signe vers l'arrière et contourna le bar.

« Je serai à l'arrière quelques minutes avec la livraison, » me dit-il. « Ça ne prendra pas longtemps. »

Je ne savais pas vraiment pourquoi il me le disait, mais j'acquiesçai. Il suivit le gars avec le diable à travers la porte battante, son visage à nouveau un masque d'émotions.

Le gars revint une minute plus tard avec un diable vide et sortit. Ce ne fut pas long avant qu'il ne revienne, faisant rouler les cartons par la porte à nouveau.

— Où est Hudson ? me demanda quelqu'un.

Je me tournai et souris à l'homme. « Il s'occupe de la livraison. »

— Merde. Je dois partir et je voulais payer ma note.

Je glissai de mon tabouret et contournai le bout du bar. J'avais suffisamment travaillé adolescente et étudiante pour pouvoir gérer à peu près n'importe quelle caisse. Je tapai quelques trucs sur l'écran et tendis la main pour prendre la carte de l'homme. Je trouvai sa note et tournai l'écran vers lui pour m'assurer que c'était correct.

— C'est bien moi. Tu as le droit de faire ça ?

Je souris au gars et eus une idée lumineuse. « Oui, parce que je vais bientôt commencer à travailler ici. »

— Vraiment ?

J'acquiesçai. « Oui. Hudson ne le sait pas encore, mais c'est le cas. »

Le gars rit et signa son reçu. Il me le rendit et hocha la tête. « Bonne chance. »

— Merci. Passez une bonne journée.

Il salua en sortant. Le livreur était juste derrière lui. Je classai le reçu et me retournai pour retourner à ma place et trouvai Hudson qui me regardait, les bras croisés. Il n'avait pas l'air content.

— Qu'est-ce que tu fais derrière le bar ?

— J'aide, dis-je. « Ce gars voulait payer sa note, et tu n'étais pas là, alors je m'en suis occupée. »

— Comment tu sais utiliser ça ?

— Je travaillais comme barmaid à l'université. Un de mes nombreux boulots.

— Tu sais préparer des boissons ?

J'acquiesçai.

— Et tu sais utiliser la caisse ?

J'acquiesçai à nouveau. « Ce qui signifie que tu devrais m'embaucher. »

Hudson éclata de rire.

« Je suis sérieuse, » lui dis-je, en réduisant la distance entre nous. « J'ai besoin d'un travail. Je ne peux pas rester à la maison toute la journée tous les jours. Je perds la tête. Et

Ramsey ne reviendra pas, ce qui signifie que je vais devoir trouver un emploi. S'il te plaît, Hudson. J'ai besoin de ça. »

Il soupira et attrapa la visière de sa casquette de baseball. Il l'enleva et se gratta la tête rasée. Puis il remit la casquette et secoua la tête. « Non. Ce n'est pas une bonne idée. »

« C'est une idée parfaite, » argumentai-je alors qu'il me bousculait. « Tu n'auras pas à me former. Je sais déjà tout faire. Je peux aider pendant la journée pendant qu'Amber est à l'école et certains week-ends quand Ramsey la prendra. Ce sera génial. »

— Je n'ai pas besoin d'une nouvelle personne.

— Vraiment ? demandai-je, croisant les bras et le fixant du regard.

— Oui, vraiment.

— Et quand tu reçois des livraisons ?

— Elles arrivent trois fois par semaine, et elles ne prennent pas longtemps.

— Et pour réapprovisionner le bar ?

— Les barmans le font pendant leur service.

— Et les paperasses ?

Il se figea. Je savais qu'il passait la majorité de son temps en salle, ce qui signifiait soit qu'il emportait sa paperasse chez lui, soit qu'elle n'était pas faite.

« Je gère ma maison depuis des années. Et quand j'étais jeune, j'aidais mon père avec sa comptabilité. »

— Quelle aide ?

— Je faisais ses impôts.

— Bordel, souffla Hudson.

« Je t'ai dit que je suis parfaite pour le poste. Quand tu auras besoin de moi en salle, j'aiderai. Et quand ce ne sera pas le cas, je pourrai aider à faire la paperasse et m'assurer que tout est géré. Allez, Hudson, donne-moi un travail. »

Il gémit. « Ramsey va me tuer. »

Je secouai la tête et forçai un sourire. « Ramsey ne sera plus mon mari bientôt. Il se fiche de ce que je fais. »

Quelque chose brilla dans les yeux d'Hudson, mais il détourna le regard avant que je puisse comprendre ce que c'était. Quand il croisa à nouveau mon regard, c'était parti. « D'accord. Tu es embauchée. »

Je souris largement. « Tu ne regretteras pas, Hudson. Merci. »

Il marmonna quelque chose en s'éloignant. Je m'en fichais vraiment. J'avais un travail, quelque chose qui était juste pour moi en dehors de Ramsey. Je ne serais pas la femme de Ramsey ou la mère d'Amber chez O'Kelley's. Je serais juste Melody.

11

RAMSEY

*P*enny est entrée dans mon bureau avec un sourire aux lèvres. —Je crois avoir trouvé ce que tu cherches.

—Et qu'est-ce que c'est ? lui ai-je demandé.

—Une nouvelle chance avec Melody.

J'ai soupiré et l'ai regardée. —On a déjà parlé de ça, Penny.

—Je sais, a-t-elle dit en s'installant sur la chaise en face de mon bureau. Elle a ramené ses cheveux bruns derrière sa nuque et les a fait tomber sur son épaule. —Mais je pense vraiment que c'est une bonne idée.

J'ai soupiré à nouveau et j'ai haussé les sourcils, l'invitant à continuer.

—Bon, alors vous avez toujours eu un truc pour la Saint-Valentin, pas vrai ?

J'ai hoché la tête.

—Tu devrais totalement la surprendre avec un rendez-vous. Penny a souri, les yeux grands ouverts et lumineux.

Je ne voulais pas la décevoir, mais je ne voyais pas en quoi un rendez-vous aiderait.

—Avant que tu ne dises non, écoute-moi, a-t-elle ajouté, son enthousiasme diminuant un peu.

J'ai acquiescé et j'ai croisé les doigts sur mon bureau. Au moins comme ça, je ne les serrerais pas en poings en pensant à toutes les fois et toutes les façons dont j'avais ruiné mon mariage.

—Tu devrais commencer par un dîner au restaurant. Un endroit sympa, peut-être descendre à Syracuse ou... enfin, je ne sais pas où vous devriez aller, mais définitivement un dîner. Puis après, allez faire une promenade. Un endroit où vous pouvez parler. Prenez l'air frais et raconte-lui ce qui se passe ces derniers temps. Et ensuite, vous devriez aller danser. Prends-la dans tes bras, serre-la fort et dis-lui combien tu l'aimes. Puis vous pourriez aller dans un hôtel pour une nuit de sexe torride.

Un rire a jailli de moi. C'était toujours choquant, d'une manière horrifiée, quand Penny parlait de sexe. Elle avait travaillé pour moi pendant des années avant que nous n'ayons une conversation sur autre chose que le travail. Elle était calme, timide et très introvertie. Elle l'était toujours, mais elle s'était définitivement détendue en ma présence.

Je le prenais comme un compliment, mais ça me déstabilisait encore.

—Je ne pense pas que ça va marcher, ai-je dit prudemment.

—Pourquoi pas ?

J'ai souri. —Parce que ça ne résout pas notre problème principal.

—Qui est ?

—Elle veut retomber enceinte, et je ne suis pas prêt à risquer de la perdre.

—Avoir des rapports sexuels ne garantit pas qu'elle tombera enceinte. Je veux dire, tu la désires toujours, n'est-ce pas ?

Notre séance de baisers de l'autre soir a traversé mon esprit. J'ai hoché la tête. —Définitivement.

—C'était quoi ça ?

—Quoi ?

—Ce regard, a-t-elle dit. Pourquoi ce regard ?

J'ai secoué la tête. —Rien.

—Ne me mens pas. Je sais que tu me mens. Qu'est-ce qui s'est passé ?

—Je l'ai embrassée.

—Melody ?

J'ai levé les yeux au ciel.

—Sérieusement ? s'est écriée Penny. Elle a bondi sur son siège en tapant des mains. —Pourquoi tu ne me l'as pas dit ?

J'ai agité la main dans sa direction.

Elle a soufflé et s'est calmée. —D'accord, je ne vais pas m'exciter. Maintenant, raconte-moi tout.

J'ai soupiré à nouveau.

—J'attends, a-t-elle dit après une minute.

—J'ai passé du temps avec Amber vendredi soir. Melody est sortie encore. Quand elle est revenue, je dormais sur le canapé. Elle s'est assise à côté de moi et a commencé à me toucher.

Les sourcils de Penny ont bondi.

—Pas comme ça. Elle a juste posé sa main sur ma taille et appuyé sa tête contre ma poitrine. Enfin, ça m'a réveillé, et quand elle a voulu s'éloigner, je lui ai demandé de ne pas le faire, puis je l'ai embrassée.

—Est-ce qu'elle t'a rendu ton baiser ?

—Pas au début, mais oui.

—C'est bien, non ? N'est-ce pas bien ? Pourquoi n'as-tu pas l'air de penser que c'est bien ?

—Parce que j'ai mis les pieds dans le plat et j'ai agi comme un con.

Penny a laissé tomber ses mains sur ses genoux et m'a fusillé du regard. —Tu plaisantes ?

—Je ne voulais pas. Je pensais que c'était un pas dans la bonne direction, mais elle s'est énervée et m'a jeté dehors.

—Tu dois arrêter de faire des conneries avec ta femme. Comme la quitter pour commencer.

—Mais elle est-

—Non, a dit Penny. —Tu n'as pas le droit de défendre tes actions en l'accusant de quelque chose. Elle veut des enfants. Si tu la veux, tu vas peut-être devoir surmonter tes peurs.

—Je-

—J'ai dit non. Tu n'as pas le droit de parler maintenant. Tu dois écouter. Melody a toujours tout fait pour toi. Elle a toujours été là. Elle est parfaite pour toi. C'est une personne incroyable et tu ne la mérites pas-

—Super, merci.

Elle a secoué la tête. —Tu sais que c'est vrai.

J'ai hoché la tête.

—Je n'ai aucune idée de ce que vous avez vraiment traversé quand vous avez perdu Steven. Tout ce que je sais, c'est que si Melody veut un autre enfant, elle ne va pas changer d'avis parce que tu le dis. Les femmes risquent leur vie tout le temps parce qu'elles pensent qu'elles ne feront pas partie de la majorité qui a un problème. Nous sommes aveugles quand il s'agit de fonder une famille, surtout si c'est tout ce que nous avons toujours voulu. Je ne sais pas quelle est la solution, mais tu ne trouveras jamais quelqu'un qui te convient mieux que Melody. Peu importe le nombre d'applications de rencontres que tu essaies.

—Comment as-tu...?

—Su que tu essaies les rencontres en ligne ? Je sais tout, patron. Et tu es en train de tout gâcher. Tu dois trouver comment arranger les choses avec elle. Et tu dois le faire maintenant.

—Je ne pense pas pouvoir reculer sur ce point. Ce n'est pas une question de vouloir des enfants ou non. J'adorerais avoir plus d'enfants. Mais après Steven, son médecin a dit que ce n'était pas une bonne idée pour elle de tomber enceinte.

—Si elle sort avec d'autres hommes qui veulent des enfants, alors la quitter ne résout rien. Tu dois trouver un moyen d'arranger les choses avec elle et t'assurer qu'elle est en sécurité, a dit doucement Penny.

—Penny, c'est... J'ai soupiré. —Y a-t-il autre chose ? As-tu découvert quelque chose sur M. Jones et son cousin inconnu ?

Penny a soupiré et m'a fixé pendant un long moment, puis m'a tendu une feuille de papier. —Il semble que Mme Jones soit tombée enceinte adolescente. Elle ne l'a jamais dit à personne et a confié le bébé à l'adoption.

—Sérieusement ? ai-je demandé.

Penny a hoché la tête. —Je ne l'aurais jamais trouvé si je n'avais pas cherché.

—Où as-tu cherché ?

—Un de ces tests ADN à domicile. Mme Jones en a fait un, mais il n'y avait aucune trace de correspondance nulle part. Elle l'a fait si tôt que peu de gens en avaient fait, mais maintenant, il y a une correspondance.

—Wow, ai-je soufflé en m'adossant à ma chaise. —Je n'aurais jamais pensé à chercher dans ces bases de données.

Penny a souri. —Merci.

—Savons-nous quelque chose sur l'autre petit-fils ? Attends, tu as dit qu'elle avait eu un enfant ? Qui est son enfant ?

—Cleotha a eu une fille. Sa fille a grandi dans un foyer agréable au sud de Syracuse. Il semble qu'elle ait eu une excellente éducation avec une famille merveilleuse. Elle s'est mariée juste après l'université et s'est installée dans la même ville où elle a grandi. Ils ont eu un fils. La fille de Cleotha est morte il y a quelques années, et il semble que le gendre aussi, laissant le petit-fils livré à lui-même. Bien sûr, ce n'est pas un enfant. Il est marié, il travaille et il est indépendant, mais-

—C'est quand même un héritier. Nous devons le contacter. Lui demander de venir ici.

Penny a hoché la tête. —Je l'ai déjà fait. Tu as rendez-vous avec lui jeudi.

J'ai acquiescé et accepté le dossier que Penny avait préparé sur le nouvel héritier.

—J'ai aussi appelé M. Jones et fixé un rendez-vous avec lui pour mercredi. Je me suis dit que tu voudrais le prévenir et peut-être lui donner l'option d'être présent pour la rencontre avec son cousin.

—Bonne idée. Merci, Penny.

Penny a hoché la tête, mais elle est restée en place comme si elle attendait autre chose.

—Oui ? ai-je dit.

—À propos de Melody...

—Penny, s'il te plaît. Pas maintenant.

Elle a soupiré et s'est éloignée.

Personne ne comprenait à quel point il était difficile de parler de Melody comme s'il y avait quelque chose que je pouvais faire. La seule chose que je voulais, c'était la garder en sécurité. M'assurer qu'elle était toujours là. Je pensais que partir ferait cela, mais rien ne se passait comme je l'avais espéré.

J'ai passé le reste de la journée à travailler dans mon bureau. Je ne voulais plus parler à Penny de Melody, et j'avais beaucoup de paperasse à rattraper pour mes clients.

Quand j'ai enfin été prêt à partir pour la journée, Penny dansait devant la porte de mon bureau.

—Qu'est-ce que tu fais ? lui ai-je demandé.

Elle a pris ma question comme une invitation et est

entrée. —Je dois te dire quelque chose, mais je pense que ça va te mettre en colère, alors je ne suis pas sûre de devoir vraiment te le dire.

—Est-ce encore des conseils sur comment faire fonctionner les choses avec Melody ?

Penny a hésité, puis a secoué la tête.

—Est-ce plus de sagesse sur comment j'ai foutu en l'air mon mariage ?

Elle a secoué la tête à nouveau.

—Alors qu'est-ce que c'est ?

—Melody a trouvé un travail.

—Quoi ? Pourquoi ? Où ?

—Chez O'Kelley's ?

—Tu me poses une question ou tu me le dis ?

—Euh, je te le dis. Maxwell l'a vue là-bas au déjeuner aujourd'hui. Elle a dit qu'elle venait de commencer à y travailler.

Mon sang bouillonnait. Hudson était mon putain d'ami, et il avait embauché ma femme sans me le dire. Sans me demander.

—Il a dit qu'elle était vraiment enthousiaste à propos du travail et qu'elle se sentait comme un fardeau pour toi.

Mon cœur s'est serré à ces mots. Melody n'avait jamais été un fardeau. Quand nous avons décidé qu'elle resterait à la maison avec Amber, j'étais heureux. Je n'ai jamais voulu qu'elle cesse de le faire, même avec Amber à l'école.

—Je, euh, je pensais juste que tu voudrais savoir. Avant de l'entendre de quelqu'un d'autre. Je suis désolée, Ramsey, a dit Penny avec une grimace, puis elle s'est enfuie avant que je puisse dire quoi que ce soit.

J'ai grogné, le son résonnant fort dans le bureau silencieux et vide. De tous les endroits où elle pouvait travailler, il fallait que ce soit là. Hudson veillerait sur elle, mais il avait aussi un travail à faire. Il ne pourrait pas empêcher tout le monde de poser les mains sur elle.

Pourquoi lui avait-il donné un emploi ? Je ne savais même pas qu'il pensait embaucher quelqu'un. Et pourquoi ne me l'avait-il pas mentionné ?

J'étais furieux contre Melody pour avoir pensé que je la considérerais jamais comme un fardeau, mais j'étais encore plus furieux contre Hudson pour lui avoir donné un emploi sans me prévenir. Je devais parler aux deux, mais Hudson me laisserait lui donner un coup si j'en avais besoin. Melody, je n'envisagerais jamais de lever la main sur elle.

Au lieu d'aller chez Ian pour me changer, je suis allé directement chez O'Kelley's. Je me suis garé à un pâté de maisons du bar et j'ai essayé d'utiliser la courte marche pour me débarrasser d'une partie de ma colère. Ça n'a pas vraiment aidé.

Hudson m'a vu entrer et m'a fait signe vers le bout du bar. J'ai suivi son indication, soulagé qu'il soit prêt à affronter cette situation de front.

Il a posé une bière sur le comptoir devant moi et a attendu pendant que j'en prenais une gorgée. Je voulais croire que ça m'aidait à me calmer, mais ce n'était pas vraiment le cas.

—Pourquoi ? ai-je demandé.

Il a ri doucement. —Elle est persistante.

—Qu'est-ce que ça veut dire, bordel ?

—Ça veut dire que quand Melody est entrée ici ce matin et m'a demandé un verre, on a commencé à parler. Quand je m'occupais d'une livraison, elle a encaissé une addition pour moi. Et quand je lui ai dit que je n'embauchais pas, elle m'a rendu impossible de dire non.

—Alors, tu l'as juste embauchée ? Sans rien me dire du tout ?

Hudson a secoué la tête et a enlevé son chapeau. Il s'est

frotté le crâne rasé. C'était une tactique de temporisation, une que je l'avais vu faire de nombreuses fois avec des clients difficiles. Il essayait de trouver un moyen de dire quelque chose qu'il savait que je n'allais pas vouloir entendre.

—Melody a dit qu'elle avait besoin d'un emploi. Elle a dit qu'elle allait devoir gagner son propre argent. Elle s'inquiète que tu ne continues pas à payer pour qu'elle reste à la maison. Et elle s'ennuie. Elle veut quelque chose à faire.

—Elle a des choses à faire, ai-je grogné.

—Comme quoi ? a demandé Hudson.

—Comme être là pour notre fille si elle a besoin de sa mère. Elle ne peut pas vraiment faire ça si elle se fait peloter par tous les putains d'ivrognes ici.

Hudson m'a lancé un regard noir et s'est penché sur le bar. Ses deux mains sont devenues blanches à cause de sa prise mortelle, et ses yeux brillaient de fureur. Il s'est approché suffisamment de moi pour que je puisse voir que ses yeux n'étaient pas seulement sombres, mais qu'ils avaient aussi un peu d'argent dedans. Je n'aimais pas être aussi proche de mon ami, mais j'ai refusé de reculer.

—D'abord, si elle a l'impression qu'elle a besoin de plus dans sa vie, je ne vais pas lui dire qu'elle a tort. Deuxièmement, tu n'as jamais pris la peine de demander quel est son travail. Et troisièmement, va te faire foutre pour penser que je laisserais jamais quelque chose comme ça arriver ici.

—Tu sais que ça arrive, ai-je répliqué. —Tu l'as déjà arrêté avant.

Il a hoché la tête. —Exactement. Je l'ai arrêté. Et une ou deux battes de baseball montrent à tout le monde qu'ils ne peuvent pas toucher. Je n'ai pas eu de problème depuis plus d'un an.

—Mais tu n'as aucun moyen de garantir sa sécurité.

Il m'a de nouveau fusillé du regard. —Non, parce qu'elle a épousé ton cul d'idiot. Elle va encore souffrir.

Je me suis rassis, blessé et en colère qu'il aille jusque-là.

—Sors ta tête de ton cul et agis comme un putain d'adulte.

—Va te faire foutre, Hudson.

—C'est tout ce que tu as ? Parce que si tu n'étais pas un tel morceau de merde sans valeur, je pourrais te dire qu'elle travaille au bureau et seulement pendant la journée quand Amber est à l'école. Que je sais que son emploi du temps n'est pas le sien et que je n'ai aucun problème à la laisser partir quand elle a besoin d'être là pour Amber. Et qu'elle ne fait ça que parce qu'elle veut se protéger. Elle est seule. Et ça ne fait de bien à personne. Alors j'ai donné un emploi à la femme de mon ami dans l'espoir de pouvoir l'aider. Ça n'a rien à voir avec toi.

J'ai soupiré et j'ai laissé ses mots pénétrer. Au lieu de penser à Melody, j'étais concentré sur moi-même. J'étais furieux parce que je voulais tout contrôler. Je ne voulais pas qu'elle ait à penser à travailler parce que si elle dépendait de moi, elle ne penserait pas à me quitter. Je ne voulais pas qu'elle s'inquiète de rien d'autre qu'Amber parce qu'alors elle ne penserait pas à me quitter. J'étais égoïste, parce que c'est moi qui l'avais quittée. C'est moi qui nous avais fait ça.

—Je suis un connard, ai-je admis.

Hudson a hoché la tête et a croisé les bras sur sa poitrine.

—Je suis un connard égoïste.

Il a encore hoché la tête.

—Et je suis désolé.

—C'est mieux, a dit Hudson. —Écoute, je comprends. Tu veux la protéger. Si vous ne vous aimiez plus, tout cela serait beaucoup plus facile. Si elle était une personne horrible, tu pourrais la rayer de ta vie sans y penser à deux fois. Le problème, c'est que tu l'aimes, et elle t'aime, et aucun de vous ne veut vraiment partir.

—Elle ne veut pas me reprendre, cependant.

—Peut-être pas, mais elle ne veut pas non plus que tu

disparaisses. Et je pense qu'Amber qui va à l'école a été une transition plus difficile qu'elle ne l'avait prévu. Elle m'a dit ce matin qu'elle ne voulait pas être seule.

—Est-ce qu'elle t'a dit que je l'avais embrassée ?

Les sourcils de Hudson ont disparu sous le bord de son chapeau.

—C'était une chose de plus que j'ai gâchée. Je n'aurais pas dû l'embrasser. J'ai dit que je pensais qu'elle avait enfin dépassé cette histoire de bébé.

Hudson a ricané. —On dirait que le baiser n'était pas ce que tu as gâché. C'était la conversation.

J'ai levé les yeux au ciel. —De toute façon, j'ai tout gâché. Je ne sais plus quoi lui dire. C'est comme si je ne la connaissais plus.

—Alors apprends à la connaître à nouveau. Recommence. Essaie quelque chose de différent.

—Comme quoi ?

Hudson a fait un signe de tête vers l'endroit où Melody sortait de l'arrière. —Comme dire que tu es désolé.

12

MELODY

Je savais que Ramsey allait découvrir que je travaillais chez O'Kelley's, mais j'espérais avoir la chance de lui en parler avant qu'il ne l'apprenne. Il n'allait pas comprendre, et il serait probablement en colère, mais il ne pouvait pas m'interdire d'y travailler.

Je me suis figée quand je l'ai vu parler avec Hudson. J'étais sortie pour poser une question à Hudson au sujet d'une facture que j'avais trouvée, mais quand j'ai vu Ramsey assis de l'autre côté du bar, je n'ai pas pu bouger. Hudson a regardé autour de lui, m'a vue plantée là et m'a fait un signe de tête. Ramsey a levé les yeux.

Nos regards se sont croisés, et j'ai paniqué. Je me suis enfuie vers la sécurité relative du bureau où seuls les employés étaient autorisés. Oui, je savais que Hudson pouvait lui donner la permission d'entrer, mais c'était agréable de penser que je pouvais m'échapper un instant.

Si rien d'autre, c'était l'occasion de respirer avant que Ramsey ne pénètre dans le minuscule espace où je me cachais.

J'ai sérieusement envisagé de me cacher sous le bureau,

mais nous allions devoir avoir cette confrontation tôt ou tard à propos de mon nouveau travail. Rien ne vaut le moment présent.

Ramsey a frappé sur le cadre de la porte et j'ai levé les yeux de la facture comme si j'étais surprise de le voir.

— Salut. Qu'est-ce que tu fais ici ?

Il est entré et a fermé la porte derrière lui. Probablement pour que personne ne l'entende crier. Ramsey ne s'emportait pas souvent, mais quand il le faisait, sa peur se transformait en colère. Cela dit, sa colère se manifestait de la même façon, donc je ne comptais jamais sur des émotions prévisibles de sa part.

Le jour où il est parti, nous nous étions disputés à propos de Steven. Ça avait mal commencé notre journée et nous avait mis tous les deux de mauvaise humeur pour le reste de la journée. J'avais mentionné que je voulais réessayer puisque cela faisait des mois que nous avions perdu notre fils, et Ramsey s'était énervé contre moi. Il avait dit qu'il mettait son pied à terre et que nous n'allions plus parler d'avoir d'autres enfants. J'étais furieuse et je m'étais moquée de lui. Je lui avais même dit que je tomberais enceinte à nouveau, qu'il y participe ou non.

Je suppose que je n'aurais pas dû être surprise quand il a dit que nous devrions divorcer, mais ça m'a quand même fait mal. Même six mois plus tard, ça faisait mal.

— Penny m'a mentionné que tu avais un nouveau travail. Je suis venu parler à Hudson à ce sujet.

— Ramsey, s'il te plaît ne me prends pas ça. Je sais que Hudson et toi êtes amis, et que tu aimes passer du temps ici. Je suis là ce soir uniquement parce qu'Amber a son cours de danse. Habituellement, je serai ici pendant la journée quand tu es au travail, donc je n'interférerai pas avec ta vie. Tu pourras traîner avec Hudson et faire ce que tu voudras.

— Comme quoi ? demanda-t-il, sa voix basse et menaçante.

J'ai haussé les épaules.

— Je ne te juge pas. Tu as dit que tu voulais divorcer, donc tu es libre de faire ce que tu veux.

Il a pris une inspiration et s'est avancé dans la pièce. Il s'est assis dans le fauteuil de l'autre côté du bureau et s'est adossé. Il a croisé ses doigts et les a posés derrière sa tête.

Mes yeux se sont attardés sur ses bras. Il avait de beaux bras. Le genre de bras qui donnaient à une femme l'impression d'être en sécurité et protégée. Il n'avait jamais eu de mal à me soulever, même quand je prenais du poids et me sentais énorme. Il me faisait me sentir petite et délicate, tout ça grâce à ces bras.

Ils étaient cachés sous la chemise habillée qu'il portait. Je me souvenais du jour où il l'avait achetée. C'était la Saint-Valentin, il y a deux ans. Nous essayions d'avoir un bébé, alors nous étions partis tout le week-end. Nous avions passé du temps à Syracuse et fait du shopping. Je lui avais dit que ce n'était pas romantique pour moi de lui offrir des chemises habillées, mais il avait répondu qu'il en avait besoin et que parfois la partie romantique était de passer du temps ensemble, pas ce que nous nous offrions l'un à l'autre.

C'est ce week-end-là que j'étais tombée enceinte de Steven.

— J'ai un nouveau client, a dit Ramsey au lieu de répondre à mon commentaire. C'est le nouveau propriétaire de Jones Family Maple Farm. C'est vraiment un type bien. Il n'a pas grandi dans la région, donc il n'est pas très familier avec ce qu'il doit faire, mais il est intelligent, capable, et il adore travailler dehors.

— Ah, donc exactement comme toi, ai-je plaisanté.

Ramsey a ri, ses yeux se plissant aux coins. Ramsey n'était pas un fan du grand air.

— Quand il est venu me voir pour la première fois, Mme Jones lui avait laissé une lettre. Elle m'avait dit de la donner à son petit-fils quand il viendrait s'occuper de la ferme. La lettre indiquait qu'elle avait deux petits-fils.

J'ai haussé les sourcils.

— C'était à peu près ma réaction aussi. Je ne le savais pas. Elle parlait toujours de son fils, alors j'ai suivi cette piste au lieu de chercher un autre enfant. Son petit-fils a été pris au dépourvu par la nouvelle.

— Je suppose que c'est mieux que d'apprendre que son père avait un autre enfant.

Ramsey a ri.

— Tu as toujours vu le bon côté des choses.

— C'est une partie de mon charme.

Il a souri.

— Il y a beaucoup de facettes à ton charme.

Je lui ai rendu son sourire.

— Merci.

Il a hoché la tête.

— Alors, tu sais qui est l'autre petit-fils ?

Il a acquiescé à nouveau.

— Penny l'a trouvé grâce à un site de tests ADN en ligne.

J'ai ri doucement.

— Seule Penny aurait pensé à chercher là-bas. Bien joué.

— C'est ce que je lui ai dit. Il vient à mon bureau jeudi.

— Et tu es nerveux à ce sujet ? ai-je demandé. Ramsey n'aimait pas annoncer de mauvaises nouvelles aux gens. C'était toujours un homme qui voyait le verre à moitié plein. Il disait que je voyais le bon côté des choses, mais c'était parce que je n'avais pas le choix. Si je ne voyais pas la vie de cette façon, je me serais effondrée il y a longtemps. Mais Ramsey était quelqu'un qui rendait facile la recherche d'une lueur d'espoir parce qu'il en cherchait aussi.

— J'aime bien Colin, le petit-fils que je connais. C'est un

type bien. Les pieds sur terre et avec qui on peut s'identifier. C'est quelqu'un avec qui je pourrais prendre une bière après le travail. Sa mâchoire s'est crispée, se souvenant d'où nous étions et pourquoi. Puis il a chassé sa frustration et a souri à nouveau. Mais l'autre petit-fils est une inconnue. Il a un travail, mais ça peut toujours changer. S'il a un intérêt à diriger la ferme, ils sont obligés de le faire ensemble.

— Ce n'est pas que l'un obtient tout ? ai-je demandé.

Ramsey a secoué la tête.

— Cleotha était claire sur le fait qu'elle ne voulait pas que l'un d'eux soit exclu de la ferme s'ils voulaient y participer. Sa préférence serait qu'ils le fassent ensemble.

— En tant qu'étrangers.

Ramsey a acquiescé.

— En tant qu'étrangers et cousins.

— Wow. C'est beaucoup demander.

— Oui, c'est vrai. Colin a déjà tout abandonné, mais il connaissait la ferme. Il ne vivait pas dans la région, mais c'est un célibataire qui adorait être dehors. Son cousin est marié avec une famille et un travail de bureau.

— Qu'est-ce que tu penses qu'il va se passer ? ai-je demandé.

Il a soupiré et s'est adossé, regardant le plafond. J'ai pris un moment pour apprécier l'homme que j'aimais. Ses cheveux noirs devenaient assez longs pour qu'il ait besoin d'une coupe. Je me demandais qui s'en occupait maintenant, mais je n'ai jamais posé la question. La barbe naissante sur son menton indiquait qu'il ne s'était pas rasé ce matin. Son costume était de bonne qualité, mais pas son costume de pouvoir. Pourtant, c'était l'un de mes préférés. Sa cravate avait disparu et sa chemise était légèrement ouverte au niveau de sa gorge. Sa peau était à peine exposée. J'avais envie de passer ma langue sur sa clavicule et de le goûter à nouveau.

Après l'avoir embrassé quelques jours plus tôt, je n'avais pas pu penser à grand-chose d'autre qu'à l'embrasser à nouveau. Pendant des mois, le sexe ne m'avait pas manqué. C'était un soulagement quand Ramsey n'insistait pas la nuit. Mais maintenant que le sexe n'était plus une option, ça me manquait. La sensation de ses mains partout sur mon corps me manquait. La pression de sa peau contre la mienne. Le goût de ses lèvres. Le désir qui me remplissait tandis qu'il intensifiait mon besoin jusqu'à ce que je jouisse fort pour lui. Puis la plénitude que je ressentais quand il glissait en moi.

Ramsey parlait à nouveau quand j'ai relevé les yeux de sa clavicule. Il ne me regardait pas donc il n'avait aucune idée que je ne faisais pas attention.

— ...triste, tu vois ? Je veux dire, comment a-t-elle pu passer toute sa vie sans le dire à personne ?

— Les gens gardent des secrets pour se protéger eux-mêmes et protéger les autres. Généralement, c'est parce qu'ils pensent que les personnes à qui ils cachent des choses ne comprendraient pas, ai-je dit.

Ramsey m'a regardée, ses yeux tristes et blessés.

— Est-ce pour ça que tu ne m'as jamais parlé de Steven ?

Juste entendre son nom m'a coupé le souffle. Mes yeux se sont instantanément remplis de larmes, et j'ai craint de ne pas pouvoir reprendre ma respiration.

Ramsey est resté assis à m'observer. Il n'a pas essayé de me réconforter, ce qui m'a fait mal. Quand j'étais bouleversée, j'aimais être tenue dans ses bras.

J'ai tendu la main vers lui, fermant les yeux au cas où il ne voudrait pas me toucher. Je ne pouvais pas supporter cette douleur seule, et je ne pouvais pas regarder mon mari me repousser. Attendre qu'il vienne à moi semblait une éternité, mais c'était probablement seulement quelques secondes avant que Ramsey ne me soulève de ma chaise et s'assoit, puis me dépose sur ses genoux.

Il m'a tenue près de lui pendant que je reprenais le contrôle de mes émotions. Une larme a glissé sur mon visage, et Ramsey l'a essuyée. J'ai levé les yeux vers lui et la même douleur que je ressentais était dans ses yeux.

— Le perdre a failli me tuer. Après tous les espoirs que nous avions, le tenir et lui dire au revoir a été la chose la plus difficile à laquelle j'ai jamais été confronté dans ma vie. Mais te perdre après ça... j'aurais préféré mourir, a-t-il dit doucement.

— Moi aussi, ai-je admis. Je voulais mourir. Je n'ai pas pu protéger notre fils alors qu'il était dans mon corps. Mon corps s'est retourné contre moi et ne l'a pas gardé en sécurité. Je suis la raison-

— Non, a dit Ramsey fermement. Ce n'est pas ta faute. Sharon te l'a dit, tous les médecins ont dit la même chose. Tu es la seule à croire que c'était ta faute.

— Je ne sais pas comment tu peux ne pas me blâmer.

Ramsey a repoussé les cheveux de mon visage et a relevé mon menton jusqu'à ce que nos regards se croisent. Son sourire était hésitant et triste, mais il était là. Le même sourire qu'il avait sur son visage la première fois qu'il m'a invitée à sortir. Le sourire qu'il m'a fait avant que nous ne fassions l'amour pour la première fois. Le même sourire du soir où il m'a demandée en mariage.

— Je t'aime, a-t-il dit simplement. Tu es la meilleure mère au monde. Il n'y a aucune chance que tu aies jamais fait quoi que ce soit pour blesser Steven, ou quiconque, si tu pouvais le contrôler. Je ne te blâmerais jamais, Melody. Jamais.

— Oh, euh, désolé, a dit Hudson, entrant sans frapper. Je, euh...

— Tu voulais t'assurer qu'on ne s'entretuait pas, a suggéré Ramsey.

Je me suis précipitée hors de ses genoux et j'ai évité le regard des deux hommes.

— Je dois aller chercher Amber. Je vais, euh... Au revoir.

J'ai filé hors du bureau, dépassé un Hudson à l'air confus et traversé le bar qui m'ignorait encore plus en tant qu'employée. J'ai sauté dans ma voiture et me suis précipitée vers le studio de danse, arrivant à peine à l'heure.

Mon téléphone a vibré dans mon sac à main, mais je l'ai ignoré pendant que je récupérais Amber à son cours pour la ramener à la maison. Elle m'a aidée à préparer le dîner et a eu du mal à rester éveillée assez longtemps pour le manger. Les soirs de danse étaient toujours les plus difficiles car elle brûlait le dernier petit peu d'énergie qu'il lui restait.

Une fois qu'elle a pris son bain et qu'elle est allée se coucher, j'ai vérifié mon téléphone. J'avais une alerte de À la Recherche du Héros Littéraire Parfait.

RH142

Désolé de t'avoir bouleversée. Ce n'était pas mon intention.

MAMAN DU WEB

C'est bon. C'est juste dur d'en parler.

J'ai posé mon téléphone et rapidement nettoyé la cuisine. Je suis retournée au salon et j'ai admis que j'étais fatiguée aussi. Cela faisait longtemps que je n'avais pas passé une journée sur mes pieds, et j'étais épuisée. J'étais aussi en sueur et un peu malodorante.

J'ai vérifié que la maison était verrouillée et j'ai éteint toutes les lumières, puis j'ai pris une douche rapide et me suis glissée dans le lit. J'ai pensé à lire un livre, mais même cela semblait demander trop d'énergie. J'ai branché mon téléphone et j'ai réalisé que j'avais un autre message de Ramsey.

RH142

Steven est difficile pour moi à évoquer aussi. Encore plus difficile parce que j'ai toujours su que ça te faisait tellement souffrir.

MAMAN DU WEB

Perdre un enfant est l'une des choses les plus difficiles qu'un couple puisse traverser.

RH142

C'est vrai. Ça mène souvent au divorce.

MAMAN DU WEB

Je n'aime pas être dans la moyenne.

RH142

Je déteste ça.

J'ai ri. Ramsey n'avait jamais été dans la moyenne de toute sa vie. Il avait toujours été plus beau, plus intelligent et meilleur en sport que tout le monde. C'était une partie de qui il était, et une partie qui le rendait humble à bien des égards. Il reconnaissait que c'étaient des dons de Dieu sur lesquels il n'avait aucun contrôle, et parfois, il se sentait coupable. Il ne l'a jamais dit explicitement, mais je savais que c'était ce qu'il ressentait.

MAMAN DU WEB

La moyenne n'est pas toujours une mauvaise chose.

RH142

Non, ce n'est pas le cas. J'aurais aimé être plus dans la moyenne en grandissant.

MAMAN DU WEB

Tu étais parfait.

RH142

Tu l'es toujours.

J'ai souri. Ramsey et moi ne nous étions pas parlé comme ça depuis presque deux ans. Depuis le jour où nous avons découvert que j'avais perdu Steven. La veille, la vie était normale et nous étions heureux. Mais quand je l'ai perdu, tout a changé. Nous avons changé, et nous n'avions pas été capables de retrouver notre chemin l'un vers l'autre.

Mais maintenant, grâce à À la Recherche du Héros Littéraire Parfait, nous parlions à nouveau. Nous flirtions même.

RH142

Je devrais dormir un peu. J'ai beaucoup à faire cette semaine pour me préparer à rencontrer le mystérieux cousin jeudi. Merci de m'avoir parlé aujourd'hui.

MAMAN DU WEB

Merci de ne pas être en colère pour le travail.

RH142

Je veux juste que tu saches que je ne te demanderai jamais, et je dis bien jamais, de quitter la maison ou de payer quoi que ce soit ou de faire quoi que ce soit de différent. Nous avons convenu que tu resterais à la maison avec Amber, et si tu veux travailler, je ne vais pas t'en empêcher, mais je ne vais pas cesser de vous soutenir, Amber et toi. Jamais.

J'ai souri et refoulé les peurs dans mon cœur. Il pouvait dire cela, mais quand il trouverait quelqu'un de nouveau, et il le ferait, elle pourrait ne pas ressentir la même chose. Elle pourrait vouloir plus d'argent, ou elle pourrait vouloir la maison, alors je devais être préparée. Je devais me protéger.

MAMAN DU WEB

Merci.

Mais c'était tout ce que je pouvais dire à Ramsey.

O'Kelley's n'ouvrait pas avant un peu plus tard le mercredi, donc mon troisième jour de travail était court. Au lieu de rentrer à la maison après avoir déposé Amber, j'ai décidé de prendre un petit-déjeuner chez Cracked.

Blake travaillait et a souri quand je suis entrée. Elle a fait un signe de tête vers une table alors qu'elle prenait une commande, puis s'est approchée pendant que je regardais le menu.

— Bonjour. Je ne te vois pas souvent ici. Comment vas-tu ?

J'ai hoché la tête.

— Je vais bien. J'ai pensé prendre un petit-déjeuner ici plutôt que de rentrer à la maison.

— Tu travailles un peu plus tard aujourd'hui ?

— Oui, O'Kelley's ouvre à midi au lieu de dix heures, donc j'ai du temps à tuer.

Blake a souri.

— J'espère que ça ne sonnera pas mal, mais j'ai été choquée quand Ian a dit que tu y travaillais.

J'ai haussé les épaules. Je ne savais pas à quel point je voulais me confier à elle. Elle était gentille, mais nous commencions à peine à être des connaissances. Amies serait un peu exagéré.

— Oui, je ne fais pas grand-chose.

Le sourire de Blake est tombé et elle a secoué la tête.

— Non, je suis désolée. Je ne le pensais pas comme ça. Je voulais juste dire que Hudson ne laisse pas vraiment entrer qui que ce soit. Il s'est fermé depuis la mort d'Hillary. Piper et tous ceux qui y travaillent laissent entendre qu'il les tolère à peine. Mais toi, tu es dans son bureau et tu gères les choses après seulement deux jours. C'est tout ce que je voulais dire. Je suis désolée. Euh, qu'est-ce que je peux t'apporter pour le petit-déjeuner puisque j'ai mis les pieds dans le plat ?

— Ce n'est pas grave, lui ai-je dit. Je n'aimais pas faire

sentir les gens mal à l'aise, alors j'ai affiché un sourire et j'ai commandé mon petit-déjeuner.

Blake s'est éloignée rapidement et a passé ma commande. Quand elle est revenue avec la cafetière, elle ne s'est pas arrêtée pour discuter. Certes, c'était un peu occupé, mais je savais que c'était parce que je l'avais mise mal à l'aise.

Quand elle a apporté ma nourriture et m'a demandé si j'avais besoin d'autre chose, j'ai dit :

— Je m'ennuyais.

— Euh, pardon ?

Je lui ai souri, espérant qu'elle ne me jugerait pas.

— Je m'ennuyais à la maison. J'ai travaillé avant Amber, mais Ramsey et moi avions décidé que je resterais à la maison une fois qu'elle serait née. Avec elle à l'école, je ne sais pas quoi faire de mes journées. Je suis allée chez O'Kelley's pour demander à Hudson s'il connaissait quelqu'un qui embauchait, mais j'ai fini par le convaincre de m'embaucher. Je m'ennuyais et j'avais peur que Ramsey cesse de me soutenir une fois que nous serions réellement divorcés.

Blake a soupiré et s'est assise en face de moi. Sa poitrine reposait sur le bord de la table quand elle s'est penchée en avant. Ses yeux bruns criaient la pitié, ce qui était exactement ce que je ne voulais pas.

— Je n'ai aucune idée de ce que tu traverses. Je ne vais pas m'asseoir ici et prétendre comprendre. Et je ne dis pas ça pour avoir l'air meilleure que toi, juste que je n'essaie pas de dire que je comprends. J'aimerais te dire que ça n'arrivera jamais, mais on ne peut pas prédire ça non plus. Ce que je veux te dire, c'est que je suis désolée. Je suis désolée que tu te sentes ainsi. Et je suis désolée de ne pas avoir été là pour toi.

J'ai fait un geste de la main.

— Tu n'as pas à t'inquiéter de ça.

Elle a souri.

— Je voulais être amie avec toi. Je le veux toujours. Je ne

vais pas facilement vers les gens parce que j'ai toujours l'impression d'envahir leur vie. Toi et Willow êtes si proches que j'ai l'impression que tu n'as pas vraiment besoin de quelqu'un d'autre, mais nous avons tous besoin de gens.

— C'est bon. Je pensais que Ramsey aurait Ian, et par extension toi, dans le divorce, donc ça n'a pas de sens que nous devenions proches.

Blake a ri doucement.

— C'est probablement vrai, mais Ian ne m'a jamais dit quoi faire. Pas quand il s'agit de qui sont mes amis.

— Oui, mais on ne sait jamais...

Elle a souri.

— Il sait à quoi s'en tenir. Je lui refuserais le sexe s'il essayait de me contrôler comme ça.

Un rire surpris m'a échappé. Blake Dewitt et moi n'étions définitivement pas assez proches pour parler de sexe.

Elle a souri.

— Tu vois ? Maintenant nous devons être amies parce que je t'ai dit que je refusais le sexe à mon fiancé quand il se comporte comme un idiot.

J'ai ri doucement.

— Viens à notre soirée entre filles dimanche. On se retrouve à Petits ami du Livre Illimité à sept heures, a dit Blake.

J'ai secoué la tête. Finley ne m'aimait vraiment pas, et aller dans sa librairie n'était pas une bonne idée.

— Je ne pense pas pouvoir.

— Pourquoi pas ? a insisté Blake.

— Euh, eh bien, j'ai Amber.

— Demande à Ramsey de la garder.

— Et Finley me déteste.

Blake a haussé les épaules.

— Elle s'en remettra.

J'ai ri nerveusement.

— Je n'en suis pas si sûre.

— Elle le fera si tu viens. Elle n'aura pas le choix. Allez, Melody. Nous sommes amies, donc tu dois venir.

J'ai soupiré et dit :

— J'y réfléchirai.

Blake s'est levée et a souri.

— Bien. Et je continuerai à t'embêter jusqu'à ce que tu dises oui, alors je compte sur un oui.

J'ai secoué la tête sachant qu'elle avait raison.

— Y a-t-il autre chose dont tu as besoin maintenant ? a-t-elle demandé.

— Non, ça va.

— Bon appétit.

— Hé, Blake, ai-je dit alors qu'elle commençait à s'éloigner.

— Oui ?

J'ai rencontré son regard.

— Merci.

Elle a souri et serré mon épaule.

RAMSEY

Tout ce que Colin savait, c'est que nous avions trouvé son cousin. Il ne savait rien sur comment il avait un cousin ni qui était ce cousin. Je n'avais vraiment pas hâte de lui annoncer.

Penny et moi étions tous les deux tendus toute la journée. Au lieu de faire les cent pas dans mon bureau et de me sentir déstabilisé, j'ai envoyé un message à Melody.

RH142

Rencontre avec Colin aujourd'hui. Je crois que je vais vomir.

J'ai posé mon téléphone sur mon bureau en me disant que je n'attendais pas sa réponse, mais quand elle a répondu, j'ai attrapé le téléphone si vite que j'ai failli le laisser tomber.

MAMAN DU WEB

Ça passerait probablement aussi bien qu'un pet dans une église. Bois quelque chose et respire. Le pire est passé. Il sait déjà quelle nouvelle tu vas lui annoncer. Il est peu probable qu'il connaisse son cousin. Tu vas t'en sortir très bien.

RH142

Merci. Tu sais toujours quoi dire pour me faire sentir mieux.

MAMAN DU WEB

J'essaie juste d'aider. Je dois filer. Au travail.

J'ai rangé mon téléphone et pris une profonde inspiration. Puis une autre. Melody avait raison. Colin avait bien géré la nouvelle d'un cousin inconnu. La réunion servait uniquement à lui parler de qui était ce cousin et à lui dire ce que je savais. Et à lui demander s'il souhaitait rencontrer son cousin.

Lorsque Colin a frappé à ma porte trente minutes plus tard, je me sentais plus en contrôle. Nous nous sommes serré la main et il s'est assis en face de moi, soutenant mon regard avec le sien, tout aussi sombre.

—Enlève le pansement d'un coup et dis-moi, a-t-il déclaré.

—Ton cousin s'appelle Carter Sinclair. Il vit près d'Albany. Il a grandi au sud de Syracuse. C'est un fils unique, et sa mère était la sœur de ton père.

—Était ? a demandé Colin.

J'ai hoché la tête. —Elle et son mari sont tous deux décédés il y a quelques années. Carter est marié, il a deux enfants, et d'après ce que je peux voir, il a un bon emploi. Il est impliqué dans sa communauté.

—Donc, il ne voudra pas déménager ici, n'est-ce pas ?

J'ai secoué la tête. —Pas nécessairement. J'ai rendez-vous avec lui demain pour tout lui expliquer.

—Il ne sait pas encore ?

J'ai à nouveau secoué la tête. —J'ai contacté l'avocat chargé de la succession de ta grand-mère. Comme son testament stipulait explicitement que la ferme devait revenir à son petit-fils, ils doivent être présents pour l'informer. Nous ne pouvons pas le lui dire par téléphone. Nous aimerions aussi que tu sois présent.

Colin s'est adossé à sa chaise en soufflant. Il a passé une main dans ses cheveux noirs puis sur son visage. Il s'est penché en avant avec un soupir et m'a regardé. —Qu'est-ce que je suis censé faire, bordel ?

J'ai pris une inspiration et lui ai tout expliqué. —Tu n'as jamais dissimulé d'information. Tu n'avais aucune idée que tu avais un cousin, ou une tante, donc tu n'as rien à te reprocher dans cette histoire. Le pire scénario pour toi est d'avoir un partenaire qui ne connaît rien au travail en extérieur.

Les sourcils de Colin se sont levés et sa bouche s'est tordue en un sourire ironique. —C'est un gratte-papier ?

J'ai acquiescé. —En effet. Si je devais deviner, je dirais qu'il ne voudra pas quitter sa vie actuelle. Mais je ne peux pas prendre cette décision à sa place, donc légalement nous devons l'informer. S'il veut déménager ici, il ne possédera que la moitié de la ferme. Il y a des règles dans une situation comme celle-ci, et si vous décidez de la gérer ensemble, elle fonctionnera comme un partenariat.

—Et s'il ne veut pas ? S'il préfère rester où il est ? Est-ce que j'obtiens toute la ferme ?

J'ai expiré lentement et lissé ma cravate. Je savais qu'il allait poser la question, parce que Colin était un type intelligent, mais préparer ma réponse et la lui donner réellement étaient deux choses différentes. —C'est là que les choses se compliquent. Il y a essentiellement deux possibilités. S'il ne veut pas de la propriété, il peut renoncer à ses droits et signer un document attestant que tu possèdes la ferme entièrement et qu'il n'a aucun droit dessus.

—Et s'il refuse ? a demandé Colin avec de la peur dans la voix.

—S'il refuse, il pourrait te demander de racheter sa part.

—Putain, a soufflé Colin. Puis il a grimacé. —Désolé.

J'ai secoué la tête. —Ce n'est pas un mot que je n'ai jamais prononcé. Et c'est à peu près ce que je pense aussi.

Il a laissé échapper un rire mais n'a pas souri. —Je vais être honnête. Je n'ai pas l'argent pour racheter sa part.

J'ai hoché la tête. —Ça ne me surprend pas. La ferme n'est pas bon marché. La plupart des gens n'ont pas ce genre de liquidités. Si Carter insiste pour être racheté, tu peux contracter un prêt sur la propriété ou tu peux la vendre.

Colin a ri. —Tu plaisantes, n'est-ce pas ?

J'ai secoué la tête. —Je sais que ça n'a aucun sens. La vendre alors que tu essaies de la sauver. Le problème actuellement est que nous n'avons aucune idée de qui est ton cousin. Si c'est un homme d'affaires impitoyable, il pourrait dire que s'il s'agit de la moitié de son héritage, alors il en possède la moitié. L'affaire sera traînée devant les tribunaux pendant que tu continues à travailler et à essayer de faire des bénéfices, sans savoir si ton travail en vaudra la peine. Si c'est une personne raisonnable, et j'espère qu'il l'est, alors toute cette conversation se terminera quand tu sortiras de ce bureau.

Colin s'est à nouveau adossé à sa chaise et a regardé par la fenêtre derrière moi. Il pouvait voir l'eau par temps clair. En janvier, l'eau gelait parfois, mais certains grands navires passaient encore et brisaient la glace. J'ai choisi ce bureau parce qu'il était assez éloigné du centre-ville pour me permettre de me concentrer, mais suffisamment proche pour que je puisse être à proximité si Melody avait besoin de moi.

Et maintenant qu'Amber était scolarisée, ce n'était qu'à un pâté de maisons de l'école primaire, ce qui était vraiment pratique.

Colin s'est éclairci la gorge et a levé les yeux vers moi. —Quand j'étais petit, mon père m'a amené ici un été. Le sirop coulait à flots et je me souviens avoir voulu des pancakes pendant toute la durée de notre visite chez sa mère. Elle était gentille avec moi, et elle m'a dit qu'elle espérait que je prendrais la relève un jour. Mon père ne s'est jamais vraiment intéressé à la ferme d'érable, et quand j'ai terminé mes études et trouvé un emploi, ma grand-mère et lui ne se parlaient plus très souvent. J'ai envisagé de l'appeler pour un emploi, mais je ne pensais pas qu'elle m'embaucherait juste après l'université, alors je ne l'ai jamais fait.

—Elle m'a parlé de toi une fois. Elle m'a dit qu'elle voulait que tu travailles pour elle, mais elle savait que tu aimais ton travail et elle ne se sentait pas le droit de te demander de partir, lui ai-je confié.

Colin a entrelacé ses doigts et souri. —J'aurais aimé qu'elle le fasse. J'aimais mon travail, mais je n'y étais que jusqu'à ce que je me sente assez compétent pour venir ici. Quand les avocats m'ont appelé, j'ai cru à une blague. Puis mon père m'a dit qu'elle était morte, et je n'arrivais pas à y croire. Il a soupiré. —J'aime cet endroit. Ma mère a dit qu'elle et mon père sont tombés amoureux ici, et je crois que c'est en partie pour ça que mon père s'en est tenu éloigné. Quand ma mère est morte, il ne pouvait plus y faire face. Mais pour moi, c'est comme chez moi. Le perdre... ce n'est pas une option.

J'ai hoché la tête et ressenti le poids de sa douleur. Cet endroit était son foyer, comme Melody était le mien. Je pouvais sauver son foyer, le lui conserver pour qu'il ne le perde jamais. Et je le ferais. Je ne pouvais pas contraindre son cousin à s'écarter, mais j'espérais que c'était une personne raisonnable qui verrait que s'accrocher à la ferme et nuire à son cousin, qui n'avait rien fait de mal, ne résoudrait rien.

Et avec un peu de chance, ce serait suffisant pour que Carter joue franc-jeu.

MAMAN DU WEB

Comment s'est passée la réunion ?

J'AI SOURI en voyant son message. J'ai résisté à l'envie de la contacter, mais elle m'a envoyé un message en premier. Ça ressemblait à une grande victoire.

RH142

Il est inquiet. Le cousin est une inconnue. Ça me fait de la peine pour lui parce qu'il aime cet endroit. Il lui rendra justice et le ramènera à ce qu'il était avant que Mme Jones ne tombe malade.

MAMAN DU WEB

Ça craint. Tu penses que le cousin va en vouloir ?

RH142

Je n'en ai aucune idée.

MAMAN DU WEB

C'est à quelle heure la réunion avec le cousin inconnu demain ?

RH142

Dix heures.

MAMAN DU WEB

Bien. Tu en seras débarrassé tôt et tu n'auras pas à stresser toute la journée. Assure-toi de prendre un bon petit-déjeuner.

J'ai ri tout haut.

RH142

Je le ferai. Et tu as raison. Merci.

MAMAN DU WEB

Bonne chance. Tiens-moi au courant. On se parle demain ?

RH142

Absolument.

J'ai souri en posant mon téléphone sur la table de nuit. Ça faisait vraiment du bien que Melody s'intéresse à ma journée. Je ne me souvenais pas de la dernière fois que c'était arrivé.

C'était certainement avant Steven. Avant que je perde ma femme. J'avais cru qu'elle reviendrait quelques mois après la fausse couche, mais la seule chose qui l'intéressait était de retomber enceinte le plus rapidement possible.

Je lui ai résisté et c'est devenu un problème. Un problème qui a grandi parce que j'aimais ma femme et que je voulais lui faire l'amour à chaque occasion, mais je ne pouvais pas parce qu'elle refusait de prendre sa pilule contraceptive.

Ce n'est qu'après que son médecin lui ait dit de recommencer la contraception qu'elle l'a fait et que nous avons réussi à avoir des rapports pour la première fois depuis Steven. Mais ça ne s'est pas bien passé.

Nous étions maladroits et tendus, et pas le bon genre de tension. Pas du genre que j'avais en ce moment.

J'ai fermé les yeux et laissé mon esprit vagabonder. Melody le jour de notre mariage. Les yeux de Melody écarquillés de plaisir la première fois que nous avons couché ensemble. Melody cherchant ma main quand elle a appris qu'elle était enceinte d'Amber.

J'ai baissé mon short et enroulé ma main autour de ma queue. Melody était aussi douée que moi pour me faire jouir, et j'ai gardé les yeux fermés en laissant mon esprit croire que c'était sa main qui m'enveloppait.

J'ai serré en caressant jusqu'au bout et j'ai gémi. —Putain, Melody, ai-je murmuré. C'était trop bon.

J'ai imaginé son visage souriant. Son visage séduisant. Son visage pendant l'orgasme. J'ai gémi à nouveau et j'ai caressé plus fort.

—Melody, ai-je gémi, me branlant plus vite. Mon poing montait et descendait le long de ma verge, me rapprochant de plus en plus. Ma gorge picotait et mes couilles se contractaient. J'ai continué, voyant Melody dans mon esprit.

Puis tout s'est libéré. J'ai grogné pendant l'orgasme, laissant mon sperme gicler sur ma main et sur mon short. Pendant tout ce temps, j'ai gardé les meilleurs moments avec Melody derrière mes paupières. Toujours Melody.

Je me suis nettoyé et j'ai changé les draps, reconnaissant qu'Ian garde plus d'un jeu de draps dans l'appartement. Le soulagement était temporaire, cependant, car aussi rapidement qu'il était venu, la solitude s'est installée et ma femme me manquait.

Ma femme me manquait tellement, putain.

PENNY A FAIT ENTRER les avocats de la succession dans mon bureau. Ils venaient d'Alexandria Bay, donc je ne les connaissais pas très bien. Quand Cleotha est décédée, j'ai travaillé suffisamment avec eux pour leur transmettre les informations que j'avais, mais ils ont pris en charge la plupart des informations concernant la succession de Cleotha.

Nous avons échangé des salutations et Penny a apporté du café à tout le monde, souriant même si elle était aussi tendue que tout le monde. Kim et Roger, les avocats d'A-Bay, essayaient encore de comprendre comment ils avaient pu manquer un autre petit-fils.

—Je ne l'aurais jamais repéré non plus, les ai-je rassurés. —Cleotha n'a jamais mentionné un autre enfant. Si elle n'avait pas évoqué quelque chose dans sa lettre, nous n'aurions jamais cherché.

—J'aurais simplement aimé qu'elle mentionne l'autre petit-fils avant que nous lisions son testament, a dit Kim en levant les yeux au ciel.

J'ai acquiescé. —Je suis d'accord, mais elle ne savait visiblement pas comment annoncer ça à sa famille. J'imagine qu'elle n'en était pas très fière, même si elle n'a manifestement jamais cessé de se soucier de sa fille et de la famille de celle-ci. Pour qu'elle ait su qu'elle avait un autre petit-fils, et un seul petit-fils, elle a évidemment gardé contact avec l'autre côté de sa famille.

Roger a haussé les sourcils et hoché la tête. —Je peux comprendre ça, mais comment va se sentir le premier si un cousin dont il ignorait l'existence surgit et exige la moitié de tout ? N'aurait-il pas été plus facile de dire la vérité dès le début pour qu'il soit préparé ?

—Est-ce que l'un de vous a des enfants ? leur ai-je demandé.

Ils ont échangé un regard et secoué la tête.

—Annoncer quelque chose de difficile à votre enfant est douloureux. C'est quelque chose que vous ne voulez jamais avoir à faire. C'est pire quand c'est votre enfant parce que les enfants regardent leurs parents comme s'ils étaient des héros, comme s'ils ne pouvaient rien faire de mal. Mais quand vous devez dire à votre enfant quelque chose qui le fera vous regarder différemment... c'est impossible. Je suppose qu'elle voulait protéger son fils.

Kim et Roger semblaient tous deux contrits et embarrassés. Bien. Ils n'avaient pas le droit de juger Cleotha, ni qui que ce soit d'autre. Tant qu'ils n'avaient pas marché dans ses chaussures et ne savaient pas ce qu'elle avait traversé, ils ne pouvaient pas juger. Personne ne le pouvait.

Penny a brisé la glace avec une question sur les choses à faire à A-Bay, et tout le monde s'est engagé dans une conversation superficielle en attendant l'arrivée de Carter Sinclair.

Quand la porte d'entrée s'est ouverte, Penny est sortie accueillir M. Sinclair. Nous sommes restés silencieux pendant qu'ils parlaient à voix basse. Penny a ri doucement tandis que leurs voix devenaient plus fortes.

Penny est entrée la première. Elle regardait par-dessus son épaule vers M. Sinclair. Il était à quelques pas derrière elle et il a trébuché quand il nous a tous vus en train de l'attendre.

—Euh, bonjour, a-t-il dit avec un sourire confus.

—M. Sinclair. Merci d'être venu jusqu'ici pour nous rencontrer. Nous savons que c'était un peu long pour vous. Je suis Ramsey Holland, lui ai-je dit en tendant ma main.

Il l'a serrée sans hésitation malgré la méfiance dans ses yeux. —Bien sûr. Ça avait l'air important.

Kim et Roger se sont levés et se sont présentés. M. Sinclair leur a serré la main et a dit que c'était un plaisir de les rencontrer. Nous nous sommes tous assis et Penny a proposé du café à M. Sinclair, tandis que la tension dans la pièce continuait de monter.

Quand tout le monde était prêt, Penny s'est excusée et a laissé M. Sinclair seul avec nous, les avocats.

Nous avions tous convenu que je lui expliquerais ce qui s'était passé. Quand Kim et Roger m'ont regardé, M. Sinclair a suivi leur regard.

—M. Sinclair, ai-je dit avec ce que j'espérais être un sourire compatissant. —Nous savons que c'est une situation étrange. Nous savons aussi que vous ne comprenez pas vraiment ce qui se passe.

Il a souri. —Est-ce que quelqu'un va me l'expliquer ?

J'ai ri. —Oui, monsieur. D'après ce que nous comprenons, votre mère a été adoptée. Est-ce vrai ?

Il a hoché la tête, ses sourcils se fronçant au-dessus de ses yeux brun foncé, de la même couleur que ceux de Colin. —Elle l'était, mais je ne vois pas ce que ça a à voir avec quoi que ce soit. Ma mère est morte il y a des années.

—Nous le savons, et je suis désolé pour votre perte, M. Sinclair, ai-je dit.

Il a encore hoché la tête. —Vous pouvez m'appeler Carter.

J'ai acquiescé. —D'accord, alors, Carter, la mère biologique de votre mère était une femme nommée Cleotha Jones. Cleotha est tombée enceinte de votre mère quand elle était adolescente. Elle a caché sa grossesse à tout le monde, donc personne, nous pensons y compris son mari et son fils, n'a jamais su pour votre mère. Malheureusement, nous ne savons rien sur le père biologique, mais nous savons qu'elle était votre grand-mère.

Carter s'est penché en avant. —Cleotha Jones était ma grand-mère ?

J'ai encore hoché la tête. —Je suis désolé, mais elle est décédée récemment.

Carter a secoué la tête et ri. —Euh... d'accord... tiens... pourquoi diable suis-je ici ?

—Votre grand-mère, Mme Jones, elle avait un fils. Et son fils avait un fils. C'est votre cousin, ai-je dit.

Carter a regardé les visages dans la pièce et a rapidement écarté les deux hommes blancs comme n'étant manifestement pas son cousin.

J'ai souri. —Pas l'un d'entre nous. Désolé. Non, euh, son petit-fils, son autre petit-fils, n'est pas ici. Il voulait que nous vous parlions seul. Colin a grandi pas très loin d'ici, mais il est revenu après le décès de votre grand-mère.

Carter était toujours confus. Je gâchais complètement la situation. Je devais simplement en venir au fait.

—D'accord, Carter, voilà ce qu'il en est. Votre grand-mère... elle possédait une ferme. La Ferme d'Érable Familiale Jones. C'est une immense ferme d'érables qui produit le meilleur sirop d'érable de la région. Quand votre grand-mère était malade, elle a écrit une lettre à ses petits-fils, une lettre disant qu'elle voulait que vous vous connaissiez et que vous soyez là l'un pour l'autre. Et vous avez tous deux hérité de sa ferme d'érable, si cela vous intéresse.

Carter a ri et secoué la tête. —Vous plaisantez, n'est-ce pas ? Je veux dire, ça ne peut pas être réel. Une grand-mère dont j'ignorais l'existence est morte et m'a légué une ferme ?

J'ai hoché la tête, sans sourire du tout.

Le sourire de Carter a disparu. —Vous êtes... vous êtes sérieux ?

J'ai hoché la tête à nouveau.

—Putain de merde, a-t-il soufflé.

14

Je continuais d'observer Carter, essayant de déceler ce qu'il pensait ou ressentait. Il fixa le mur pendant une minute, puis finalement me regarda à nouveau.

— Je... je ne sais même pas quoi demander.

— Eh bien, Monsieur Sinclair, commença Kim, la première chose que vous devez savoir, c'est que vous n'êtes pas obligé de dire quoi que ce soit maintenant. Vous pouvez prendre le temps d'assimiler cette information et prendre une décision plus tard.

Il me regarda. — C'est vrai ?

J'acquiesçai, même si j'espérais qu'il se déciderait rapidement. — Oui. Vous pouvez prendre le temps.

Il se détendit un peu après cela. — C'est bien. C'est... c'est beaucoup à assimiler. Pour l'instant, je me sens un peu dépassé.

— Pourquoi ne nous parlez-vous pas un peu de vous, Carter, suggérai-je. Vous êtes marié, n'est-ce pas ?

Un sourire se dessina sur ses lèvres. Son regard s'évada. C'était définitivement un homme amoureux. — En effet.

Amanda est la meilleure chose qui me soit jamais arrivée. On s'est rencontrés à mon premier emploi après l'université. Dès la première fois que je l'ai vue, j'ai su qu'elle était la personne avec qui j'allais passer ma vie. Elle est gentille, belle, intelligente et c'est une mère extraordinaire. Nous avons deux enfants, Caroline et Adam. Caroline fait de la danse et Adam aime le football.

— Quel âge ont-ils ? demandai-je.

— Caroline a douze ans et Adam en a neuf.

J'acquiesçai. — Ma fille fait aussi de la danse, mais elle n'a que cinq ans.

— Maternelle ?

J'acquiesçai à nouveau. — Oui. Elle est épuisée chaque jour. Ça fatigue ma femme.

Carter sourit. — Je me souviens de cette période. C'était difficile, mais c'était très amusant. Avant qu'ils n'apprennent à quel point la vie peut être cruelle ou à quel point les gens peuvent l'être. J'espère que vous êtes bon envers votre femme. Surtout si c'est elle qui est le plus souvent à la maison.

J'acquiesçai mais ne dis rien d'autre à propos de Melody. Ça ne semblait pas correct de mentir, mais je ne pouvais pas non plus lui dire la vérité.

— Amanda est restée à la maison jusqu'à ce qu'Adam entre en maternelle. Elle a tenu quelques mois, puis elle a décidé qu'elle avait besoin de retourner travailler. Elle s'ennuyait trop toute la journée sans les enfants à la maison. Elle ne travaille qu'à temps partiel, mais c'est suffisant pour qu'elle puisse sortir un peu tout en restant disponible si les enfants ont besoin d'elle.

Je souris. — La mienne vient de commencer à travailler cette semaine. Elle ressentait la même chose.

Carter rit doucement. — Je suppose que c'est bon de savoir que les choses ne sont pas si différentes ici. Il regarda autour de lui, repérant la Rivière par la fenêtre. — C'est une belle région. Comment serait le travail si je décidais de travailler sur cette ferme ? Je suppose que je devrais y travailler si je voulais l'accepter, non ? J'aurais un emploi ?

J'acquiesçai, mais Roger fut le premier à répondre. — Vous auriez un emploi. Le testament de votre grand-mère stipule seulement que son petit-fils, ou ses petits-fils comme nous le savons maintenant, doivent accepter de travailler sur la ferme s'ils veulent en obtenir la propriété. Vous n'auriez pas à y vivre, mais vous le pourriez. C'est une érablière, donc c'est probablement calme pendant la majeure partie de l'hiver mais occupé du printemps à l'automne. Je n'en sais pas beaucoup à ce sujet, cependant. Ramsey pourrait peut-être nous en dire plus.

— Roger a raison. Les choses sont calmes maintenant, mais bientôt il faudra mettre les entailles dans les arbres et récolter la sève. C'est beaucoup de travail manuel, non pas que j'essaie de vous faire peur. La ferme n'a pas été pleinement opérationnelle depuis quelques années. Quand votre grand-mère est tombée malade, elle ne s'en est plus occupée. Ses ouvriers étaient surtout saisonniers, et le gardien de la propriété est devenu son aide-soignant. Cette année sera la première depuis quelques années où il se passera quelque chose.

— Et vous dites que j'ai un cousin ?

J'acquiesçai. — Colin Jones. Il a déjà dit qu'il voulait travailler sur la ferme. Il a emménagé sur la propriété il y a un mois et a appris tout ce qu'il pouvait pour préparer le terrain pour cette année.

— Est-ce qu'il sait pour moi ? demanda Carter.

J'acquiesçai lentement. — Oui. Cleotha a laissé une lettre pour son petit-fils, que je devais lui remettre quand il viendrait chercher des informations sur la propriété. C'est la première fois que l'un d'entre nous apprenait votre existence. Elle mentionnait dans la lettre qu'il y en avait deux de vous.

— Merde, souffla Carter. Ça a dû être un choc.

Je souris. — C'était certainement le cas.

— Pensez-vous, euh, pensez-vous qu'il serait prêt à me rencontrer ? demanda Carter.

— Oui, lui dis-je. Colin voulait que vous ayez une chance de digérer tout cela sans qu'il soit là, mais je pense qu'il serait prêt à vous rencontrer. Combien de temps restez-vous en ville ?

Carter haussa les épaules. — Je prévoyais de rentrer chez moi cet après-midi. Je ne m'attendais vraiment pas à tout ça. Je pourrais revenir... le week-end prochain, je pense. Je devrais vérifier avec Amanda et voir ce qui nous convient. Est-ce trop long ? Avez-vous besoin de savoir plus tôt que ça ?

Je secouai la tête. — C'est bien. Je dois vous faire savoir que Colin y travaille déjà. Il met tout en place et se prépare à gérer la ferme. Quoi que vous décidiez de faire, vous devez savoir qu'il reste. Il est impliqué.

Carter acquiesça. — C'est bien. Je pense que c'est vraiment bien.

Je pouvais voir que Carter en avait assez et avait besoin de temps pour assimiler tout cela. J'ai mis fin à la réunion, le remerciant d'être venu nous rencontrer et lui demandant de me faire savoir ce qu'il déciderait. J'ai également suggéré de le rencontrer lui et sa famille à l'Érablière Familiale Jones quand ils viendraient et j'ai promis de lui faire savoir si Colin était d'accord avec cette idée.

Kim et Roger n'étaient pas loin derrière Carter, heureusement. Quand tout le monde fut parti, je retournai dans mon bureau et m'affalai dans mon fauteuil.

— Comment ça s'est passé ? demanda Penny.

Je me frottai le visage avec les mains et secouai la tête. — Je n'en ai aucune idée. Il était certainement surpris.

— Que pensez-vous qu'il va faire ?

Je soupirai. — Une partie de moi pensait vraiment qu'il allait s'en aller et dire non, mais il a demandé s'il pouvait rencontrer Colin et visiter la ferme. Il semble qu'il pourrait être intéressé.

— Avez-vous eu l'impression qu'il en voulait à l'argent ?

Je haussai les épaules. — Je ne sais pas. Je lui ai dit que la ferme n'avait pas fonctionné depuis quelques années parce que je veux qu'il comprenne que ce n'est pas quelque chose dans lequel il peut se lancer et en attendre beaucoup dès le départ, mais c'est quand même une énorme exploitation.

Penny tordit ses lèvres sur le côté. Elle soupira et repoussa sa queue de cheval derrière son épaule. — Qu'allez-vous dire à Colin ?

— La vérité. C'est tout ce que je peux faire. J'aimerais avoir plus à lui offrir, mais pour l'instant, sa vie n'est pas établie.

Penny se leva et lissa le devant de sa robe. — Voulez-vous que je l'appelle ? Pour en finir ?

J'acquiesçai. — Merci, Penny.

Ma conversation avec Colin s'est passée aussi bien que prévu. Il n'avait aucun problème à rencontrer Carter ou à lui montrer la ferme, mais il était inquiet. Non pas qu'il ne soit pas prêt à travailler avec Carter si c'était vraiment ce que Carter voulait, mais parce qu'il ne connaissait pas du tout Carter. Il pourrait être excellent pour la ferme, ou il pourrait en être un poids mort. Colin avait plus de questions que je n'avais de réponses, et je détestais ça.

Après avoir parlé à Colin, j'ai envoyé un message à Melody pour lui dire que la réunion était terminée et qu'aucune décision n'avait été prise. Elle a dit qu'elle espérait que tout s'arrangerait. J'avais une autre réunion, donc je n'avais pas beaucoup de temps pour discuter avec elle et j'ai dit que nous pourrions parler plus tard.

PLUS TARD EST DEVENU le lendemain quand Melody était occupée avec Amber. Willow dînait avec elles et comme nous ne nous entendions pas, je n'ai pas essayé de prendre contact après que Melody m'ait dit que Willow était là.

Je n'ai pas eu de nouvelles de Colin ou Carter et j'étais en train de devenir fou en me demandant ce qu'ils pensaient. Colin aimait l'Érablière Familiale Jones, et c'était lui qui faisait le travail pour la rendre à nouveau opérationnelle. Il avait un bon plan pour commencer petit, et il a pris la bonne décision d'inviter l'ancien gardien à revenir pour l'aider à apprendre et à démarrer.

Tout semblait facile, mais je savais que rien dans la vie n'était jamais vraiment facile. Surtout pas ce qui en valait la peine.

J'ai quitté le travail vendredi soir et je suis allé chez Ian. Il était déjà parti pour la journée, alors j'ai changé de vêtements et je suis reparti. Au lieu d'aller à O'Kelley's, j'ai dépassé la ville pour me rendre à mon ancien domicile.

Je n'avais jamais fait d'apparition surprise chez Melody. Pas depuis que j'avais déménagé. Je l'appelais ou lui envoyais toujours un message pour lui faire savoir que je venais, mais j'avais besoin de la voir et je n'ai pas pensé à la prévenir avant d'être dans l'allée.

Je suis resté assis dans mon véhicule utilitaire sport à regarder notre maison. Sa maison. J'ai décidé que si les choses progressaient jusqu'à un véritable divorce, je m'assurerais qu'elle obtienne la maison. Je n'étais pas prêt à changer quoi que ce soit d'autre pour l'un ou l'autre d'entre nous.

C'est la porte violette qui avait attiré Melody vers cette

maison en premier lieu. Elle disait que c'était excentrique et unique tout en étant accueillant. Tout ce qui m'importait, c'était qu'elle l'aimait. Elle rêvait de remplir toutes les chambres d'enfants et de les combler du genre d'amour qu'elle n'avait pas eu en grandissant. Toute sa vie tournait autour des enfants.

Tout revenait toujours aux enfants. Ne pas en avoir, en avoir, travailler avec eux. Il s'agissait toujours d'enfants.

J'étais encore assis dans mon véhicule utilitaire sport quand la porte d'entrée s'est ouverte. Melody a regardé dehors et m'a fait un signe de la main avec hésitation. Je lui ai rendu son salut. Elle m'a fait signe comme si elle m'invitait à entrer, et j'ai finalement coupé le contact et je suis sorti.

— Je ne savais pas que tu venais ce soir.

— Désolé. Je peux partir.

Elle secoua la tête, ses cheveux bruns cascadant sur ses épaules. Elle portait un pantalon de survêtement et un t-shirt ample qui m'appartenait à l'université. Elle me l'avait volé il y a longtemps, mais je ne pouvais pas m'empêcher de ressentir cette envie primitive de la posséder quand elle portait mes vêtements.

— Tu n'es pas obligé de partir. Pourquoi restes-tu assis là ?

Je haussai les épaules. — Je ne voulais pas m'imposer dans ta soirée.

Elle sourit narquoisement. — Alors tu as décidé de rester assis dans l'allée comme un voyeur ?

J'ai ri doucement. — Je n'ai pas vraiment décidé quoi que ce soit.

Elle recula. — Entre. Nous n'avons pas encore mangé, mais il y en a assez pour toi si tu as faim.

Je souris. — Merci.

Melody ferma la porte derrière moi et prit mon manteau pour l'accrocher. Amber me fonça dessus par derrière, me surprenant. Elle enroula ses petits bras autour de mes jambes.

— Papa !

— Hé, ma grande. Comment s'est passée ta journée ?

— Super ! On a pu colorier aujourd'hui à l'école. Avec des feutres.

— Waouh, vraiment ? demandai-je en la soulevant.

Elle acquiesça et me montra ses mains couvertes de feutre. — Oui, et maintenant je suis de toutes les couleurs. C'est joli, papa ?

Je souris largement. — Bien sûr. J'adore ça.

— Moi aussi. Maman a dit que je dois les laver quand je prendrai mon bain.

— Eh bien, tu dois écouter maman. Elle veut s'assurer que tu ne tombes pas malade quand tu lèches tes doigts et que tu manges du feutre.

— Je ne les mange pas, papa. Je colorie juste avec.

— Tu es sûre ? Parce qu'on dirait que tu en as peut-être mangé un aussi. J'ai montré la trace rose sur sa joue.

Elle gloussa et secoua la tête. — Non, je voulais juste une ligne sur ma joue comme Noah. Il est tombé d'un arbre et s'est coupé le visage et les gens ont dit qu'il avait l'air bizarre, alors j'ai dessiné une ligne sur mon visage aussi.

J'ai croisé le regard de Melody par-dessus la tête d'Amber, et elle a acquiescé. Ma gorge s'est serrée et j'ai avalé difficilement en serrant Amber fort. — Tu es une fille très gentille. Ne change jamais, d'accord ?

— D'accord, papa, dit-elle d'une voix étouffée.

Je l'ai relâchée et elle s'est dégagée pour descendre. Elle se précipita vers la table où elle continuait à colorier. Melody fit un signe de tête vers la cuisine, et je la suivis.

— Ça va ? demanda-t-elle doucement quand nous fûmes seuls.

Je haussai les épaules. — Je ne sais pas. Cette affaire avec la ferme est plus difficile que prévu. Je pensais que ce serait une affaire simple où je pourrais remettre la lettre, Colin irait faire ses affaires, et je pourrais profiter des fruits de son travail. Au lieu de cela, je suis en train de faire la médiation entre deux hommes qui ne se connaissent pas, dont l'un ne sait pas ce qu'il veut faire. Ça m'épuise.

La main de Melody se tendit pour m'atteindre, mais elle ferma le poing et la retira. Elle sourit, évitant mon regard, et dit : — Je suis désolée, Ramsey.

Je haussai les épaules. — C'est une partie du travail, je suppose.

— Oui, mais ce n'a jamais été ta partie préférée. Tu aimes construire les choses, pas les démolir.

J'ai ri sans joie. — Sauf pour nous. J'ai démoli ça.

Les yeux de Melody se fixèrent sur les miens, les siens tristes et blessés. Son regard glissa de mes yeux le long de mon corps et quelque chose de plus profond, plus sombre, illumina son regard. Presque aussi rapidement, cela disparut, mais chaque cellule de mon corps y réagit. Ma queue tressaillit dans mon pantalon, me suppliant de la presser contre le mur et de reconstruire tout ce que nous avions l'habitude d'avoir. En commençant par son désir.

Melody haleta. Ses yeux s'écarquillèrent. Une rougeur remonta son cou. Elle savait ce que je pensais, et si je la connaissais du tout, ce qui était le cas, elle était d'accord.

Eh bien, putain de merde.

— Euh, je dois vérifier le dîner, dit-elle avant de quitter rapidement la pièce.

Je suis resté là à la regarder partir, me demandant si je pouvais m'en tirer en la suivant et en terminant ce qu'elle avait commencé avec cet examen lent de mon corps. La réponse fut un non catégorique quand Amber m'appela pour me montrer son dernier chef-d'œuvre.

— Comment ça se passe à l'école ? lui demandai-je.

— Bien. Maman a dit que je pouvais inviter Makayla ce week-end.

— Ce sera amusant.

— Oui. Et Tante Willow pourrait venir dimanche soir. Maman sort et a dit qu'elle a besoin que Tante Willow reste avec moi. Donc, je verrai Makayla samedi et Tante Willow dimanche.

— Et moi vendredi, ajoutai-je, essayant de ne pas être blessé que son week-end excitant ne m'implique pas.

— Je sais, papa, dit-elle. Mais je te vois toujours le vendredi.

Je souris et ébouriffai ses cheveux. Ses boucles tombèrent sur son visage et elle me repoussa avec un soupir exaspéré.

— Papa.

— Quoi ? demandai-je innocemment, puis je recommençai.

— Papa ! J'essaie de colorier une image pour maman. Ça la rend heureuse quand je colorie. Elle est triste souvent.

J'inspirai profondément et fermai les yeux. Je voulais que Melody soit heureuse. Je lui causais de la peine, et j'espérais qu'elle serait plus heureuse si je n'étais pas là à lui faire du mal. Mais si elle était assez triste pour qu'Amber le remarque, ce n'était pas bon.

— Pourquoi maman est-elle triste ?

Amber haussa les épaules. — Je ne sais pas. Mais je l'entends dans sa chambre la nuit parfois. Parfois elle est sous la douche pour que je ne l'entende pas faire du bruit, mais je l'entends quand même.

— Sous la douche ?

Amber acquiesça. — Oui. Elle pleure et fait des bruits de colère. Parfois elle dit ton nom, mais elle a dit que tu n'étais pas là.

Tout s'éclaircit. Amber ne l'entendait pas pleurer. Elle

entendait Melody se masturber. Dans la douche, bon sang. En pensant à moi.

— Êtes-vous prêts pour le dîner ? demanda Melody, souriante en entrant dans la pièce.

Je levai les yeux vers elle et rencontrai son regard. Son sourire disparut quand elle vit l'expression dans mes yeux. La rougeur revint et sa respiration soulevait sa poitrine. Mes yeux se posèrent dessus, ses mamelons durs sous ses vêtements. Elle croisa les jambes, quelque chose qu'elle faisait quand elle avait besoin de soulagement. Je levai un sourcil et elle se mordit la lèvre.

Cette femme allait définitivement me tuer.

— J'ai presque fini, maman. J'ai dit à papa que je colorie des images pour que tu ne sois plus triste. Peut-être qu'il peut rester ce soir pour que tu ne sois pas seule si tu veux pleurer ce soir, dit Amber. Elle était directe et innocente dans sa suggestion, mais rien dans sa suggestion n'était innocent.

Les yeux de Melody s'écarquillèrent. Elle savait que je savais exactement de quoi parlait Amber. Le pouls dans sa gorge palpitait, s'accélérant à chaque respiration qu'elle prenait.

Je durcissais de plus en plus rien qu'en restant assis là, à côté de notre fille, regardant ma femme s'exciter rien qu'en pensant à se donner du plaisir plus tard. Putain, je n'allais pas survivre au dîner et au coucher d'Amber. Pas quand il y avait une chance que Melody soit le dessert.

Mon Dieu, faites qu'il y ait une chance.

15

MELODY

Seigneur, j'avais chaud. J'étais en train de mourir. J'ai vérifié la cuisinière pour m'assurer que je l'avais bien éteinte. Je me suis même demandé si j'avais heurté le thermostat. Mais non, rien de tout cela n'était la raison pour laquelle je transpirais presque à travers mes vêtements. Cet honneur reposait entièrement sur les larges et sexy épaules de mon mari.

Cet homme était un missile à tête chercheuse, et il n'allait pas rater sa cible.

Son regard passait de ma lèvre emprisonnée entre mes dents à mes tétons douloureux qui suppliaient d'être libérés de mon soutien-gorge, jusqu'à la pulsation lancinante entre mes jambes. Au moment où il a de nouveau croisé mon regard, j'étais presque certaine de pouvoir jouir rien qu'avec le regard dans ses yeux.

Quand Amber m'a demandé un matin si Papa était là la nuit, j'ai pensé qu'elle avait fait un rêve. Quand elle a dit qu'elle m'avait entendue pleurer encore et que j'avais prononcé le nom de Papa, elle pensait que j'étais fâchée contre lui. J'ai réalisé exactement ce qu'elle avait entendu et j'ai fait de mon mieux pour minimiser l'incident, mais manifestement, ça n'a pas marché aussi bien que je l'espérais.

Elle a dit à Ramsey que je pensais à lui pendant que je me donnais du plaisir. Et il a assemblé les pièces comme je l'avais fait et a tiré la bonne conclusion.

Je désirais toujours mon mari.

— On devrait manger ? a demandé Ramsey, son regard dérivant vers le bas pour se fixer entre mes jambes.

J'ai changé de position en souhaitant pouvoir courir jusqu'à ma chambre pour prendre une douche. J'étais trop proche.

— Qu'est-ce qu'on mange, Maman ? a demandé Amber.

— Euh, des spaghettis au four, lui ai-je dit, forçant un sourire alors que je mourais intérieurement.

Ramsey s'est approché pendant que je parlais à Amber et que je ne lui prêtais pas attention. Il m'a frôlée, son bras effleurant mes tétons sensibles. J'ai haleté et reculé. Mon intimité s'est contractée, prête pour lui.

— Désolé, a-t-il murmuré. Je ne savais pas que tu étais si... en évidence.

Je l'ai foudroyé du regard, mais la seule chaleur qui s'y trouvait était celle qui se reflétait en lui. J'allais définitivement brûler vive.

Ramsey se déplaçait dans la cuisine comme s'il y vivait encore. Il a pris de l'eau pour nous tous et s'est assis en face de moi. Il a demandé à Amber comment s'était passée l'école et ce qu'elle allait faire avec Makayla le lendemain.

Et il me torturait à chaque seconde.

Je pensais qu'il insisterait. Je m'attendais à moitié à ce qu'il m'embrasse. Au minimum, un effleurement accidentel de nos pieds sous la table. Mais je n'ai rien obtenu de lui. Il gardait ses distances et restait concentré sur Amber.

Il était un bon père, ce qui était génial, mais cela signifiait que je ne pouvais pas lui en vouloir, même si j'étais en colère contre lui.

La première fois que nous avions couché ensemble, c'était l'été avant son départ pour l'université. Nous savions que nous allions rompre, mais nous nous aimions et avions dit que nous voulions faire l'amour. Il n'était pas vierge, mais moi si. Nous avions remonté un peu la rivière jusqu'à trouver un endroit tranquille et nous étions garés dans un champ suffisamment envahi par la végétation pour que son camion soit caché. Il avait une couverture à l'arrière et assez de préservatifs pour nous durer quelques mois, mais le fait qu'il ait pensé à tout cela me le faisait aimer encore plus.

Les préservatifs et une couverture n'étaient pas les seules choses auxquelles il avait pensé. Il avait pensé à moi. Il m'avait touchée et taquinée jusqu'à ce que je crie dans la nuit en le suppliant de me remplir. Il savait que ce serait doulou-reux pour moi, mais il a fait tout ce qu'il pouvait pour que ce soit une bonne expérience.

Et putain, il y est parvenu.

Les semaines suivantes, je l'attaquais à chaque occasion. Je ne pouvais pas me contrôler en sa présence. Être même légè-rement excitée me faisait grimper sur lui et jouir à chaque opportunité.

Non pas qu'il s'en plaignait. Il en tirait les mêmes béné-fices. Mais quand il est parti à l'université, mon besoin est parti avec lui. C'était lui que je voulais. Ce n'était pas le sexe, c'était Ramsey, et une fois qu'il était parti, le sexe ne m'inté-ressait plus autant.

Mais Ramsey était celui qui était assis dans ma cuisine, m'ignorant. Il m'avait excitée puis m'avait laissée là, et il savait exactement ce qu'il faisait.

Mais à ce jeu-là, on peut être deux.

J'ai fini mon dîner tranquillement pendant qu'Amber et Ramsey parlaient de l'école et qu'il lui racontait son travail. Il a demandé si c'était d'accord qu'elle l'accompagne à la ferme d'érable des Jones le week-end suivant et j'ai dit oui. Amber était excitée et lui a posé des tonnes de questions sur la ferme et ce qu'ils allaient voir et faire. Ramsey a répondu patiemment à toutes, mais quand je me suis levée avec mon assiette, il a arrêté de parler.

— Finissez tous les deux, ai-je dit. J'ai déjà terminé, alors je vais prendre une douche.

— Quoi ? a-t-il demandé.

— Une douche. J'ai vraiment besoin d'une douche, et puisque tu es ici avec Amber, je vais m'occuper de ça.

— Melody, tu devrais juste attendre.

— Pourquoi, Papa ? a demandé Amber.

J'ai haussé un sourcil et l'ai regardé.

Ramsey a serré la mâchoire et forcé un sourire pour Amber. — Je pensais juste que Maman pourrait profiter davantage de sa douche si elle attendait que tu sois couchée pour la nuit.

Amber m'a regardée. — Tu vas pleurer, Maman ?

J'ai souri. — Je te promets, ma chérie, que je ne vais pas pleurer.

Ramsey s'est étouffé avec son eau.

Amber s'est levée et lui a tapé dans le dos. Je me suis penchée vers lui, l'aidant à dégager le liquide de ses poumons. Il s'est étouffé à nouveau quand mes seins ont frotté contre son bras.

— Papa, ça va ? a demandé Amber, l'air inquiète.

Ramsey a toussé encore une fois, puis a hoché la tête. — Je vais bien, ma puce. Je me suis juste un peu étranglé.

Amber a repris sa place et a continué à manger.

— Ne pars pas, a dit Ramsey. Il a saisi mon poignet et a croisé mon regard. S'il te plaît.

— Pourquoi pas ? ai-je demandé doucement.

— S'il te plaît, Mel. Laisse-moi être là pour toi.

Depuis que Ramsey et moi avions recommencé à nous parler, j'avais rêvé qu'il dise quelque chose de similaire. Qu'il me désire. Et il était assis dans ma cuisine, son pouce glissant sur ma peau sensible, me demandant de le laisser prendre soin de moi.

— D'accord, ai-je finalement dit.

Ses yeux se sont écarquillés et sa prise s'est resserrée. — Oui ?

J'ai hoché la tête.

Un sourire séducteur a courbé ses lèvres, et bon sang, je n'avais qu'une envie : grimper sur ses genoux ici et maintenant.

Je suis retournée à ma place et les ai regardés parler et manger. Quand ils ont eu terminé, j'ai nettoyé la cuisine, mais Ramsey est resté et m'a aidée. Il a porté les assiettes à l'évier et a rangé tout ce qui était sur la table. Il a même essuyé la table quand elle a été dégagée.

Amber voulait regarder un film avant de se coucher, alors nous nous sommes entassés tous les trois sur le canapé avec Amber au milieu. Elle était captivée par le film, bien qu'elle l'ait déjà vu, ce qui signifiait qu'elle ne faisait pas attention à Ramsey et moi.

Sa main a commencé sur le dossier du canapé, derrière mon épaule droite. Puis elle s'est rapprochée et a repoussé les cheveux de ma joue. Ensuite, il a fait glisser un doigt le long de ma gorge. Puis le même doigt a glissé sur mon pouls qui s'accélérait.

J'ai inspiré et me suis dit de m'éloigner de lui, mais au lieu de cela, je me suis rapprochée. Sa main a glissé vers ma nuque et il a massé pour soulager ma tension. Puis il a immédiatement fait remonter cette tension quand il a utilisé ma clavicule comme aperçu de ce qu'il allait faire à mon clitoris. Des cercles lents, puis un battement rapide, puis des cercles plus larges et un pincement au milieu. Puis son pouce dur et rapide tandis que ses doigts glissaient sur mon épaule dans un rythme qui me faisait me tortiller.

J'ai dû me mordre la lèvre pour ne pas gémir.

Amber a bâillé et Ramsey et moi avons tous deux bondi pour la préparer pour le lit. Amber a protesté qu'elle n'était pas vraiment si fatiguée, mais elle a bâillé à nouveau, ruinant sa défense.

Amber voulait que Ramsey la mette au lit, alors je me suis assise sur le canapé et j'ai attendu qu'il ait fini avec elle. Ils ont ri et parlé pendant qu'elle prenait un bain rapide, puis ses tons bas et doux ont été les seuls sons que j'ai entendus alors qu'il lui lisait son livre.

J'ai commencé à me calmer jusqu'à ce qu'il ferme la porte de sa chambre. Alors chaque centimètre de moi s'est tendu et a réclamé de l'attention.

Ramsey est entré dans le salon tranquillement, comme s'il n'était pas sûr de ce qu'il allait obtenir de moi. Il s'est assis à l'autre bout du canapé et a joint ses mains, se penchant sur ses genoux.

— Qu'est-ce qu'on fait ? a-t-il demandé après une minute.

— Que veux-tu dire ?

Il a tourné la tête pour me regarder. — Je t'aime, Melody. Ça n'a jamais changé. Et si c'est juste pour satisfaire une envie ou jouir, alors d'accord. Mais j'ai besoin de savoir pour ne pas me faire de faux espoirs que tu penses à moi pendant que tu te masturbes sous la douche n'est pas plus que ça.

J'ai retenu mon souffle face à ses mots honnêtes et vulgaires. Au lieu de me faire douter des taquineries que nous faisions, ses mots m'ont fait le désirer encore plus.

— Je ne sais pas ce que c'est, Ramsey. Tout ce que je sais, c'est que je suis excitée, et le seul homme qui m'ait jamais fait du bien, c'est toi. Quand je ferme les yeux et que je mouille, c'est ton visage que je vois. Tes mains que j'imagine. Ta queue que je veux en moi.

— Bon sang, Melody, a-t-il soufflé. Je ne peux pas... j'ai besoin de toi.

Je ne sais pas lequel de nous a bougé en premier, mais peu après, nous étions dans les bras l'un de l'autre. Ses lèvres se sont écrasées contre les miennes, tous deux affamés de ce que seul l'autre pouvait donner. Il a mordu ma lèvre, puis l'a sucée fort pour l'attirer dans sa bouche. J'ai gémi, l'imaginant faire la même chose à mon clitoris.

Il m'a tirée sur lui, ses mains rudes sur mes cuisses tandis qu'il serrait mon corps contre le sien. Sa queue pulsait contre moi, le pantalon de survêtement fin que je portais ne cachant rien de sa dureté. Ses mains ont saisi mes fesses, les pétrissant et les massant alors que ses doigts dérivaient de plus en plus près d'où j'étais déjà humide et prête pour lui.

— Melody, tu es sûre de vouloir ça ? a-t-il soufflé contre mes lèvres.

— S'il te plaît, Ramsey. J'ai besoin de jouir, ai-je supplié.

Il a baissé mon pantalon de survêtement d'un coup sec et a poussé une main entre nous. J'aimais sentir sa queue, mais un simple effleurement de ses doigts sur ma peau sensible et je m'éloignais pour lui donner accès.

Il a gémi quand son doigt a glissé en moi. — Putain, Mel. Tu es tellement mouillée. Tu as beaucoup pensé à moi, bébé ?

— Oui, ai-je répondu honnêtement. Tout le temps.

— À quoi penses-tu ? Dis-moi ce que tu souhaites que je te fasse.

— Me toucher. Tes doigts en moi. Jouer avec mon clitoris. Et ta queue qui m'étire.

— Tu sors ton vibromasseur ? a-t-il demandé.

J'ai secoué la tête. Mes hanches ondulaient au rythme de ses caresses douces. J'avais besoin de plus, mais Ramsey ne me décevait jamais. Je n'étais pas sûre de pouvoir être patiente longtemps. — Après qu'Amber m'a entendue, j'ai eu peur de faire trop de bruit.

— Oh, bébé, je suis désolé. J'aimerais être là pour t'aider.

— Tu es là maintenant, ai-je soufflé.

— Oui, a-t-il grogné.

Il a enfoncé un doigt en moi, et j'ai failli crier. J'ai laissé ma tête tomber en avant et mordu son épaule pour étouffer le cri. Il a poussé à nouveau, passant son pouce sur mon clitoris, et je jure que j'ai vu des putains d'étoiles.

— Plus, ai-je supplié, pas du tout honteuse de geindre.

Il a écouté, ajoutant un autre doigt et écartant mes cuisses de sa main libre. — Je peux te sentir, Mel. Tu es proche, ma belle. Dis-moi que tu es proche. Je peux le sentir.

— Si proche, ai-je murmuré. J'ai chevauché sa main, ayant besoin de me libérer. J'ai rejeté la tête en arrière et crié quand il a pris mon sein et pincé mon téton. Il a accompagné les mouvements de mon corps, pulsant en moi dans le même rythme. Son pouce sur mon clitoris, ses doigts en moi, sa main sur mon sein. Tout cela était trop. Pas assez. Parfait.

— Oui, bébé, oui, a-t-il grogné alors que mon orgasme me frappait. Putain, Mel, tu es tellement magnifique. N'arrête pas, bébé. Prends-en un autre. Jouis encore pour moi, ma chérie.

Je ne pouvais pas dire non alors que ses doigts me baisaient plus fort. Il en a ajouté un troisième et m'a envoyée au septième ciel aussi vite. Je me suis mordu la lèvre pour qu'Amber ne nous entende pas et j'ai pompé mes hanches de haut en bas, ayant besoin de plus et plus et plus de lui.

— Bon sang, Mel, je t'aime tellement.

— Je t'aime, ai-je soufflé, soulagée de dire les mots contre lesquels je luttais depuis si longtemps.

Je me suis effondrée sur lui, épuisée par les orgasmes. Je n'avais pas été capable de me faire ce qu'il avait fait, et c'était incroyable et beau et épuisant.

Ramsey m'a tenue, une main caressant mon dos tandis que l'autre restait bloquée entre nous, ses doigts encore profondément enfouis en moi. Chaque tressaillement faisait sursauter mon corps, mais j'étais trop épuisée pour jouir à nouveau.

À mesure que le brouillard se dissipait, j'ai entendu Ramsey me murmurer des choses. Rien de profond, juste des mots d'amour encore et encore. « Je t'aime. Tu me manques. Tu es si belle. Sexy en diable. »

— Merci, ai-je murmuré en retour. Ces simples mots n'étaient pas suffisants pour exprimer à quel point je l'appréciais. Pas seulement pour les orgasmes, mais pour tout. Pour être là. Pour me laisser entrer. Pour nous donner une autre chance.

Je me suis finalement redressée et j'ai fait le point sur nous. Son visage était un masque de désir avec un sourire satisfait pour faire bonne mesure. Je lui ai souri et j'ai secoué la tête.

— Quoi ? a-t-il demandé.

— Tu as l'air si satisfait de toi-même.

Il a ri et remué ses doigts. — Je suis plutôt satisfait de toi.

J'ai gémi. Mes yeux se sont fermés et mon corps a serré ses doigts.

— Encore ?

J'ai secoué la tête. — Je pense que je vais mourir si j'en ai plus.

Il a ri. — Quelle façon de partir.

Il l'avait dit comme une blague, quelque chose que nous nous disions tout le temps, mais c'était un rappel de Steven pour moi. Un rappel de la seule personne que nous partagions qui nous avait quittés.

Je me suis reculée et j'ai commencé à descendre de lui. Sa main est restée coincée dans mon pantalon de survêtement. J'ai croisé son regard, et quoi qu'il ait vu dans le mien l'a fait soupirer et se dégager de moi.

Je me suis levée et j'ai arrangé mon pantalon. Il m'a regardée, ses yeux ne me quittant jamais. J'ai pris une respiration et j'ai mordillé ma lèvre.

— Je ne le pensais pas comme ça, a-t-il dit doucement.

J'ai hoché la tête. — Je sais. C'est juste qu'il est la raison pour laquelle nous sommes ici. Il est la raison pour laquelle nous ne sommes pas ensemble. Il est la raison pour laquelle tu vas franchir cette porte au lieu de prendre ma main et me suivre au lit. Il est la raison pour laquelle nous venons de faire... ça... sur le canapé au lieu de le faire dans notre chambre. Parce que nous l'avons perdu.

Ramsey a secoué la tête et s'est levé. Il était toujours en érection, sa queue poussant contre sa fermeture éclair. Le côté avide et excité en moi voulait ignorer tout et tomber à genoux devant mon mari, mais le côté adulte responsable disait que nous devions parler.

— Le perdre n'est pas la raison pour laquelle je suis parti. C'est la raison pour laquelle tu l'as fait.

— Je ne suis pas partie, ai-je dit. C'est toi qui es parti.

— Après que tu sois partie. Tu as abandonné, Mel. Le perdre t'a détruite, et...

— C'était notre fils, Ramsey. C'était notre enfant, une partie de nous que nous avons mise au monde, et au lieu de le protéger, je l'ai perdu. Je l'ai laissé tomber. Il est mort à l'intérieur de moi.

— Et encore une fois, ce n'était pas ta faute. Je sais que le perdre t'a presque tuée. Ça a failli me tuer aussi. Mais te perdre était tellement plus dur. Te perdre... je ne peux pas supporter ça.

— Alors pourquoi es-tu parti ?

— Parce que tu n'étais pas prête à changer ton rêve, Melody. Tu n'étais pas prête à accepter que notre famille était parfaite. Et si elle ne l'était pas, elle n'allait pas l'être si nous te perdions.

— Tu ne vas pas me perdre, ai-je dit.

— On t'a perdue, Mel. On t'a perdue. Tu étais partie. Pendant six mois, tu n'existais pas. Amber et moi, on marchait sur des œufs autour de toi. Et quand tu es finalement revenue vers nous, tout ce qui t'importait, c'était de tomber enceinte à nouveau. Tu m'attaquais quand tu pensais ovuler. Tu ne me voulais pas, tu voulais un bébé. Sais-tu ce que ça fait de savoir que la seule raison pour laquelle ma femme s'intéressait à moi était qu'elle espérait que je la mette enceinte ?

— Qu'est-ce qu'il y a de mal à ça ?

— Parce que garder mes mains loin de toi est presque impossible pour moi. Parce que quand tu entres dans une pièce, je bande. Parce que quand je pense à toi, je veux te déshabiller et te faire crier mon nom. Mais tu ne voyais qu'une banque de sperme. Une banque de sperme qui pouvait soit te tuer pour de vrai, soit te détruire quand tu perdrais un autre bébé.

J'ai regardé mon mari et me suis demandé qui il était. Comment il pouvait penser que je ne le voulais pas, surtout après ce qui venait de se passer. Il ne s'agissait pas de sexe ou de tomber enceinte. Il s'agissait de partager quelque chose avec lui. Il s'agissait de soulagement, mais il s'agissait aussi de Ramsey.

— Ramsey...

— Dis-moi une chose, Mel. Veux-tu toujours un bébé ? Est-ce toujours quelque chose pour lequel tu feras n'importe quoi ? Ou es-tu prête à trouver un nouveau rêve ensemble ?

Je me suis figée. Une voix intérieure me murmurait de lui répondre, mais je ne pouvais pas. Je ne pouvais pas.

Et après une minute, il a hoché la tête et est parti. Le doux clic d'acceptation plus fort qu'un claquement de porte ne l'aurait été.

'ai pleuré jusqu'à m'endormir après le départ de Ramsey. Je me sentais comme une merde quand je me suis levée samedi. Makayla et Casey sont venues pour le déjeuner et j'avais à peine l'énergie de nous préparer à manger.

— Tu es malade ? a demandé Casey lorsqu'Amber a emmené Makayla dans sa chambre.

J'ai secoué la tête. — Non, je vais bien. Je suis juste contrariée.

— Robin t'a appelée ?

— Robin ? De la classe ? Non, pourquoi m'appellerait-elle ?

— Elle m'a demandé si tu pouvais l'aider avec la fête d'Andrea. Je pensais que c'était pour ça que tu étais contrariée.

J'ai soupiré. — Non. Je suis contrariée à cause de mon mari.

— Tu as du vin ?

J'ai penché la tête de côté, interrogative.

— Tu ne sais pas que « rendez-vous de jeu » est en réalité

un code pour laisser nos enfants s'amuser ensemble pendant qu'on boit ? a demandé Casey.

Un rire a jailli de ma bouche. J'ai secoué la tête. — Je me suis complètement trompée sur les rendez-vous de jeu.

Casey a passé son bras sous le mien. Nous avons pouffé et nous sommes dirigées vers la cuisine.

Une fois que nous avions des verres de vin et que nous étions assises à table, Casey a demandé : — Alors, qu'est-ce qui ne va pas ?

J'ai ri et secoué la tête. — Crois-moi, tu ne veux pas savoir.

Casey a souri et s'est penchée en avant. Ses cheveux noirs ont glissé sur son épaule et ses yeux brillaient. — Maintenant, j'ai vraiment envie de savoir.

J'ai gémi et levé les yeux vers le plafond, espérant qu'il me donnerait des réponses. Malheureusement non, mais j'avais une amie assise là qui pourrait en avoir.

— Ramsey est venu hier soir, ai-je commencé.

Casey a posé sa main sur la mienne. — C'était une bonne chose ?

J'ai ri. — C'était une très, très bonne chose. Trois fois.

— Tu as couché avec lui trois fois ? Wow. Vous rattrapez le temps perdu.

J'ai secoué la tête. — Nous n'avons pas eu de rapports sexuels.

Casey a souri d'un air narquois. — Encore mieux. Bravo pour avoir pris ce que tu voulais de lui.

J'ai souri. — Ce n'était pas comme ça. Enfin, ça l'était, mais ce n'était pas vraiment ce que je voulais.

Le sourire de Casey a disparu. — D'accord, reviens en arrière et dis-moi exactement ce qui s'est passé.

J'ai soupiré et lui ai raconté toute l'histoire, de l'arrivée de Ramsey jusqu'à son départ. Elle a réagi comme n'importe qui l'aurait fait, passant de la joie au choc quand j'ai avoué ce qui s'était passé et qui l'avait fait partir.

— Tu vas bien ? a-t-elle demandé.

J'ai haussé les épaules. — Je ne sais pas.

— Je peux te poser une question ?

J'ai acquiescé.

— Les orgasmes, ils étaient bons comment ?

J'ai ri. — Vraiment, vraiment bons, mais je ne sais pas ce que ça a à voir avec quoi que ce soit.

— Si les orgasmes étaient si bons, d'abord, je suis jalouse. Ensuite, vous avez toujours cette alchimie. Ça veut dire qu'il y a de l'espoir pour vous deux.

J'ai secoué la tête. — Je ne sais pas. Il m'a demandé si j'étais prête à renoncer à vouloir retomber enceinte. Il a dit que rien n'avait changé si ce n'était pas le cas. Et il a raison.

Casey m'a adressé un sourire triste. — Quand Kyle et moi avons décidé de commencer une thérapie, je n'étais pas sûre que ça allait marcher. Il ne m'avait pas regardée depuis trop longtemps. J'étais à moitié convaincue qu'il avait une liaison. Notre étincelle avait disparu. Je l'aime toujours, mais il ressemblait plus à un colocataire qu'à mon mari. Même maintenant, il y a des jours où je suis agacée quand il rentre à la maison. Je ne devrais peut-être pas l'admettre, mais c'est vrai parce qu'au bout du compte, nous n'avons toujours pas cette alchimie. Il ne me regarde pas et ne me mouille pas. J'aimerais qu'il le fasse, mais ce n'est pas le cas.

— Mon Dieu, Casey, je suis tellement désolée. Comment fais-tu pour vivre comme ça ?

Elle a haussé les épaules et pris une autre gorgée de son vin. — Je fais semblant de dormir quand il vient se coucher. J'évite le contact visuel quand nous sommes éveillés. Je ne fais pas de vagues et j'organise des rendez-vous de jeu quand je sais qu'il ne travaille pas.

J'ai ri avec elle mais aucune de nous n'a trouvé ça vraiment drôle.

— Ce que je veux dire, c'est que j'aimerais avoir ce que tu as. Je sais que ton mari est parti et je sais que les choses sont difficiles en ce moment, mais il te désire toujours. Tu le désires toujours. Et le sexe ne règle pas tout, mais ça aide certainement.

J'ai soupiré. Le vin m'aidait à me détendre. Je me suis adossée à mon siège. — Je pense que c'est presque l'inverse pour nous. Je veux plus d'enfants. J'ai toujours voulu une grande famille. J'ai perdu notre fils, et mon médecin a dit que retomber enceinte était un risque. Je pourrais... je pourrais mourir, et si je survivais, je ne pourrais peut-être pas porter le bébé.

Casey a tressailli. — Sérieusement ?

J'ai hoché la tête.

— Je suis désolée, mais je dois te demander pourquoi diable tu envisagerais même de retomber enceinte.

— J'ai toujours voulu beaucoup d'enfants. Nous avons acheté une maison de quatre chambres, et j'imaginais les enfants partageant les chambres. J'adore les enfants. C'est pour ça que je suis devenue enseignante.

Casey a acquiescé, les lèvres pincées et les sourcils froncés. — Je ne comprends toujours pas. Si tu retombes enceinte et que quelque chose arrive, tu n'auras toujours pas d'autre enfant, mais tu pourrais aussi mourir, ce qui signifie que tu ne serais pas là pour voir ces enfants. Avec tous les enfants qui ont besoin d'un foyer, pourquoi n'adopterais-tu pas si tu veux plus d'enfants ?

J'ai haussé les épaules à nouveau. — J'adorais être enceinte. J'aime tout de cette expérience. Et les médecins... eh bien, ce n'est pas une garantie. Je pourrais avoir une grossesse parfaitement normale sans complications.

— Ils t'ont dit ça ? a demandé Casey.

J'ai secoué la tête. — Eh bien, non, mais je sais que c'est comme ça que ça marche. Rien de tout ça n'est sûr à cent pour cent. Et j'ai eu Amber sans aucun problème.

— Euh, parfois ce n'est pas comme ça que ça marche, pourtant, a dit Casey prudemment. — Il y a des conditions médicales où tu ne peux pas tomber enceinte.

— On a dit à ma mère qu'elle ne pourrait plus tomber enceinte, puis elle a eu ma sœur, ai-je argumenté.

Casey a acquiescé. — Bien sûr, mais beaucoup de choses ont changé depuis. Nous en apprenons plus chaque jour qu'on n'en apprenait en un an, semble-t-il. Et la médecine... tout est différent maintenant par rapport à quand nous sommes nées. Je ne pense pas que les médecins t'aient dit de ne pas tomber enceinte parce qu'ils ne veulent pas que tu aies d'enfants. Je pense qu'ils te l'ont dit parce qu'ils ne veulent pas que tu meures.

J'ai respiré profondément et essayé de l'écouter, vraiment l'écouter, mais mon cerveau bloquait les mots que je ne voulais pas traiter. Alors j'ai souri, j'ai acquiescé, j'ai bu mon vin et je lui ai demandé des nouvelles de Makayla.

Dimanche n'était pas beaucoup mieux que samedi. Amber et moi avons passé la journée ensemble, jouant dehors et faisant les folles. J'ai essayé de me remonter le moral, mais je n'arrivais pas à me débarrasser de mon humeur maussade.

Willow est venue en fin d'après-midi, l'air d'avoir passé toute la nuit debout.

— Eh bien, pas toute la nuit, a-t-elle dit avec un clin d'œil.

J'ai simplement secoué la tête. J'adorais ma sœur et j'enviais sa facilité à baisser sa garde.

— Comment vas-tu ? Tu as l'air toute morose et bizarre, a dit Willow, m'observant.

J'ai secoué la tête à nouveau et évité son regard. Willow a toujours su me lire. Quand nous étions enfants, c'était pratique pour prévenir l'autre des humeurs de Maman, mais en tant qu'adultes, c'était juste ennuyeux. Surtout quand je voulais lui cacher mes pensées.

— Je vais bien. Je suis juste anxieuse à propos de ça.

— Alors n'y va pas, a dit rapidement Willow. Elle et Finley ne s'étaient jamais bien entendues non plus, alors ça ne me surprenait pas qu'elle ne soit pas favorable à ce que j'y aille. Les autres femmes semblaient assez sympathiques, mais nous n'étions pas amies. Il ne faudrait pas grand-chose à Willow pour me convaincre de ne pas y aller.

— J'ai dit à Blake que je viendrais.

— Tu as dit à Blake que tu y réfléchirais.

J'ai soupiré. — Je ne me sens pas bien de lui faire faux bond. Elle a été gentille avec moi.

— Je suis toujours gentille avec toi, et ça ne te dérange pas de me faire faux bond.

— C'est parce que tu es ma petite sœur embêtante, ai-je dit avec un sourire.

Willow m'a tiré la langue. — Tu vas rentrer tard ? Est-ce que je dois coucher Amber ?

J'ai haussé les épaules. — Je n'en ai aucune idée. J'espère que non, mais qui sait.

— Peut-être que je devrais t'appeler au bout de trente minutes et dire que tu dois rentrer à la maison.

J'ai pouffé. — C'est ce que tu fais lors d'un mauvais rendez-vous.

Willow a cligné des yeux. — Et ?

— Ce n'est pas un rendez-vous. C'est juste une soirée avec de nouvelles amies.

— Mmm hmm.

Après le dîner, je me suis brossé les cheveux et mis un peu de gloss. Je détestais la façon dont les femmes se sentaient toujours obligées de s'impressionner les unes les autres, mais je tombais quand même dans le piège. Il faisait froid dehors, alors j'ai mis un legging doublé de polaire et un long sweat-shirt. J'ai ajouté une paire de bottes et mon manteau d'hiver et j'ai décidé que ça devrait suffire.

— Tu vas revenir ? a demandé Amber avant que je parte.

J'ai acquiescé. — Bien sûr. Je ne sais pas à quelle heure, par contre. Si je ne suis pas rentrée avant l'heure du coucher, Tante Willow t'aidera.

— Je peux rester debout jusqu'à ce que tu rentres ?

— Euh, non. Tu as besoin de dormir. Mais je serai là demain matin.

Amber a hoché la tête et m'a serrée fort dans ses bras. J'avais déjà prévenu Willow qu'elle avait été particulièrement collante tout le week-end. J'aimais ça, mais ce n'était pas comme Amber, ce qui m'inquiétait.

J'essayais encore de comprendre ce qui pourrait la tracasser quand j'ai frappé à la porte d'Petits ami du Livre Illimité. La pancarte « fermé » était affichée, mais il y avait des lumières à l'arrière, alors j'espérais que Blake ne plaisantait pas quand elle disait qu'elles se réunissaient là.

Après un long moment, Finley est apparue. Elle a plissé les yeux quand elle a vu que c'était moi de l'autre côté de la porte. J'ai pressé mes lèvres en un sourire et fait un signe de la main.

Finley a déverrouillé la porte et dit : — Nous sommes fermés. Tu devras revenir demain.

— En fait, ai-je dit alors qu'elle me fermait la porte au nez, Blake m'a invitée.

Les sourcils de Finley se sont soulevés brusquement. Ses

lèvres se sont aplaties en une ligne. Elle a finalement reculé et m'a laissée entrer.

Il faisait chaud à l'intérieur de sa boutique. Je n'y étais jamais allée avant puisqu'elle en était la propriétaire, mais c'était un endroit mignon. Un présentoir près de l'entrée affichait fièrement des livres recommandés par les habitants du coin. Je reconnaissais certaines couvertures, mais beaucoup étaient des livres que je ne connaissais pas.

— Nous sommes à l'arrière, a dit Finley sèchement, me laissant la suivre.

— Qui est là ? ont demandé ses amies avant que j'apparaisse.

Finley n'a pas répondu, mais j'ai pu sentir la tension quand j'ai tourné le coin et que je les ai vues toutes assises en cercle. Il y avait un plat avec un gâteau au chocolat sur une table basse entre elles. Finley a pris place dans un grand fauteuil rouge. Les autres se sont contentées de s'asseoir et de me fixer.

Sauf Blake. Dieu merci pour Blake. Elle s'est levée d'un bond et m'a serrée dans ses bras comme si nous étions les meilleures amies du monde. Elle m'a traînée pour m'asseoir avec elle sur le canapé deux places qu'elle avait réclamé et m'a souri.

— Je n'étais pas sûre que tu viendrais, a dit Blake.

J'ai haussé les épaules et regardé autour de moi. J'avais toujours mon manteau et tenais mon sac sur mes genoux. Mal à l'aise ne commençait même pas à décrire comment je me sentais.

— Enlève ton manteau, a dit Blake. Nous sommes très décontractées ici. Et nous parlons de ce livre. Il vient de sortir.

J'ai hoché la tête et me suis débattue pour retirer mon manteau alors que j'étais assise dessus. Je me sentais comme un animal au zoo. Ou peut-être un poisson. Elles me fixaient toutes, attendant de voir ce que j'allais faire ensuite.

— Les filles, a sifflé Blake, brisant enfin leur sortilège.

— Tu aurais vraiment dû nous prévenir, a dit Elise, ne prenant pas la peine de cacher son irritation.

— Pourquoi ? a exigé Blake. Melody est mon amie. Et elle a besoin d'amies. Je l'ai invitée ici parce qu'elle traverse des moments difficiles, et nous traversons toutes des moments difficiles. Nous savons toutes ce que c'est de se sentir seule. Alors, je l'ai invitée ici pour que pendant quelques heures, elle ne se sente pas si seule.

Mes joues brûlaient. J'ai serré les lèvres pour m'empêcher de dire que j'allais simplement partir. Blake fixait ses amies, défiant chacune d'elles de la contredire. J'appréciais cette démonstration de solidarité, mais je n'étais pas sûre que cela importait pour un groupe de personnes que je ne connaissais pas.

— Eh bien, je ne sais pas quel est le problème avec ta présence ici, alors je vais dire bonjour et prétendre que ce n'est pas du tout gênant. Je suis Trinity, a-t-elle dit. Elle a fait un signe de la main depuis son siège de l'autre côté de la pièce. Elle était magnifique avec ses cheveux naturellement bouclés et ses courbes parfaites.

J'ai dit bonjour et l'ai remerciée.

Elise a pris la parole ensuite. — Tu as encore embrassé ton mari ?

J'ai haleté et me suis demandé comment diable elle savait ça. — Quoi ?

Elise a pouffé quand elle a vu mon visage. Puis elle a souri d'un air narquois et coupé un morceau de gâteau. Elle me l'a tendu, en a pris un pour elle-même et s'est rassise. — Nous avons besoin de détails.

— Il n'y a pas de détails, ai-je dit doucement.

— Ah, non. Ce n'est pas comme ça que ça marche. Si nous

allons être amies, tu dois tout raconter. Elle s'est tournée vers les autres et a dit : — Elle et Ramsey se sont embrassés il y a quelques semaines. Elle était toute bouleversée à cause de ça parce qu'il a dit quelque chose de stupide, mais elle le veut toujours. Et on dirait que peut-être elle a eu ce qu'elle voulait.

— Ma sœur est à la maison avec Amber en ce moment, pas Ramsey, donc je n'ai certainement pas eu ce que je voulais, ai-je dit.

— Tu as eu quelque chose, a dit Elise, haussant un sourcil en signe de défi.

J'ai résisté aussi longtemps que possible puis j'ai soupiré. — D'accord, oui. Nous avons... fait des bêtises l'autre soir. Mais il est parti quand je n'ai pas pu lui dire que je ne veux plus d'enfants.

— Tu n'en veux pas ? a soufflé Blake.

— Non, ce n'est pas ce que j'ai voulu dire. Il m'a demandé si j'étais prête à renoncer à retomber enceinte, mais je n'ai pas répondu parce que je ne le suis pas.

De nouveau, la pièce était silencieuse.

Après une minute, Elise s'est penchée en avant. — Peut-on revenir à la partie « fait des bêtises » ?

Et juste comme ça, la tension dans la pièce s'est brisée. Tout le monde a ri, et j'ai réussi à me détendre un peu.

Je les ai informées de ce qui s'était passé avec Ramsey, me sentant coupable de le partager avec des personnes que je connaissais à peine et de l'avoir caché à ma sœur. Mais je savais que Willow serait en colère. Blake et ses amies étaient enthousiastes à ce sujet.

— Je dois te dire, a dit Laura. Si j'avais un homme que j'aimais autant que tu aimes Ramsey, je renoncerais à tout pour être avec lui.

Les autres ont gémi.

— Tu dois tenir bon. Tu ne peux pas le laisser te marcher dessus et faire des exigences. Une relation devrait être un partenariat, a dit Elise. Crois-moi, si ce n'est pas le cas et qu'une personne a tout le pouvoir, ça devient moche.

J'étais clairement la seule à ne pas comprendre toutes les nuances de ce qu'elle disait, mais j'étais d'accord avec elle. — Toute ma relation avec Ramsey a été de le laisser tout décider. J'ai toujours cédé.

— À propos de quoi ? a demandé Blake.

J'ai haussé les épaules. — Tout, il me semble. Des petites choses, comme le nom de notre fille, aux grandes choses, comme l'endroit où nous vivons, Ramsey a toujours été celui qui décidait.

— J'aime quand un homme prend les choses en main, a dit Karissa. Je passe trop d'heures par jour à prendre des décisions, et de temps en temps, je veux que quelqu'un d'autre fasse quelque chose.

— Je comprends ça, mais s'il fait des exigences, ce n'est pas sain, a répliqué Elise.

— C'était comme ça ? a demandé Blake.

J'ai secoué la tête. — Il n'a jamais fait d'exigences, pas comme ça. Il n'abandonnait simplement jamais jusqu'à ce que je voie les choses de son point de vue. Après quelques années, je pense que j'ai arrêté de me former une opinion et attendu qu'il me dise quoi faire.

— Tu me fais vraiment ne pas aimer ton mari, et je ne le connais même pas, a dit Trinity.

— Si, tu le connais. Le meilleur ami d'Ian, Ramsey, a dit Blake.

Les yeux de Trinity se sont agrandis, et elle m'a adressé un sourire coupable. — Désolée. Je l'ai un peu dragué il y a quelques semaines.

J'ai haussé les épaules et l'ai balayé d'un geste, mais savoir qu'une autre femme flirtait avec mon mari me piquait. Pas parce qu'elle l'avait admis, mais parce qu'il ne me l'avait jamais dit. Il ne me disait pas beaucoup de choses. Combien d'autres femmes flirtaient avec lui ? Est-ce que certaines d'entre elles faisaient plus que flirter ?

Nous étions techniquement toujours mariés, mais nous étions séparés, donc il pouvait coucher avec quelqu'un d'autre s'il le voulait. Il pouvait faire tout ce qu'il voulait. Et je ne pourrais rien dire à ce sujet parce que si j'avais été capable de garder mon mari heureux, il serait toujours à la maison au lieu de vivre comme un célibataire.

— Elle est en train de s'effondrer, a dit Finley.

— Non, ce n'est pas vrai. Je suis juste...

— En train de t'effondrer, a répété Finley. C'est normal. Nous avons toutes nos moments. Tu réalises seulement maintenant que ton mari a peut-être couché avec quelqu'un d'autre. Et tu t'inquiètes à ce sujet. Parce que tu l'aimes toujours et que tu as l'espoir que vous pourrez arranger les choses. Tu veux qu'il revienne.

— Eh bien, bien sûr que oui ! C'est mon mari. Je l'ai aimé presque toute ma vie. Pendant vingt ans, il a été l'homme avec qui je voulais vieillir. C'est lui pour moi. J'ai regardé Karissa. — Même ton application nous a mis ensemble. Je sais qu'il est celui qu'il me faut, mais nous n'arrivons pas à surmonter ça. Je ne céderai plus, et lui non plus.

— Tu as utilisé mon application ? a demandé Karissa.

J'ai acquiescé.

— Et elle t'a associée à Ramsey ?

J'ai hoché la tête à nouveau et j'ai mâchouillé mon ongle.

Karissa a souri. — Sympa. J'aime ça.

— Mais si nous sommes censés être ensemble, pourquoi ne le sommes-nous pas ?

Tout le monde s'est regardé et m'a évitée. Je me sentais aussi seule que lorsque j'étais entrée jusqu'à ce que Laura se penche en avant et pose sa main sur la mienne. — Je me demande la même chose tout le temps.

— Ouais, mais toi, tu es amoureuse de ton patron, a dit

Finley. Elle veut se remettre avec son mari. C'est un peu différent.

— C'est vrai, a admis Laura. Mais elle est le genre de personne qui peut me donner de l'espoir. Si c'est censé être, ça sera. Comme Roméo et Juliette.

Les autres ont gémi.

— Roméo et Juliette est l'histoire d'amour préférée de Laura, même si ce n'est pas vraiment une histoire d'amour, a dit Blake.

— C'est une histoire d'amour tragique, ai-je dit. N'empêche que le film est bien meilleur. Ils sont tombés amoureux, mais se sont perdus. Puis des années plus tard, ils ont pu se retrouver et construire une vie ensemble. C'est toujours un peu tragique, mais tout le monde meurt éventuellement. Aucune histoire d'amour ne dure vraiment éternellement. C'est ce qui rend l'amour si parfait. Il est fragile et délicat mais change la vie quand il est bon.

— Et quand il est mauvais, a dit Finley. Tomber amoureuse de la mauvaise personne peut aussi te changer. Ce n'est pas un changement positif, mais tous les changements ne sont pas bons.

— C'est vrai, a dit Elise. Si je n'avais jamais rencontré Andy, ma vie serait très différente de ce qu'elle est aujourd'hui.

Encore une fois, j'étais la seule à ne pas comprendre. Les autres ont acquiescé, et Karissa a saisi la main d'Elise.

Et j'ai réalisé qu'y aller était la meilleure décision que j'avais prise depuis longtemps. J'avais préjugé la plupart d'entre elles, mais elles étaient des personnes extraordinaires. Elles se souciaient les unes des autres, et elles voulaient trouver ce que Ramsey et moi avions. Elles ont aimé et perdu des personnes, mais elles étaient toujours debout, se battant, recherchant le genre d'amour que je partageais avec mon mari.

Ce qui m'a fait me demander si elles avaient raison. S'il y avait un moyen de garder Ramsey dans ma vie, pourquoi ne le ferais-je pas ? Pourquoi avoir un autre bébé comptait-il plus pour moi que d'avoir mon mari dans ma vie ? Parce qu'au bout du compte, est-ce que quoi que ce soit importait vraiment si les personnes que nous aimons ne sont pas là pour partager nos vies ?

17

RAMSEY

Blake a rempli ma tasse de café et m'a demandé si j'étais prêt à commander.

—Ouais, je vais prendre le plat du jour. Et continue à me servir du café. J'en ai vraiment besoin aujourd'hui.

—Tout va bien ? demanda Blake en rangeant son carnet dans son tablier et en penchant la tête.

Je n'aimais pas que les gens sachent ce qui se passait dans ma vie, mais Blake n'était pas n'importe qui. Elle allait épouser mon meilleur ami. —C'est juste Melody.

—Ah, d'accord. Désolée. Je n'aurais pas dû demander. Ses joues se teintèrent de rose avant qu'elle n'ait le temps de s'éloigner.

—Tu es au courant ? demandai-je.

Elle secoua la tête, mais ses joues s'empourprèrent davantage. —Au courant de quoi ?

—Depuis quand Melody et toi êtes amies ?

Blake soupira. —Depuis qu'elle est venue à notre soirée entre filles hier soir.

Je gémis. —Elle a tout raconté à tout le monde.

—Eh bien, on l'a un peu poussée à se confier.

Je fermai les yeux et pris une profonde inspiration. Ça n'aidait pas. Je ne savais pas si je devais être plus en colère ou plus embarrassé. Pour l'instant, l'embarras semblait l'emporter.

—Écoute, ce n'est pas grave. On parlait toutes de relations et tout ça, ce n'est pas un gros problème. On n'est pas des commères, dit Blake.

—Elise ?

Blake pouffa. —Bon, Elise l'est un peu, mais jamais avec ce dont on parle entre nous. C'est comme Fight Club. Ou Las Vegas.

—Quoi ?

Blake secoua la tête. Elle avait l'air encore plus mal à l'aise que moi. —Tu sais, la première règle de Fight Club ?

—D'accord, mais Las Vegas ?

—Ce qui se passe à Vegas...

Un rire m'échappa. Je secouai la tête. —J'espère que tu as raison parce que je n'ai pas envie que toute la ville parle de... ça.

—Ne t'inquiète pas, ce sera... euh... ça ira. Euh, Ramsey ?

Je levai les yeux et les plissai quand je vis qu'elle regardait derrière moi. Je me retournai juste à temps pour voir Melody sourire et s'avancer vers moi.

J'étais figé sur place, à la regarder se déplacer entre les tables, ses courbes effleurant le bord des tables et le dossier des chaises tandis qu'elle se frayait un chemin à travers la foule. Rien que de la voir bouger comme ça m'excitait. Putain, tout chez elle m'excitait.

Elle s'approcha, dit bonjour, puis enleva son manteau et l'accrocha à l'autre chaise de ma table. —Salut, Blake. Je peux avoir un café ? Et un scrambler ?

—Euh, bien sûr. Oui, bien sûr. Café ? Attends, tu as déjà demandé du café. Je reviens tout de suite.

Blake s'éloigna rapidement. Je continuais à fixer Melody.

—Salut. Comment vas-tu ? me demanda-t-elle.

Est-ce que j'avais une tumeur au cerveau ? Ou est-ce que je rêvais ? Je baissai les yeux. Je n'étais pas nu, donc ce n'était pas ce genre de rêve. Mais Melody était assise à une table avec moi, sur le point de prendre son petit-déjeuner. Ce n'était définitivement pas la réalité.

—Ramsey ? Tu vas bien ?

—Euh, je ne sais pas. Es-tu réelle ?

Elle rit et secoua la tête. Blake posa une tasse devant Melody et la remplit de café. —Merci, Blake.

—De rien.

Blake commença à s'éloigner, mais j'attrapai son bras. Elle me regarda en haussant un sourcil.

—Tu la vois aussi ?

Blake gloussa. —Oui, je la vois. Elle est vraiment assise là.

Je lâchai le bras de Blake et pris ma tasse de café. J'en avalai une trop grande gorgée qui me brûla la gorge. Je toussai et bus de l'eau pour apaiser la brûlure. —Qu'est-ce que tu fais ici, Melody ?

Elle haussa les épaules. —J'avais envie de prendre le petit-déjeuner avec toi.

—D'accord, mais pourquoi ?

Elle soupira. —Je pense qu'on devrait peut-être tout recommencer à zéro. Réessayer. Je sais qu'on a une histoire, une longue histoire, mais quelque part en chemin, je crois qu'on a perdu de vue pourquoi on est ensemble.

—Je sais pourquoi je suis avec toi. Parce que je t'aime.

—Dis-moi cinq choses que tu aimes chez moi, dit Melody.

—Ton sourire, ta façon d'être avec Amber, à quel point tu me fais rire, ton expression quand tu jouis, et me réveiller à tes côtés le matin quand tu es encore ensommeillée et échevelée et que tu ne veux pas te lever mais que tu le fais quand même parce que tu prends soin de tout le monde.

Son sourire arrogant vacilla.

Je me penchai en avant et joignis mes doigts avant de poser mes mains sur la table. —J'imagine que tu ne peux pas me dire cinq choses que tu aimes chez moi. Je levai un sourcil en guise de défi.

—En fait, je peux. J'aime comment tu t'assures toujours que je suis heureuse avant même de penser à toi, ton côté loufoque que tu ne montres qu'à moi, ta patience avec Amber, les efforts que tu fais pour aider tes clients à réaliser leurs rêves, et le regard que tu as quand tu es excité.

Mon sexe se pressa contre ma fermeture éclair. Je pris une inspiration et essayai de comprendre ce qui se passait.

—Je suis sortie avec les amies de Blake hier soir, commença Melody.

—J'ai entendu dire.

Elle leva les yeux vers moi, puis son regard s'élargit et son cou rougit. —Je n'avais pas l'intention de leur raconter ce qui s'est passé. On discutait simplement et c'est sorti comme ça.

—Ce n'est pas grave, lui dis-je. —Blake dit qu'elles sont discrètes. Même Elise.

—Je sais, mais je ne veux pas que tu penses que je vais raconter à tout le monde les détails intimes de notre relation.

—À part elles et Willow, à qui as-tu parlé ?

—Je n'ai rien dit à Willow, dit Melody.

—Vraiment ? Je secouai la tête. —Peu importe. Je sais que tu as parlé aux amies de Blake. C'est bon.

—Bien, mais, euh, elles ont dit quelque chose qui m'a fait réfléchir. Je ne veux pas te perdre. Je sais qu'on a encore des choses à régler, mais je ne veux pas te perdre.

—Euh, d'accord.

—J'aime notre famille, et je t'aime, et je sais qu'on peut résoudre tout ça, d'accord ? Essayons, d'accord ?

Sa lèvre trembla, et je fus obligé d'acquiescer. Je détestais quand elle pleurait. J'avais passé plus de la moitié de ma vie à essayer de m'assurer qu'elle était heureuse, et quand j'échouais, je ne pouvais pas le supporter.

—On va essayer, Mel. On va essayer.

Elle tendit la main à travers la table et attrapa la mienne. Je tins la sienne jusqu'à ce que Blake apporte notre nourriture.

Melody parla pendant tout le reste du petit-déjeuner comme si rien ne s'était jamais passé entre nous. Quand nous eûmes terminé, elle m'embrassa sur la joue avant de descendre la rue pour aller travailler, me laissant à côté de ma voiture, essayant de comprendre ce qui se passait.

LE RESTE DE LA JOURNÉE, Melody m'envoya des messages dans À la Recherche du Héros Littéraire Parfait avec des choses qu'elle aimait chez moi. Elle n'a jamais dit exactement ce que Blake et ses amies lui avaient dit qui l'avait incitée à vouloir arranger les choses, mais j'étais prudemment optimiste.

Colin est arrivé mercredi après le déjeuner alors que je lisais le dernier message de Melody.

—Tu as l'air heureux à propos de quelque chose, dit-il en entrant dans mon bureau.

Je verrouillai mon téléphone et le posai face contre table pour ne pas être distrait par d'autres messages d'elle. —Salut. Je ne savais pas qu'on avait rendez-vous aujourd'hui.

Colin secoua la tête. —Ce n'est pas le cas. Je voulais juste prendre des nouvelles.

—Je n'ai toujours pas eu de nouvelles de Carter, lui dis-je tandis qu'il s'asseyait.

Il soupira. —Une idée du temps qu'il va mettre à prendre sa décision ? J'ai des choses à faire, mais si je dois le racheter, je ne veux pas dépenser trop d'argent.

Colin ressemblait plus à ce que j'attendais de lui normalement. Sa veste en jean avait une doublure épaisse. Sous sa veste, il portait un sweat à capuche marron exactement de la même couleur que sa peau et un t-shirt gris. Son jean était bien usé et ses bottes avaient des mottes de terre dessus.

C'était le genre de personne pour qui je m'étais lancé en affaires. Un gars ordinaire qui voulait simplement faire quelque chose qu'il aimait. Quelqu'un qui avait un rêve et voulait le réaliser.

—Je vais le contacter aujourd'hui. On ne lui a pas fixé de date limite, mais tu ne devrais pas non plus attendre éternellement. Dans quel délai envisages-tu de prendre des décisions ?

Colin haussa les épaules et croisa une botte sur l'autre genou. Il attrapa sa cheville et croisa mon regard. —Deux semaines ? Le plus tôt serait le mieux, mais selon Nicky, je n'ai que deux à trois semaines pour commencer à dépenser de l'argent si je veux ouvrir cette année.

—Tu ne penses pas que tu vas le faire ?

—Je le veux. J'en ai l'intention. Mais que se passera-t-il si Carter dit qu'il veut sa moitié et qu'il a des opinions sur la façon dont l'endroit devrait être géré ?

—Il pourrait ne pas en avoir, dis-je.

Colin acquiesça. —Je ne peux pas aller à la banque avec des « pourrait ». J'ai besoin de savoir d'une façon ou d'une autre. Je veux ouvrir la ferme. Je veux entailler tous les arbres, pas seulement quelques acres. Je veux rendre cet endroit ce qu'il était autrefois. Je sais que ça va prendre du temps, et je sais que ce ne sera pas facile. Mais ce sera beaucoup plus facile si l'argent que je vais investir dans cet endroit va rapporter au lieu d'être aspiré dans le compte bancaire d'un type qui n'a jamais mis les pieds sur ce terrain.

Je pris une profonde inspiration, espérant que si je restais calme, Colin se détendrait. Il avait toutes les raisons d'être en colère et inquiet. Je pensais que Carter aurait appelé maintenant. Cela faisait presque une semaine qu'il était venu dans mon bureau et que je lui avais dit qu'il était héritier partiel d'une érablière. C'était important, mais une semaine était un long moment pour y réfléchir et commencer à élaborer un plan.

—Veux-tu que je l'appelle maintenant ? Pendant que tu es là ?

Colin secoua la tête. —Non. Je ne pense pas pouvoir gérer ça. Il se leva. —Tu comptes toujours amener ta fille à la ferme ce week-end ?

J'acquiesçai et me levai avec lui. —Si ça te va.

—Oui, bien sûr. J'essaie de penser à des activités que je pourrais mettre en place pour les enfants. Peut-être parler aux écoles locales d'organiser des sorties scolaires une fois que nous fonctionnerons à plein temps. Je veux que la Ferme redevienne ce qu'elle était. Un endroit où les gens se sentaient à l'aise et voulaient passer du temps.

—C'est une excellente idée, Colin. Ma femme était enseignante et connaît encore certains professeurs de l'école primaire. Je suis sûr qu'elle peut te mettre en contact avec quelqu'un.

Les sourcils de Colin se levèrent. —Ta femme ? Cela signifie-t-il que vous vous êtes réconciliés ?

Je ris et secouai la tête. —Je ne sais pas ce que ça signifie.

—Eh bien, je suppose que ça signifie que ce regard que tu avais sur le visage tout à l'heure était à cause d'elle.

Je souris en coin.

Il me tapa dans le dos. —Tant mieux pour toi.

Je secouai à nouveau la tête. —Ce n'est pas tout réglé.

—Mais vous essayez ?

Je haussai les épaules. —Elle veut qu'on réessaie. Recommencer à zéro et comprendre les choses ensemble. Je n'ai pas encore réemménagé, mais on se parle plus ces deux derniers jours qu'on ne l'a fait depuis presque deux ans, alors je m'en contenterai.

—Bien, dit-il. —Bien. Tout va s'arranger. Hé, pourquoi ne pas l'amener à la Ferme ce week-end avec ta fille ?

—Je vais lui demander. Voir ce qu'elle a de prévu.

—Ça marche. Hé, tiens-moi au courant dès que tu sais quelque chose, d'accord ?

J'acquiesçai. —Je le ferai, Colin.

Il me serra la main et partit avec un sourire sur le visage. J'espérais juste qu'il y resterait après que j'aurais parlé à Carter.

Comme Carter travaillait de neuf à cinq, j'attendis la fin de la journée pour l'appeler. Il répondit à la deuxième sonnerie.

—Allô ?

—Carter. C'est Ramsey Holland. On s'est rencontrés la semaine dernière. Je suis l'avocat de Cleotha Jones.

—Salut, Ramsey. Euh, ce n'est pas vraiment le bon moment. Tu crois que je pourrais t'appeler demain ?

—Euh, bien sûr. On est juste impatients de savoir si tu as eu le temps de réfléchir...

—Ouais, désolé. Je suis sur le départ. Je t'appellerai demain matin. Merci. Au revoir.

Il raccrocha avant que je puisse dire un mot de plus. Je fixai mon téléphone jusqu'à ce qu'un nouveau message de Melody apparaisse.

MAMAN DU WEB

J'adore ta voix le matin juste après ton réveil quand elle est un peu rauque et sexy.

Je souris et secouai la tête. Si rien d'autre, partager toutes les choses que nous aimions l'un chez l'autre faisait des merveilles pour mon imagination. Je pouvais imaginer Melody jouir de toutes sortes de façons à cause de toutes les choses coquines qu'elle disait aimer chez moi.

Et les moins coquines aussi.

RH142

J'adore ta silhouette sous la douche... avec des bulles qui ruissellent sur ton corps, s'accrochant à tes tétons, à tes courbes et à ton sexe. J'ai hâte de te regarder te doucher à nouveau.

Elle m'envoya un clin d'œil alors que Penny entrait avec son manteau sur le dos.

—Je rentre pour aujourd'hui à moins que tu n'aies besoin d'autre chose.

Je secouai la tête. —Non, ça va. Je vais sortir avec toi si tu me donnes une seconde.

—Tu es prêt à partir ? demanda-t-elle.

Je levai les yeux au ciel. —Haha. Oui, je m'en vais. Je fais un effort pour être une personne normale et sortir du bureau à une heure raisonnable.

—Tu vas voir Melody ?

—Non, je vais chez Ian.

—Chez Ian et Blake ou chez Ian où tu habites ?

—Chez Ian et Blake. Ils m'ont invité à dîner. Je pense que Blake se sent mal de m'avoir dit que Melody parlait de nous.

—À quel sujet ?

Mes joues s'échauffèrent. Je baissai la tête pour rassembler mes affaires, espérant qu'elle ne le remarquerait pas. —Juste quelques trucs en cours.

—Ramsey Holland ! Tu t'amuses avec ta femme ?

—C'est ma femme. Ce n'est pas comme si je la trompais.

—Ramsey, c'est une excellente nouvelle.

Je secouai la tête. —Je ne sais pas si c'en est une. Elle a tout arrêté quand j'ai fait une autre remarque stupide. Elle a dit qu'elle voulait encore des enfants. Mais lundi, elle m'a rejoint pour le petit-déjeuner et depuis, elle m'envoie des messages sur toutes les choses qu'elle aime chez moi.

—Oh, c'est tellement mignon.

Je ris. —Oui, mais il y a quelques semaines, on se parlait à peine. Maintenant, elle me saute dessus quand j'entre chez elle et me dit toutes les choses coquines qu'elle veut me faire et faire avec moi. Quelque chose a changé, et je ne sais pas quoi.

—Pourquoi as-tu besoin de le savoir ? demanda Penny. —Elle sait que tu n'es pas prêt à avoir plus d'enfants. Si elle fait tout ça, c'est parce qu'elle est prête à ce que les choses redeviennent comme avant. Elle veut que tu reviennes.

J'acquiesçai et essayai de sourire.

—Tu ne penses pas que c'est ce qui se passe ? demanda Penny.

Nous avons verrouillé le bureau et sommes sortis dans le froid. Il se passait quelque chose avec Melody que je n'arrivais pas à cerner. Je ne savais pas ce que c'était, mais quelque chose dans toute cette histoire ne collait pas.

—Je suis sûr que c'est tout. Je crois que j'essaie simplement de ne pas trop espérer. Ça fait longtemps.

Penny me tapota le bras. —C'est presque fini maintenant.

Je souris et la remerciai. Peut-être qu'elle avait raison. Peut-être que j'étais juste paranoïaque.

Je travaillais à rester positif pendant mon trajet jusqu'à chez Blake et Ian. Ils étaient tous heureux, rayonnants et parfaits, et je ne pouvais pas laisser mon mariage en difficulté, qui ne tenait qu'à un fil, entacher le leur.

Ian ouvrit la porte quand je frappai et me tendit immédiatement une bière.

—Euh, merci. Une journée si terrible ?

Ian secoua la tête. —Blake s'est mise en tête de te faire l'apprécier. Elle m'a demandé quels étaient tes plats préférés et a essayé de cuisiner.

—Essayé ?

—Elle ne cuisine pas, dit Ian doucement. —Et il y a une raison à cela. Je l'aime, mais ce n'est pas un chef.

—Qu'est-ce qu'elle a préparé ?

—Du porc effiloché et de la purée de pommes de terre.

—Vraiment ?

Ian acquiesça et pinça les lèvres. Il me tendit un billet de vingt. —Achète le dîner sur le chemin du retour.

Je lui rendis son argent en riant. —Ça ne peut pas être si terrible.

Les sourcils d'Ian se levèrent et il sourit. —Oh, attends de voir.

Je suivis Ian jusqu'à la cuisine où Blake agitait sa main devant le four ouvert. De la fumée s'échappait du four.

—Salut, chérie. Comment ça se passe ?

—Merde. Bordel de merde. Dans combien de temps Ramsey arrive ?

—Salut, Blake, dis-je.

—Bon sang. J'ai brûlé le dîner. Je suis vraiment désolée, Ramsey.

—Pas de soucis, Blake. On peut simplement commander une pizza ou autre chose.

—Mais on t'a invité pour que tu puisses avoir un repas fait maison. Je suis sûre qu'une partie est encore bonne. Elle prit des maniques et sortit la viande fumante du four. Elle posa le plat sur la cuisinière et attrapa une pince. Elle commença à déchiqueter le porc crépitant. À chaque traction, des morceaux de viande fumante se détachaient comme du charbon.

Ian et moi échangeâmes un regard. Ian s'avança. —Chérie, c'est bon. Commandons quelque chose.

—Non, Ian. Je voulais que ce soit bon. Je suis sûre que c'est correct. On peut juste mettre de la sauce dessus. Ça ira. Je voulais faire quelque chose de gentil pour Ramsey.

—Quand Melody et moi nous sommes mariés, nous travaillions tous les deux, et aucun de nous n'avait vraiment vécu seul. Aucun de nous ne cuisinait beaucoup, alors on a mangé beaucoup de repas brûlés.

—C'est si mauvais que ça ? demanda Blake, ses yeux humides retournant vers le tas de fumée.

—Non, Blake, c'est bien. Essayons-le. Des assiettes ? demandai-je.

Elle montra un placard et essuya les larmes qui coulaient sur ses joues. Je cherchai ce dont j'avais besoin pendant qu'Ian la prenait dans ses bras et lui murmurait quelque chose.

Les voir ensemble me rappela Melody et moi avant que tout parte en vrille. Blake rit, et Ian l'embrassa. Ma poitrine me faisait mal. Je voulais retrouver ça.

Est-ce que ça importait si quelque chose d'autre se passait avec Melody ? Est-ce que je m'en souciais vraiment ? Ou étais-je prêt à arrêter de me battre avec elle et à récupérer ma famille ?

J'étais presque sûr que c'était la deuxième option.

18

Je n'ai jamais reçu de nouvelles de Carter. Toute la semaine, j'ai attendu son appel comme il l'avait promis, mais il n'a jamais appelé. J'ai essayé de le joindre plusieurs fois, mais chaque appel est resté sans réponse. Je n'avais pas un bon pressentiment à ce sujet.

Quand j'ai quitté le travail vendredi après-midi, j'étais frustré. Je ne savais pas ce que signifiait son silence, et sans date limite claire pour qu'il accepte ou refuse la ferme, j'étais là, à attendre que Carter fasse quelque chose.

La seule bonne nouvelle de la semaine était que Melody m'avait invité à dîner. Elle a dit qu'elle voulait que nous passions du temps ensemble tous les trois.

Je n'arrivais toujours pas à comprendre pourquoi elle avait changé si rapidement, mais j'essayais de ne pas m'y opposer. Je voulais que les choses s'améliorent avec Melody, alors j'étais ouvert à tout ce qu'elle proposait.

Tant que ce n'était pas un enfant.

Je suis rentré chez moi et me suis changé rapidement, puis je suis retourné à la maison. J'ai sonné et j'ai attendu.

Melody a ouvert la porte, incarnant le plus beau fantasme

au monde. Ses cheveux étaient retenus en une queue de cheval désordonnée avec des mèches qui s'échappaient de partout. Elle portait un autre de mes vieux t-shirts. Elle avait un legging et les pieds nus. Pas de maquillage et une trace de ce qui ressemblait à de la farine sur sa joue.

— Pourquoi tu n'es pas entré directement ? a-t-elle demandé.

J'ai pris un moment pour continuer à la regarder.

— Quoi ?

J'ai secoué la tête.

— Rien. Je pensais juste à quel point tu es belle.

Elle a ricané.

— Pas du tout. Je suis un désastre. Je voulais préparer un bon dîner, mais la journée m'a échappé.

— Tu es magnifique, Melody. La plus belle femme que j'aie jamais vue.

Ma voix s'est brisée avec une émotion que je pouvais à peine contenir. Elle était définitivement mon foyer. Elle était tout ce que j'avais jamais voulu dans la vie. Et elle était prête à réessayer.

— Merci, a-t-elle finalement dit doucement. Entre. Sors du froid.

J'ai acquiescé et je suis entré. Elle a fermé la porte derrière moi et s'est frotté les mains.

— Il fait de plus en plus froid. Tous les parents craignent que l'école ne soit fermée quelques jours la semaine prochaine.

— C'est possible. Nous sommes à la fin janvier, donc il reste encore beaucoup d'hiver.

Elle a souri.

— Je sais. J'adore ça.

Melody a toujours dit que l'hiver était sa saison préférée. Entre Thanksgiving, Noël, le Nouvel An et la Saint-Valentin, l'hiver avait toutes ses fêtes préférées. Elle disait qu'en plus de tout cela, elle aimait les soirées confortables devant un feu, le chocolat chaud après une journée de luge et le patinage.

Bien sûr, mon esprit n'a retenu que les soirées confortables devant le feu. Nous en avions partagé plus d'une.

— À quoi penses-tu ? a-t-elle demandé.

J'ai souri.

— Je me demandais juste si je devais allumer un feu dans la cheminée.

Une rougeur a envahi les joues de Melody. Elle s'est mordu la lèvre et a hoché la tête.

— Ça me semble une très bonne idée.

— Papa ! a crié Amber, se précipitant dans mes bras.

Je l'ai attrapée et serrée contre moi. Un jour, lui ai-je promis silencieusement, nous serons tous sous le même toit pour de bon.

— Comment s'est passée ta journée, ma grande ? ai-je demandé en la portant vers le salon.

— Bien. Ma maîtresse a dit que je lis très bien, m'a-t-elle dit avec un sourire.

— Je parie que c'est parce que toi et maman lisez tout le temps.

Amber a hoché la tête.

— C'est ce que ma maîtresse a dit aussi.

— Lire est une chose formidable. J'espère que tu continueras à lire.

— Je le ferai, Papa. Tu restes ici ce soir ?

J'ai secoué la tête.

— Non, ma puce. Mais je vais faire un feu. Veux-tu m'aider ?

— Vraiment ? Un feu ? Maman dit qu'on ne peut pas quand je demande parce qu'on n'a presque plus de bois.

J'ai jeté un coup d'œil au petit tas à côté de la cheminée.

— C'est tout ce que tu as ? ai-je demandé à Melody.

Elle a hoché la tête.

— Je ne peux pas porter les paquets toute seule pour les mettre dans ma voiture.

— Je vais t'en chercher. Surtout avec la tempête qui arrive la semaine prochaine. Au cas où.

Elle m'a souri. Je lui ai fait un clin d'œil, puis je suis retourné à la préparation du feu avec Amber. Melody est allée dans la cuisine pendant que nous travaillions pour allumer le feu.

Nous avons décidé de manger devant la cheminée pour en profiter. Melody avait préparé un rôti, l'un de mes plats préférés par temps froid, et cuit du pain frais, ce qui expliquait la farine que je lui ai finalement signalée sur sa joue.

— Tu sors avec tante Willow plus tard, Maman ? a demandé Amber en tendant la main vers une tranche de pain chaud.

Melody m'a regardé, puis a secoué la tête.

— Non, ma chérie. Je reste à la maison ce soir.

— Tant mieux. Je préfère quand tu es à la maison.

— Moi aussi, a dit Melody.

Nous avons fini de dîner et j'ai mis une autre bûche dans le feu. Amber était particulièrement câline, alors nous nous sommes tous assis sur le canapé pour regarder un film. Elle tenait ma main et reposait sa tête sur la poitrine de Melody jusqu'à ce qu'elle s'endorme à mi-chemin du film.

— Cette semaine l'a épuisée.

— Tu penses qu'elle est en train de tomber malade ?

Melody a secoué la tête.

— Non, mais ils ont joué dehors toute la semaine à l'école. Ils ont fait de la luge sur la colline derrière l'école. Elle rentre à la maison plus fatiguée que d'habitude. J'espère qu'elle pourra se reposer un peu plus ce week-end.

— Est-ce qu'elle peut toujours venir avec moi à la ferme Jones demain ?

Melody a hoché la tête.

— Absolument. Elle est tellement excitée à cette idée.

— Tu devrais venir aussi, ai-je dit d'un ton désinvolte, espérant ne pas avoir l'air aussi excité que je l'étais à l'idée de passer plus de temps avec elle.

Melody a souri.

— J'aurais aimé, mais j'ai une réunion. Une des autres mamans de sa classe voulait me parler pour m'aider à planifier l'anniversaire de sa fille.

— Oh, d'accord. J'aurais dû demander plus tôt.

— Ce n'est pas grave. Toi et Amber n'avez pas passé autant de temps ensemble dernièrement. J'ai l'impression de m'imposer pendant vos soirées.

J'ai tendu la main par-dessus Amber avec ma main libre et j'ai pris la mâchoire de Melody. Elle m'a regardé sous ses cils sombres.

— Vous me manquez toutes les deux. Je veux passer autant de temps que possible avec vous deux. Donc non, tu ne t'imposes pas. Je préfère que tu sois là.

Melody a souri et hoché la tête, dégageant doucement sa joue de ma main.

— Je la mets au lit ? ai-je demandé.

Melody a baissé les yeux vers Amber, qui ronflait doucement contre son épaule, et a hoché la tête.

— Probablement. Elle ne va pas se réveiller. Elle peut se brosser les dents demain matin.

J'ai soulevé Amber dans mes bras et l'ai portée dans le couloir jusqu'à sa chambre. Melody nous a suivis, retirant la couverture d'Amber pour que je puisse la déposer dans son lit. Nous l'avons bordée et lui avons tous les deux souhaité bonne nuit à voix basse, puis avons fermé la porte et sommes retournés au salon.

Le dessin animé qu'Amber avait choisi était toujours à l'écran. La transition de père à mari a été aussi simple que d'arrêter le film et de jeter un oreiller sur le sol devant la cheminée.

Melody m'a regardé avec ces yeux qui disaient qu'elle était aussi prête pour le reste de notre soirée que je l'étais.

Elle a contourné la table basse et s'est tenue devant moi. Mes doigts brûlaient de l'envie de la toucher, mais j'essayais toujours de suivre son rythme. Si elle disait non, j'arrêterais. Si elle me suppliait de la toucher, je le ferais volontiers. Mais c'était elle qui décidait.

Elle a penché la tête et a enroulé ses bras autour de mon cou. J'ai posé mes mains sur sa taille et l'ai attirée plus près, résistant à l'envie de la serrer fort contre moi. Elle m'a attiré vers elle jusqu'à ce que nos lèvres s'effleurent.

Je me suis encore retenu, mourant à l'intérieur, mais la laissant mener. Elle a pressé sa langue contre mes lèvres et a gémi doucement quand je me suis ouvert à elle. J'ai glissé ma langue dans sa bouche, ayant besoin de prendre juste un peu d'elle. Elle s'est rapprochée, ses seins parfaits s'aplatissant contre ma poitrine.

J'ai resserré mon étreinte sur elle, enroulant mes bras plus loin autour de son corps. Ses courbes me torturaient. Toute sa douceur enveloppant ma dureté. Je brûlais de m'enfoncer en elle, d'oublier tout ce qui nous séparait et de simplement la posséder à nouveau. Je voulais revenir vivre ici et ne plus jamais la laisser partir. Mais je m'étais engagé à la laisser décider. À la laisser décider comment les choses allaient se passer. C'était moi qui avais tout gâché et qui étais parti. Je n'allais pas recommencer.

Melody s'est légèrement reculée et a remué pour que je desserre mon emprise sur elle. Elle a embrassé ma mâchoire et mordillé mon cou. Elle a remonté mon t-shirt et a poussé sur mon jean.

— Mel, ai-je grogné.

Elle s'est agenouillée devant moi et a dézippé mon jean.

Elle l'a guidé jusqu'au sol, puis a fait glisser mon caleçon. Mon sexe était dur et prêt pour elle, mais j'ai quand même tressailli quand elle l'a entouré de sa petite main.

— Putain, Melody.

— Ça m'a manqué, a-t-elle dit doucement. Ça m'a manqué de pouvoir te faire perdre la tête.

— Elle est déjà complètement partie, bébé. Chaque fois que je te vois, je perds la tête.

Elle m'a souri en caressant mon sexe. J'ai tiré sur mon t-shirt pour l'enlever afin de ne rien manquer. Sa main serrait et caressait. Son pouce essuyait les gouttes de liquide qui s'échappaient.

Puis elle s'est penchée en avant et a passé sa langue le long de la face inférieure de mon sexe.

— Oh, mon Dieu, Mel, ai-je grogné. J'ai saisi ses cheveux, les écartant de son visage pour regarder mon sexe disparaître entre ses jolies lèvres roses.

Elle a glissé sa langue jusqu'à mon gland et l'a léché tout autour, puis a ouvert la bouche et m'a sucé à l'intérieur. Sa main n'avait rien à voir avec sa bouche. Cela faisait si longtemps que je n'avais pas été en elle, j'avais presque oublié à quel point elle était bonne, mais une succion et j'étais prêt à jouir.

— Si parfaite, Mel. Tu es si belle. J'adore te regarder.

Elle a murmuré son accord et m'a regardé. Elle a soutenu mon regard tandis qu'elle pompait sa tête et sa main ensemble. Je n'avais pas besoin de la guider du tout. Elle savait exactement comment serrer, caresser et sucer pour m'amener au bord.

— Tu dois t'arrêter, Mel, ai-je grogné, mourant d'envie de jouir mais sachant qu'elle devait passer en premier.

Elle m'a mordu doucement, et j'ai vu des étoiles. Je ne pouvais plus me contrôler. J'ai baisé sa bouche, ayant besoin de jouir plus que tout au monde. Sauf elle.

Elle a pris mes testicules dans sa main et les a tirés doucement, et j'ai complètement perdu le contrôle. J'ai poussé
profondément dans sa gorge et l'ai maintenue là pendant que
je me vidais. Tout ce temps, elle me regardait, ses yeux fixés
aux miens alors que je perdais complètement la tête.

J'ai desserré ma prise sur ses cheveux et elle s'est reculée
doucement. Elle m'a sucé une dernière fois, et tout mon
corps a tressailli, puis elle m'a relâché et a avalé.

Ses lèvres étaient rouges et gonflées. Je suis tombé à
genoux devant elle et l'ai embrassée durement. Elle a
répondu immédiatement, ouvrant ses lèvres et entrelaçant sa
langue avec la mienne. Je pouvais goûter les dernières traces
de mon sperme dans sa bouche et j'en voulais plus. J'avais
besoin de plus. D'elle. De nous.

— C'était...

— Ouais, a-t-elle dit. Ça m'a manqué. Beaucoup.

— Merci.

Elle a souri et m'a serré dans ses bras, me tenant fermement. Nous sommes restés comme ça, à genoux devant le
feu, pendant un long moment. Quand nous nous sommes
finalement séparés, elle m'a regardé avec un sourire.

— Merci de nous donner une autre chance.

— Merci à toi, ai-je dit honnêtement. Je n'ai jamais pensé
que tu serais prête à même parler d'autre chose. Je sais que
nous avons beaucoup de choses à régler, mais je suis juste
heureux que nous allions essayer.

— Moi aussi, a-t-elle dit contre ma poitrine. Veux-tu
rester un peu ? Nous pouvons regarder un film et simplement être ici ensemble.

— Et toi ? lui ai-je demandé. Tu n'as pas encore joui.

Elle a secoué la tête et s'est reculée pour me regarder.

— Je voulais juste te goûter ce soir. Ça te va ?

Normalement, j'aurais dit non, mais le regard dans ses
yeux disait qu'elle avait obtenu tout ce dont elle avait besoin

en me faisant une fellation. Je me sentais comme un prétentieux de même le penser, mais je savais à quel point c'était incroyable de pouvoir faire du bien à la personne qu'on aime. Alors j'ai acquiescé et me suis habillé, puis je l'ai tenue sur le canapé pendant que nous regardions un film. Ensemble.

La dernière fois que j'étais à la Ferme d'Érable de la Famille Jones, c'était avant la naissance d'Amber. Melody adorait leurs bonbons à l'érable, et leur sirop était le meilleur de la région. Nous planifiions toujours une visite au début de la saison.

Je n'y étais jamais allé quand il y avait de la neige au sol. Colin faisait de son mieux pour préparer la ferme à l'ouverture, mais c'était tôt. Dans deux mois, il aurait presque fini de récolter la sève des arbres. Après cela, il pourrait ouvrir l'endroit et commencer à accueillir des visiteurs.

Amber a murmuré : « Waouh, » depuis la banquette arrière tandis que nous remontions la longue route vers la grange. D'immenses érables bordaient la route, montrant exactement pourquoi la ferme était là.

— C'est plutôt génial, non ? ai-je dit.

Elle a hoché la tête.

— Est-ce qu'on peut avoir du sirop pendant qu'on est ici ?

J'ai ri.

— Je ne suis pas sûr qu'ils en aient déjà. C'est un peu tôt dans l'année.

— Ils en ont à l'épicerie, a dit Amber, visiblement pas impressionnée.

J'ai acquiescé.

— C'est vrai. Mais c'est un sirop spécial. On va demander à M. Jones.

Amber a hoché la tête à nouveau et a continué à regarder

par la fenêtre. Quand nous sommes arrivés à la grange, elle s'est précipitée hors de la banquette arrière et a levé les yeux vers les arbres bien au-dessus de sa tête.

— Bonjour ! nous a salués Colin. La porte a claqué derrière lui. Il a marché vers nous, souriant d'une oreille à l'autre.

— Je vois qu'elle aime les arbres.

J'ai acquiescé.

— Oui. Elle adore être dehors. Amber, voici M. Jones. Colin, ma fille, Amber.

— Bonjour, a dit timidement Amber, s'accrochant à ma jambe. En grandissant dans une ville comme L'anse MacKellar où tout le monde connaissait tout le monde, Amber n'avait pas rencontré beaucoup d'étrangers. Même ses enseignants étaient des personnes qu'elle avait vues en ville avant de commencer l'école. Mais Colin n'était pas à L'anse MacKellar depuis longtemps, alors Amber ne le connaissait pas.

— Enchanté de te rencontrer, Amber, a dit Colin, s'accroupissant devant elle. Veux-tu voir mon arbre préféré ?

— Vous avez un arbre préféré ? a demandé Amber.

Colin a hoché la tête.

— Oui.

— Comment avez-vous choisi un seul avec tous ces arbres ?

— C'était le premier arbre que j'ai entaillé moi-même.

— Qu'est-ce que ça veut dire ? a demandé Amber. Elle a repoussé son bonnet avec une main gantée.

Colin a sorti une tubulure de sa poche arrière.

— C'est une tubulure. Nous perçons un petit trou dans chaque arbre, plus d'un si c'est un grand arbre, et nous y mettons ceci. Un seau est accroché juste ici et recueille la sève.

— Est-ce qu'on peut en manger ? a demandé Amber, les

yeux brillants d'excitation. Elle a tendu la main vers Colin et l'a laissé la conduire vers la grange.

Colin m'a regardé et m'a fait un clin d'œil, puis a hoché la tête vers Amber.

— Nous pouvons, mais seulement le sirop. Certaines personnes boivent la sève, mais je n'ai pas encore entaillé d'arbres. Peut-être que tu pourras m'aider avec ça aujourd'hui.

— Vraiment ? Est-ce que je peux, Papa ?

J'ai acquiescé.

— Si M. Jones dit que c'est d'accord, ça me va.

— Allons-y, M. Jones, a dit Amber, le tirant en avant.

Colin a ri et s'est dépêché de la suivre.

Dans la grange, Colin a attrapé un petit sac d'outils et un seau, puis nous a conduits par l'arrière. Amber lui a posé des questions sur tous les arbres pendant que nous pataugions dans la neige.

Les arbres filtraient la lumière du soleil, rendant l'air plus froid qu'avant d'arriver à la ferme. J'ai enfilé des gants et remonté mon col, me demandant comment se passait la réunion de Melody. Elle était nerveuse quand je suis arrivé pour chercher Amber et a dit que la réunion était avec une des mères qu'elle n'aimait pas beaucoup.

Je n'étais jamais allé aussi profondément dans la ferme que là où nous marchions. Cleotha m'invitait quelques fois par an, mais nous ne nous éloignions pas trop de la grange. J'ai regardé en arrière et je ne pouvais plus la voir.

— C'est ici, a dit Colin, s'arrêtant devant un arbre gigantesque. C'est un érable noir. Nous n'en avons pas beaucoup parce qu'ils sont un peu plus communs à l'ouest d'ici, mais celui-ci est l'un de nos plus grands. La première année où nous avons entaillé cet arbre, j'avais à peu près ton âge. Il venait juste d'atteindre une taille suffisante pour être entaillé, et ma grand-mère m'a laissé le faire.

— Vraiment ? a demandé Amber.

Colin a hoché la tête.

— Vraiment. C'est toujours le premier arbre que j'entaille, et c'est un peu tôt, mais je pense que tu pourrais nous porter chance cette année. Qu'en penses-tu ? Tu veux essayer ?

Amber a hoché la tête rapidement.

— Qu'est-ce que je dois faire ?

Colin a nettoyé un endroit et a fait le tour de l'arbre. Il s'est arrêté et a hoché la tête.

— Eh bien, je pense que c'est le bon endroit pour l'entaille.

— Je ne peux pas l'atteindre, s'est plainte Amber.

— Ne t'inquiète pas. Nous allons nous en occuper. Si ton papa est prêt à nous aider, tout ira bien.

Ils se sont tous les deux tournés pour me regarder, et j'ai fait un pas en avant.

— Que devons-nous faire ?

Colin a sorti une perceuse de son sac et me l'a tendue.

— Le ruban te dit où t'arrêter. Nous allons percer juste ici, a-t-il pointé un endroit sur l'arbre juste un peu au-dessus de la tête d'Amber, c'est là que la perceuse va aller.

— Qu'est-ce que je peux faire ? a demandé Amber.

Colin a souri et a sorti trois paires de lunettes de sécurité. Il en a donné une à Amber et une à moi, puis a mis la sienne, puis il s'est agenouillé devant l'arbre.

— Tu vas aider ton papa à percer ce trou.

Il a tapoté sa cuisse.

— Monte ici pour que tu puisses l'atteindre.

Amber s'est avancée pour grimper sur sa jambe, mais je l'ai arrêtée.

— Ses bottes sont boueuses.

Colin a haussé les épaules.

— Je suis plus boueux que ça tous les jours. Viens, Amber.

Amber a saisi sa main et l'a laissé l'aider à monter sur sa

jambe. Colin l'a stabilisée avec ses deux mains sur sa taille et m'a fait signe de la tête.

— Tu dois percer avec un angle ascendant, pas drastique, mais suffisant pour que la sève puisse s'écouler. Tu n'auras pas à aller loin.

Je me suis rapproché et me suis penché pour placer la mèche à l'endroit que Colin avait indiqué auparavant.

— D'accord, Amber, tiens ça. Nous allons le faire ensemble. Ça va être bruyant.

Amber a hoché la tête et s'est concentrée sur l'endroit où la mèche reposait sur l'arbre, nous nous sommes tous deux penchés pour voir ce que nous faisions. Puis nous avons appuyé sur la gâchette ensemble.

La langue d'Amber dépassait du coin de sa bouche tandis qu'elle se concentrait. J'ai essayé de faire attention à l'emplacement du ruban pour que nous ne percions pas trop profondément dans l'arbre. Amber et moi avons lâché en même temps et retiré la perceuse.

— C'était génial, s'est extasiée Amber. Et maintenant ?

Colin a pris une de ses mains et a plongé dans son sac avec l'autre.

— Maintenant, vous deux devez mettre la tubulure.

Il m'a tendu un marteau et la tubulure, puis a tenu Amber avec ses deux mains à nouveau.

— Nettoie les copeaux de bois autour du trou, puis insère la tubulure. Le crochet doit faire face vers l'extérieur pour qu'on puisse y accrocher le seau.

La tubulure est entrée proprement. Amber et moi avons tapé doucement dessus pour la placer complètement contre l'arbre.

— Super travail, a dit Colin. Je pense que je vais devoir vous embaucher tous les deux.

Amber a souri et a sauté du genou de Colin. Je lui ai donné une tape dans le dos et l'ai remercié.

— Très bien, Amber. Dernière étape. Tu dois accrocher le seau. Juste là sur le crochet.

Elle a pris le seau qu'il lui tendait et l'a accroché au crochet. Nous l'avons tous regardé pendant une minute, et une goutte de sève est tombée dans le seau.

— Super travail, a dit Colin. Notre premier arbre.

— Le premier d'une longue série, lui ai-je dit.

Colin a hoché la tête.

— J'espère bien.

19

MELODY

J'étais nerveuse. Peut-être même un peu terrifiée. Robin était une personne intimidante, et la rencontrer chez elle était écrasant.

Je me suis garée dans l'allée et j'ai pris une profonde respiration. Elle m'avait demandé d'apporter quelques idées pour une fête afin de voir ce dont j'étais capable. C'était comme passer un entretien d'embauche au lieu de simplement aider une maman de la classe à décorer pour une fête.

J'avais apporté deux de mes boîtes de fête pour lui donner quelques idées. Elle ne m'avait pas dit grand-chose sur ce que sa fille, Andrea, aimait.

Robin a ouvert la porte presque aussitôt que j'ai sonné. Elle m'a offert un sourire crispé et s'est écartée pour me laisser entrer.

— Vous pouvez laisser vos chaussures ici. Nous irons dans la salle à manger. Elle a indiqué la pièce derrière moi.

Elle semblait presque aussi mal à l'aise que moi. J'ai retiré mes bottes et je l'ai suivie dans la salle à manger, faisant de mon mieux pour poser les boîtes sans les laisser tomber. Pourquoi ne m'a-t-elle pas proposé de m'aider ?

Mentalement, j'ai levé les yeux au ciel et décidé que ça ne valait pas la peine de s'inquiéter des raisons pour lesquelles Robin faisait ce qu'elle faisait.

— Qu'avez-vous apporté ? a-t-elle demandé après une minute.

J'ai forcé un sourire et essayé de ne pas me sentir insultée qu'elle ne m'ait même pas proposé de prendre mon manteau. Il était gros et encombrant, mais je lui expliquerais tout en le gardant.

— La première boîte est ce que j'appelle une fête en boîte. C'est essentiellement tout ce dont vous avez besoin pour organiser une fête. Les jeux, les décorations et les cadeaux sont tous coordonnés. C'est quelque chose de vraiment facile que votre fille peut vous aider à installer. Ça supprime les incertitudes de la planification d'une fête parce que tout est pratiquement prêt. Il y a beaucoup de jeux en ligne, et comme Amber est enfant unique, nous avons essayé beaucoup d'idées. Être mère au foyer m'a donné beaucoup de temps pour la divertir, donc je maîtrise assez bien ce que les enfants de cinq ans apprécient.

Robin m'a donné un sourire crispé. — Et l'autre ?

J'ai soupiré et continué. — L'autre est plutôt un kit d'options de fête. Vous pouvez mélanger et assortir les choses, peut-être faire un jeu supplémentaire au lieu d'un élément supplémentaire dans le sac de friandises. Ou il y a des accessoires si vous voulez faire une séance photo ou quelque chose comme ça. C'est essentiellement thématique ou non-thématique.

Robin a regardé les deux boîtes avec le nez en l'air. Elle agissait comme si j'avais laissé un sac d'excréments de chien au fond.

— Et vous faites l'installation, n'est-ce pas ? Comme vous l'avez fait pour la fête de Makayla ?

— Oh, eh bien, j'aidais juste Casey. Mais, euh, je ne vois pas où cela poserait un problème.

Robin a hoché la tête. — Ce serait utile. La fête est dans une semaine. Les invitations ont été distribuées cette semaine. J'ai essayé de trouver votre site Web, mais je n'étais pas sûre du nom de votre entreprise.

— Je n'ai pas de site Web.

— C'est pourquoi je n'ai pas pu le trouver. Vous ne travaillez que par bouche-à-oreille. C'est intelligent car cela signifie que vous êtes très demandée, mais je pense que vous pourriez vraiment gagner pas mal d'argent si vous lanciez un site Web.

— Pardon ?

— Eh bien, ces kits que vous avez. Je suppose que vous pourriez les emballer dans une boîte pour les envoyer, non ?

— Euh, oui, je suppose, ai-je dit. Je n'avais aucune idée de ce dont elle parlait.

— Si vous faisiez un joli emballage et proposiez des kits thématiques et des kits à mélanger, vous pourriez tous les répertorier sur votre site Web. Je ne sais pas si vous avez de la place dans votre maison, mais si c'était le cas, j'imagine que vous pourriez en vendre au moins quelques-uns par semaine. Au fur et à mesure que le bouche-à-oreille se répandrait, vous en vendriez encore plus. C'est peut-être quelque chose que d'autres mamans pourraient vous aider à faire. Je suis sûre que c'est quelque chose que les enseignants soutiendraient aussi. Des fêtes en classe, ou au moins des idées. Il y a beaucoup de choses que vous pourriez faire avec ça.

— Oui, c'est vrai, j'ai acquiescé, essayant de suivre.

— Quoi qu'il en soit, pour la fête d'Andrea, si vous venez installer, j'espère aussi que vous êtes prête à nettoyer, et je sais que vous serez là puisque vous avez déjà dit qu'Amber vient, donc ça fait environ quatre heures. Je vous paierai encore pour le temps pendant la fête au cas où vous auriez besoin d'aider pour quelque chose, si c'est d'accord.

— Payer ?

Robin a hoché la tête. — Oui, je ne sais pas combien coûtent vos kits, mais j'en prendrai deux, thématiques, et quatre heures de votre temps. Est-ce que cinq cents vous semble raisonnable ?

— Dollars ? ai-je lâché.

Robin m'a regardée comme si une deuxième tête m'avait poussé. Elle a hoché la tête lentement. — Oui, pour votre temps et vos fournitures. Si vous facturez habituellement plus, c'est bien.

— Je... euh, je ne facture généralement rien du tout, ai-je admis.

Robin a tressailli. — Pourquoi pas ? C'est une idée géniale. En tant que mère, j'adore avoir une fête toute planifiée, avoir tout coordonné et organisé. Si vous proposiez cela comme un service, vous gagneriez une somme d'argent décente.

— Mais je... je n'ai jamais pensé à en faire quelque chose qui me rapporterait de l'argent. J'aime simplement ça. J'étais enseignante, et je pense que ce côté de moi veut ressortir.

— Alors apprenez au reste d'entre nous comment organiser une fête dont nos enfants parleront pendant des semaines tant ils se sont amusés, parce que c'est ce qu'Andrea fait depuis la fête de Makayla. Elle m'a suppliée de vous demander de l'aide pour sa fête, et je ne crois pas qu'il faille demander à quelqu'un de faire quelque chose sans le payer à sa juste valeur.

J'avais fortement sous-estimé Robin. Elle était toujours maniaque du contrôle et un peu étrange, mais elle n'était pas prête à profiter de moi. Pour Casey, nous étions amies, donc l'aider était naturel. Pour Robin, j'appréhendais l'idée. Mais qu'elle me paie... mon esprit tournait définitivement avec ses idées.

— Merci, Robin. J'apprécie vraiment.

Elle a hoché la tête. — Alors, vous le ferez ?

— Je le ferai, mais pas pour ce prix. Que diriez-vous de la moitié de ce prix et vous m'aidez à comprendre comment transformer cela en entreprise ?

Robin a souri. — Marché conclu.

AMBER S'EST AMUSÉE à m'aider à créer un kit de fête pour Andrea. Une fois que nous avons tout rassemblé dimanche, j'ai préparé notre déjeuner et nous avons fait une soirée dansante. Ses vêtements étaient encore humides d'avoir joué dehors la veille avec Ramsey. Il n'est pas resté longtemps après leur retour de la ferme, mais il m'a donné un baiser à faire frémir quand Amber ne regardait pas.

Une partie de moi se sentait coupable de ne pas lui avoir parlé de mon idée d'entreprise d'organisation de fêtes. Ou plutôt, l'idée de Robin. J'avais besoin de réfléchir un peu avant de la partager, surtout avec lui. Les choses étaient encore fragiles entre nous, et je ne voulais rien faire qui puisse compromettre cela.

Il m'a envoyé un message dimanche après-midi me demandant si je serais à la maison ce soir-là. Blake m'avait demandé de revenir à la soirée entre filles, alors je lui ai dit que Willow serait à la maison avec Amber.

RH142

J'apporterai du bois demain après le travail.

MAMAN DU WEB

Merci. J'apprécie ton aide.

RH142

Désolé de ne pas avoir été là quand tu avais besoin de moi.

MAMAN DU WEB

On y travaille. On a tous les deux fait des erreurs.

RH142

Je t'aime.

MAMAN DU WEB

Je t'aime.

Nous avions repris l'habitude de dire *Je t'aime*. Ça faisait du bien. Tout se passait bien. Ce qui me faisait me sentir d'autant plus coupable de lui cacher mon idée d'entreprise potentielle.

J'ai parlé de Ramsey à Willow quand elle est venue garder Amber ce soir-là. Elle n'était pas contente du sujet.

— Tu devrais juste passer à autre chose. Je ne comprends pas pourquoi tu lui donnes une autre chance. Il n'en vaut pas la peine, a dit Willow avec un soupir.

— C'est mon mari, Will. Et on a déjà parlé de ça. Si on arrange les choses, tu vas devoir trouver un moyen de t'entendre avec lui.

— Alors quoi ? Tu as renoncé à avoir plus d'enfants ? Tu vas simplement arrêter de vouloir ce que tu as voulu toute ta vie ? Je ne comprends pas ça, a insisté Willow.

— Je ne renonce à rien, ai-je argumenté. Je veux une famille, mais je veux une famille avec Ramsey.

— Alors quoi ? Tu vas tomber enceinte sans qu'il le sache ?

J'ai secoué la tête. — Je n'ai pas dit ça. Et je ne sais pas à quoi ma famille va ressembler. Ce sera peut-être juste nous trois.

— Mais depuis toujours, Mel, depuis toujours, tu as voulu une grande famille. Tu disais que tu voulais au moins quatre enfants. Il est parti il y a six mois parce que tu n'étais pas prête à renoncer à ça. Qu'est-ce qui a changé ?

J'ai haussé les épaules. — D'une certaine façon, rien, et d'une certaine façon, tout.

— Melody, tu veux une famille. Tu veux des enfants. Ce rendez-vous auquel tu es allée, c'était avec un type parce qu'il voulait plus d'enfants. Je pense que tu fais une erreur.

J'ai mordu ma langue et changé de sujet avant de dire quelque chose qu'elle ne pourrait pas me pardonner.

Je suis partie peu après, me dirigeant vers la soirée entre filles. Elise marchait dans la rue au même moment que moi et m'a fait signe.

— Salut, ai-je dit.

— Je n'étais pas sûre que tu reviendrais, a-t-elle dit.

— Euh, est-ce que c'est bien que je l'aie fait ? Blake m'a envoyé un message.

Elise a ri. — Oui, c'est bien. C'est bon d'avoir un projet.

— Je suis un projet ? ai-je demandé.

Elise a frappé à la porte de Petits ami du Livre Illimité et a hoché la tête. — Oui, mais dans le bon sens. Blake est heureuse, et le reste d'entre nous sommes tellement célibataires que nous planifions une fête sans couples pour la Saint-Valentin. Tu es un peu entre les deux, ce qui signifie que tu es bonne comme projet. Quelque chose pour donner de l'espoir à celles qui veulent trouver quelqu'un.

— Je... merci, je suppose, ai-je dit, ne sachant pas si je devais me sentir mieux ou pire.

Elise a ri alors que Finley ouvrait la porte et nous laissait entrer. Elle m'a adressé un sourire crispé et s'est écartée pour laisser Elise et moi entrer.

Je les ai suivies à l'arrière où les autres mangeaient déjà leur gâteau. C'était un gâteau marbré avec un glaçage jaune vif. Ma bouche a salué à l'odeur sucrée qui emplissait l'air.

— C'est tellement bon, a dit Karissa, la bouche pleine. — Vous devez vous servir une part avant que je mange tout.

Elise a bondi et attrapé une assiette. Elle a glissé ses cheveux mi-longs derrière son oreille pour les voir retomber aussitôt. Elle l'a ignoré en coupant un morceau de gâteau et en le faisant glisser sur son assiette. Puis elle s'est retournée et me l'a tendu.

— Euh, merci, ai-je dit.

Elle a hoché la tête. — Crois-moi, tu ne veux pas rater ça. Le gâteau de Trinity est incroyable.

J'ai souri à Trinity et me suis assise à côté de Karissa. J'ai pris une bouchée pendant qu'Elise coupait un autre morceau de gâteau pour elle-même. Karissa a gémi à côté de moi, et dès que le gâteau a touché ma langue, j'ai fait de même.

— Oh, mon Dieu, c'est bon, ai-je dit la bouche pleine.

— Je te l'avais dit, ont dit Karissa et Elise en même temps.

J'ai ri et hoché la tête, prenant une autre bouchée. J'étais trop occupée à me délecter de mon gâteau pour me rendre compte qu'elles m'observaient toutes. — Quoi ?

— On se demande toutes si tu vas nous dire ce qui se passe avec Ramsey, a dit Blake.

— Oui, tout le monde en ville vous a vus ensemble, a ajouté Elise.

— Et on se demande tous s'il va revenir, a dit Karissa.

— Ou s'il l'a déjà fait, a dit Laura.

— Sérieusement ? ai-je demandé, mâchant lentement et avalant le gâteau. Tout d'un coup, le gâteau ressemblait plus à un pot-de-vin qu'à une friandise.

— Je te l'ai dit... projet, a dit Elise.

— Elle n'est pas un projet, a argumenté Blake. — C'est une amie, et on ne transforme pas les amies en projets.

— On a fait de toi un projet et on t'a fait réaliser que tu étais amoureuse d'Ian, a dit Elise avec un sourire narquois.

— Je n'étais pas un projet, a dit Blake fermement.

Les autres ont ri. — Tu l'étais totalement, a dit Finley.

— Et un difficile. Tu ne voulais pas admettre à quel point

tu aimais Ian, a dit Karissa. — Ce n'était pas facile d'amener Buttercup à accepter l'amour. Melody devrait être plus facile, cependant. Elle aime N'oublie jamais. Elle croit aux secondes chances et à l'amour qui défie toute logique et aux fins heureuses.

— Qu'est-ce qui ne va pas avec ça ? ai-je demandé doucement.

— Rien, a dit Laura. — C'est une bonne chose. On devrait toutes croire en un amour comme ça.

— Et c'est pourquoi on veut savoir ce qui se passe, a dit Elise. — Parce que les autres pensent que l'amour est quelque chose qui peut tout vaincre.

— Pas toi ? lui ai-je demandé.

Elle a secoué la tête et m'a donné un triste sourire. — Je l'ai cru autrefois, mais plus maintenant. Pas pour moi, du moins. Pour tout le monde, j'espère que ça existe.

Je me suis demandé ce qui était arrivé à Elise pour qu'elle ne croie plus en l'amour, mais je ne la connaissais pas assez bien pour demander. Peut-être un jour.

— Alors, tu vas nous dire ce qui se passe avec ton sexy mari ? D'autres bonnes nuits ? a demandé Trinity.

J'ai ouvert la bouche pour dire non, mais mes joues rougissantes ont révélé la vérité.

Elles ont toutes ri et souri. — Raconte, a dit Blake.

Je leur ai parlé de notre trêve et de la semaine que nous avions passée à échanger des messages. Et je leur ai parlé de vendredi soir.

— Bien joué, a dit Elise.

— Je n'ai jamais compris cette histoire de sexe réciproque, a dit Laura. — Je veux dire, ça ne devrait pas être du donnant-donnant. Le sexe devrait être parce qu'on se soucie l'un de l'autre.

— C'est aussi ce que je pense, a dit Blake. — Il y a plein de fois où Ian jouit et pas moi, mais ce n'est pas comme avec

William. Avec William, il ne se souciait pas assez de s'assurer que je prenne du plaisir. Avec Ian, nous sommes partenaires à tous points de vue. Parfois, j'obtiens tout ce dont j'ai besoin en lui faisant plaisir.

— C'est ce que je ressentais, ai-je admis. — Je voulais juste lui faire du bien. Le voir perdre le contrôle. Je ne me souciais pas vraiment de jouir ou non, tant qu'il était satisfait.

— J'espère que l'inverse est aussi vrai, a dit Karissa.

Blake et moi avons hoché la tête. — Absolument, ai-je dit avec un sourire satisfait.

— J'ai besoin d'un petit ami, a dit Finley.

— Trouve juste un mec sur l'application de Karissa, a dit Elise.

— Quoi ? s'est exclamée Karissa.

— Oh, s'il te plaît, tu sais que c'est pour ça que la plupart des gens rejoignent une application de rencontres, a dit Elise en levant les yeux au ciel.

— Je n'ai pas créé À la Recherche du Héros Littéraire Parfait pour que les gens puissent avoir des relations sexuelles, a crié Karissa.

Elise a haussé les épaules. — Désolée, Rissa. Les gens aiment le sexe, et les applications de rencontres sont un bon moyen pour les gens de rencontrer quelqu'un d'autre qui est consentant.

— S'il te plaît, ne l'utilise pas pour rencontrer quelqu'un pour avoir des relations sexuelles, a supplié Karissa. — Je ne veux pas que ça devienne comme toutes les autres applications de rencontres. C'est mieux.

— C'est mieux, a dit Elise d'un ton apaisant. — C'est tellement mieux. Et je suis désolée d'avoir suggéré à Fin de l'utiliser pour des rencontres ponctuelles.

Derrière sa main, Elise a fait un clin d'œil à Finley. Karissa a levé les yeux au ciel tandis que tout le monde riait.

— C'est bon, a dit Finley. — Je préfère avoir quelqu'un

pour plus que juste du sexe. J'ai quelques vibromasseurs qui sont beaucoup plus efficaces qu'une aventure d'un soir avec un mec qui n'est pas intéressé à découvrir autre chose que où mettre son truc.

— Je suis d'accord avec Fin. J'ai parlé avec quelques-uns des gars avec qui j'ai été mise en relation, mais je ne suis pas intéressée à coucher avec quelqu'un au hasard, a dit Laura.

— Vous me déprimez les filles, a dit Elise. — Il est temps de reprendre du gâteau. Le gâteau rend tout meilleur.

La conversation a changé pour savoir qui ferait le gâteau la semaine prochaine et je me suis retrouvée à me porter volontaire.

— Quel genre de gâteau sais-tu faire ? a demandé Blake.

— Je sais assez bien cuisiner, mais mon gâteau au caramel est toujours un favori, ai-je dit.

— Gâteau au caramel ? Ça a l'air bon, a dit Karissa.

— Hé, avez-vous entendu que la Ferme d'Érable de la Famille Jones pourrait rouvrir ? a demandé Finley. — J'adorais y aller.

— Ramsey travaille avec le petit-fils. C'est le nouveau propriétaire et il espère ouvrir ce printemps, leur ai-je dit.

— Oh, alors tu as une connexion ? a dit Elise.

J'ai ri et secoué la tête. — Je ne sais pas. Ramsey et Amber y étaient hier. Amber a aidé à entailler le premier arbre. Elle a dit que la sève a commencé à couler.

— Je suis tellement jalouse de ta fille en ce moment, a dit Elise. — J'adorais y aller quand j'étais enfant. Mme Cleotha était toujours si gentille. Et elle me glissait des bonbons quand j'étais là.

— Moi aussi, ont dit les autres.

— Il semble que son petit-fils soit un type bien, mais je ne sais pas s'il glissera des bonbons à qui que ce soit, ai-je dit.

— Je parie qu'il en glissera à ta fille. Je devrais peut-être l'emprunter de temps en temps, a dit Elise.

J'ai souri. — Du baby-sitting gratuit est toujours bon pour moi.

— Des bonbons gratuits sont toujours bons pour moi, a dit Elise.

— Oh, peux-tu faire un gâteau à l'érable au lieu du caramel ? a demandé Laura. — Vous me donnez envie de sucre d'érable et de sirop d'érable.

— Je peux certainement essayer, ai-je dit.

Nous avons commencé à parler de différents gâteaux et des meilleurs. Des gâteaux, des livres et des hommes. C'était définitivement une bonne soirée.

20

Je regardais par la fenêtre la neige qui tombait régulièrement. Elle était déjà épaisse, mais elle s'accumulait d'heure en heure. Les chasse-neige passaient régulièrement, mais la route était encore recouverte de plusieurs centimètres de neige.

— Qu'est-ce qui ne va pas, Maman ? demanda Amber.

Je secouai la tête. — Rien, ma chérie. Je regarde juste la neige tomber.

— Tu crois que j'aurai encore un jour de neige demain ? demanda-t-elle. Ses yeux s'écarquillaient en regardant la neige, et un sourire se dessinait sur ses lèvres.

J'acquiesçai. — Je parie que oui. Peut-être même mercredi aussi. Il est prévu qu'il neige toute la journée demain.

— On pourra sortir jouer encore ? demanda-t-elle.

J'adorais quand elle s'enthousiasmait pour des choses simples comme jouer dans la neige. C'est comme ça que devrait être l'enfance. Jouer, rire et s'amuser. Je n'avais pas eu ça, et c'est ce que j'avais toujours voulu donner à mes enfants.

C'était un rêve que Willow et moi partagions. Elle avait abandonné ce rêve, alors j'avais l'impression de me battre pour nous deux. Mais dernièrement, je me demandais pourquoi je luttais si fort. Si Willow ne voulait plus de ce rêve, et que je ne pouvais pas l'avoir, pourquoi étais-je prête à risquer ma vie pour ça ?

— Maman ? dit Amber avec prudence.

— Oui, ma puce ?

— Ça va ? Je t'ai demandé si on pouvait sortir jouer encore.

Je l'attirai contre moi et la serrai fort. — Désolée, Amber. Je pensais à autre chose. Je regardai l'horloge. — Je dois commencer à préparer le dîner. Mais on sortira plusieurs fois demain, c'est promis. Ça te va ?

Amber haussa les épaules et s'éloigna les épaules affaissées. Je détestais lui faire ressentir ça. Ce n'était pas comme ça qu'un enfant devrait jamais se sentir.

— Tu veux m'aider à choisir quoi cuisiner ?

Elle haussa à nouveau les épaules.

— Je parie que Papa serait ravi d'essayer quelque chose que tu as aidé à préparer.

— Papa ? demanda-t-elle, sa voix montant avec une excitation mesurée.

J'acquiesçai, pas du tout honteuse de l'utiliser comme appât. — Papa a dit qu'il passerait après le travail aujourd'hui. Il nous apporte du bois de chauffage et reste dîner.

Elle sauta et dansa en rond, jetant ses bras en l'air et agitant tout son corps. — Papa rentre à la maison ce soir. Papa rentre à la maison ce soir. Papa rentre à la maison ce soir.

Je réalisai ce qu'elle chantait. Mon cœur se brisa à l'idée de devoir lui dire qu'elle se trompait. Il ne rentrait pas à la maison. Il venait juste dîner.

Un coup à la porte et la porte qui s'ouvrait attirèrent notre attention.

— Bonjour ? dit Ramsey en entrant. — Il neige comme un fou dehors. Désolé.

Ça ne me dérangeait jamais que Ramsey entre chez nous, mais il disait qu'il n'y vivait plus, donc il ne devrait pas entrer sans s'annoncer.

Je souris quand il passa la tête au coin. Il me sourit en retour et me fit un clin d'œil juste avant d'attraper Amber qui fonçait vers lui.

— Tu es rentré, Papa ! Tu m'as manqué.

— Tu m'as manqué aussi, ma puce. Comment s'est passée ta journée de neige avec Maman ?

— C'était super ! dit Amber en jetant ses bras en l'air. — On a pris le petit déjeuner, puis on a joué dans la neige, puis on a mangé, puis on a lu un livre, puis on a joué encore dans la neige, et puis j'ai dessiné. Je veux que tu aies mon dessin. Tu le veux ?

— Bien sûr que je le veux, dit Ramsey. Il la serra fort puis la reposa. — Laisse-moi enlever mes affaires pour ne pas traîner de neige et de saleté dans la maison.

Amber resta debout à le regarder, son sourire large et ses yeux brillants. Pendant que Ramsey enlevait ses bottes et son manteau, j'allai dans la cuisine pour commencer le dîner.

Ils parlaient pendant qu'Amber lui montrait le dessin qu'elle avait fait d'une bataille de boules de neige. Je souriais devant son excitation et me demandais quand elle aurait raison. Quand Ramsey rentrerait à la maison pour de bon.

Ils entrèrent ensemble dans la cuisine alors que je glissais le dîner dans le four. C'était le genre de journée qui appelait un plat réconfortant, et je savais que les lasagnes nous conviendraient à tous.

Ramsey m'entoura de ses bras par derrière et posa sa tête sur mon épaule. — Tu m'as manqué ce week-end, dit-il doucement. Il embrassa ma joue puis le haut de ma tête.

Je me retournai dans ses bras, le mouvement si naturel

que j'y pensais à peine. J'enroulai mes bras autour de son cou et me soulevai pour rencontrer ses lèvres. Il garda le baiser court et chaste, mais je pouvais sentir son désir contenu.

— Désolé d'être si en retard. Mon dernier client est venu de Massena. Aujourd'hui était son seul jour de congé, il ne pouvait pas reporter même si le temps était horrible.

Je secouai la tête. — Ce n'est pas grave. Tu n'as pas à t'expliquer.

— Je n'ai pas toujours été bon pour te dire ce qui se passait avec mon travail. J'ai apporté le bois de chauffage. Il est un peu humide avec toute cette neige, mais je vais l'étaler pour qu'il sèche, dit-il.

— On peut faire un feu ? demanda Amber.

Ramsey secoua la tête. — Le bois est trop humide pour l'instant, ma puce. Il fumera si on le brûle.

— On devrait en avoir assez là-dedans pour un feu ce soir, lui dis-je.

— Alors, je crois qu'on est chargés du feu, dit Ramsey à Amber. Il tendit la main vers elle et tous deux quittèrent la cuisine.

Je nettoyai la cuisine pendant qu'ils étaient dans l'autre pièce. Quand le dîner fut prêt, nous mangeâmes devant la cheminée à nouveau, laissant la chaleur et la conversation nous imprégner.

Jusqu'à ce qu'Amber demande : — Tu restes dormir ce soir, Papa ?

Ramsey et moi échangeâmes un regard. J'ouvris et fermai la bouche comme un poisson, mais lui sourit simplement.

— Maman et moi, on arrange les choses, Amber. On discute et on s'entend bien. Je ne vais probablement pas rester ce soir, mais bientôt j'espère. Très bientôt. Parce qu'il n'y a rien que je désire plus que d'être de retour ici avec vous deux à plein temps.

Amber se jeta dans les bras de Ramsey, et je repoussai

mon désir d'en faire autant. Ce qu'il avait dit était parfait. Et je ne pouvais pas attendre la même chose, que Ramsey soit à la maison avec nous pour de bon.

Nous couchâmes Amber ensemble ce soir-là, et dès que sa porte fut fermée, nous étions dans les bras l'un de l'autre.

— Ramsey, gémis-je doucement.

Il me souleva dans ses bras et enroula mes jambes autour de sa taille. Il me porta dans le couloir, mais je reculai.

— Tu ne veux pas...

— Chambre, le suppliai-je.

Il hésita. — Mel ?

— Ramsey, j'ai besoin de toi. S'il te plaît. C'est tout ce à quoi je pense. Je te veux. Je veux te sentir en moi. Je veux que tu me touches. Je te veux.

— Putain, Mel, grogna-t-il. Il scella ses lèvres sur les miennes et retourna vers la chambre. Il ferma la porte derrière nous et la verrouilla, puis me pressa contre elle et se pressa contre moi.

Je gémis et m'agrippai à lui pendant que ses baisers me rendaient folle. Sa langue pulsait dans ma bouche, me goûtant et me taquinant. Je tirai sur sa chemise jusqu'à ce qu'il me repose.

Il portait encore ses vêtements de travail. La rangée de petits boutons rendait nos doigts maladroits pour aller assez vite. Je n'en pouvais plus et je saisis le bas et tirai. Seule la moitié des boutons sauta, mais ce geste suffit à nous rapprocher.

— Putain, Mel, gémit Ramsey. Ses yeux brillaient de désir. Il arracha les deux côtés, envoyant le reste des boutons voler. Il enleva sa chemise, et instantanément, mes mains glissèrent sur sa poitrine.

Je léchai et embrassai son torse, prenant mon temps pour savourer son corps. Je léchai ses abdos et mordillai ses tétons, et quand il ramena mes lèvres aux siennes, aucun de nous ne put s'arrêter jusqu'à ce que nous soyons haletants et à bout de souffle.

Ramsey me fit reculer vers le lit. Il s'arrêta avant que mes jambes ne touchent le matelas. Ses mains glissèrent sur mes côtés, remontant mon t-shirt et l'enlevant. Il se pencha et suça un de mes tétons à travers mon soutien-gorge. Je gémis et maintins sa tête contre moi. Il tira l'autre bonnet sur le côté et roula ce téton entre ses doigts.

— Ramsey, le suppliai-je. — S'il te plaît.

Il savait ce dont j'avais besoin. Il dégrafa mon soutien-gorge et le laissa tomber au sol. Puis ses mains firent glisser mon pantalon le long de mes cuisses. Il pressa son nez contre mon entrejambe et inhala profondément. Mon intimité palpita et s'humidifia.

— J'ai hâte de te goûter, Mel, grogna-t-il, sa voix rauque rendant mes genoux faibles.

Il me lécha à travers ma culotte, et chaque centimètre de mon corps vibra. Il saisit le bord de ma culotte avec ses dents et la tira suffisamment pour lécher le pli de ma cuisse.

J'écartai les jambes et poussai ma culotte vers le bas.

— Oh, oui, c'est mieux, grogna-t-il. Il me poussa en arrière jusqu'à ce que je tombe sur le lit. Ses mains écartèrent largement mes cuisses tandis que sa langue glissait entre mes plis.

Mes hanches se soulevèrent du lit. Je serrai les draps, désespérée de m'accrocher à quelque chose. Sa langue encercla mon clitoris puis s'aplatit contre lui. Tout en moi montait rapidement. Cela faisait bien trop longtemps, et avoir Ramsey avec moi à nouveau était la moitié de l'excitation.

— Tu me fais tellement de bien, gémis-je. — Tu m'as manqué.

— Moi aussi, grogna-t-il. — Je t'aime, Mel. Tu as un goût tellement incroyable.

Il replongea et enfonça un doigt profondément en moi. Mon corps se contracta violemment, mon orgasme me balayant instantanément. Je saisis un oreiller et le mordis pour étouffer mon cri.

Ramsey n'abandonna pas. Il ajouta un second doigt et suça à nouveau mon clitoris. Il m'amena rapidement jusqu'à ce que je franchisse à nouveau ce cap.

Il ralentit ses taquineries, me léchant doucement, ses doigts pulsant paresseusement dans mon corps. Il me goûta, léchant chaque goutte de mon plaisir, puis fit tournoyer sa langue autour de mon clitoris à nouveau. Ses caresses lentes et douces me rendaient brûlante. Mon corps avait le temps de s'adapter à chacun de ses mouvements, me permettant de sentir chaque coup de langue, chaque succion, chaque torsion de ses doigts.

— Ramsey, criai-je doucement.

Il accéléra ses doigts et taquina mon clitoris avec une succion ferme. Tout aussi rapidement, il disparut à nouveau, les léchages doux revenant. Aller-retour, doux et ferme, il me taquina jusqu'à ce que je halète et le supplie de me faire jouir.

Il suça fort mon clitoris et s'enfonça durement en moi. Il ne fallut pas longtemps pour que mon corps se resserre autour de ses doigts.

— Oh, mon Dieu. Oh, mon Dieu. Oh, mon Dieu. Ramsey ! Oui !

Mon corps convulsa sous la puissance de mon orgasme. Ramsey me maintint ainsi jusqu'à ce que je sois épuisée et le supplie d'arrêter.

Il adoucit son toucher, m'embrassant et me léchant jusqu'à ce que j'arrête de tressaillir.

— Remonte, commanda Ramsey. Il se débarrassa de ses vêtements et se glissa entre mes jambes. Il embrassa l'intérieur de mes cuisses, me faisant sursauter, puis embrassa son chemin vers le haut de mon corps.

Son sexe se posa contre moi, et j'enroulai mes jambes autour de lui. Il m'embrassa fort, me laissant me goûter sur lui. Je m'agrippai à lui et l'embrassai en retour, ayant besoin de lui.

Il recula et s'assit sur ses genoux. Il se caressa à travers mes plis humides et glissa à l'intérieur.

— Oh, putain, gémis-je.

— Bon sang, tu te sens tellement bien, grogna-t-il. — Je t'aime, Mel.

— Ramsey, criais-je, caressant sa mâchoire. — Merci.

Il se tourna et embrassa ma paume. Centimètre par centimètre, il me remplissait. Il allait lentement, étirant mon corps à chaque coup. Cela faisait si longtemps que nous n'avions pas été ensemble que cela prit un moment, mais il fixait tout le temps l'endroit où il entrait en moi.

— J'adore disparaître en toi, dit-il doucement. — Regarder ton corps m'accueillir... Tu m'as tellement manqué, bébé.

— Toi aussi, dis-je. Toutes mes émotions remontaient à la surface, et une larme s'échappa. Je fermai les yeux et essuyai la larme avant qu'il ne puisse la voir, mais il s'immobilisa.

— Mel ?

— Ça va, dis-je sans le regarder.

— Mel, ne te cache pas de moi. Laisse-moi voir tout de toi.

— Je pense que tu peux voir tout de moi, dis-je avec ironie.

— Ne fais pas ça, Mel. Ne fais pas de blagues. Tu vas bien ?

J'acquiesçai. — Je suis juste si heureuse que tu sois là. Je... je ne pensais pas qu'on y arriverait un jour. Je croyais vraiment qu'on ne pourrait pas y arriver. Merci, Ramsey.

Il se pencha et m'embrassa. — Je suis heureux aussi. Je t'aime, Mel.

— Je t'aime.

Il m'embrassa tout en pompant dans mon corps. La connexion entre nous me submergea à nouveau. Je pleurai, mais je ne m'arrêtai pas, laissant mes larmes couler sur mes joues.

Il embrassa mes larmes et me tint, tout en continuant ses va-et-vient.

— Mel, gémit-il.

— Je t'aime, Ramsey.

— Je t'aime. Je t'aime. Je t'aime, chanta-t-il. Il poussa de plus en plus fort jusqu'à ce qu'il grogne et s'immobilise profondément en moi.

J'avais presque l'impression de le sentir se libérer en moi, et je le serrai plus fort, embrassant son visage jusqu'à ce qu'il roule hors de moi et m'attire sur sa poitrine.

Nous restâmes là, haletants. Ma tête reposait sur sa poitrine, écoutant son cœur battre sous mon oreille. Je fermai les yeux et respirai simplement, sentant que tout allait enfin bien.

Ramsey bougea et embrassa le côté de ma tête. J'enroulai mon bras plus étroitement autour de lui, pas encore prête à bouger.

— Je sais que tu dois te débarrasser du préservatif, mais je veux juste rester allongée ici un moment, dis-je.

Il se figea sous moi. Il arrêta de respirer et la main qui traçait des lignes délicieuses de haut en bas de mon dos se figea. — Je n'ai pas mis de préservatif. Je pensais que tu étais sous pilule.

Je me redressai brusquement, cherchant le drap pour me couvrir. — Non. J'ai arrêté la pilule il y a des mois.

— Pourquoi ?

— Parce que tu m'as quittée ! Je n'avais aucune raison de la prendre, alors j'ai arrêté. J'ai toujours détesté la prendre, tu le sais.

— Pourquoi tu ne me l'as pas dit ?

— Quand ? Quand étais-je censée te le dire ? Au dîner avec notre fille ? Hé, Ramsey, au fait, j'ai arrêté de prendre la pilule parce que tu m'as quittée et je n'ai pas encore envie de baiser d'autres hommes. Passe-moi les petits pois, Amber.

— Que dirais-tu d'avant qu'on fasse l'amour, Melody ? Tu aurais pu me le dire juste avant qu'on fasse l'amour, quand je te portais au lit et t'enlevais tes vêtements, dit-il en sautant du lit.

Je restai là à le regarder s'habiller. Il enfila sa chemise déchirée, puis remonta son boxer. Il se leva et enfonça ses pieds dans son jean. J'avais toujours adoré comment il portait un jean. Il n'en mettait pas souvent, mais Ramsey remplissait un jean comme aucun autre homme.

Il ne me regarda même pas avant de sortir de la chambre.

Je saisis ma robe de chambre et le suivis. Il était en colère contre moi, mais je ne voulais toujours pas qu'il sorte dans la tempête. Ils prévoyaient que ça empirerait pendant la nuit, et ce n'était pas sûr pour lui d'être sur la route, même s'il n'allait pas loin.

— Je suis désolée, dis-je d'abord. — Tu as raison. J'aurais dû te le dire, mais je n'ai pas réfléchi. J'étais juste heureuse que tu sois là. Et je n'ai pas pensé.

Il se retourna vers moi, ses yeux orageux. — Tu n'as pas pensé ? Tu en es sûre ?

— Qu'est-ce que ça veut dire ? demandai-je.

— Tu meurs d'envie d'avoir un autre bébé, Mel. Es-tu sûre que tu n'as pas planifié tout ça pour pouvoir tomber enceinte ? C'est pour ça que tu pleurais ? Tu as enfin eu ce que tu voulais ?

J'ouvris la bouche pour dire quelque chose, puis la refermai. Je croisai les bras sur ma poitrine pour me protéger de lui. Je n'avais jamais été aussi blessée de ma vie. Même pas en le regardant franchir la porte n'avait fait aussi mal.

— Je suppose que c'est bien que ce soit fini si c'est ce que tu penses de moi.

— Mel, siffla-t-il quand je me retournai.

Je n'étais pas intéressée par ce qu'il avait d'autre à dire. Je m'éloignai, sachant que c'était la seule chose que je pouvais faire. Accepter que c'était fini et que mon mari ne m'aimait plus.

Il appela mon nom à nouveau, et je me dépêchai d'aller dans la chambre, mais la porte en face du couloir s'ouvrit avant que j'y arrive.

— Maman ? dit Amber en se frottant les yeux.

Je réprimai les larmes et la douleur et lui fis un sourire. — Oui, ma puce. Ça va ?

— J'ai entendu quelque chose.

— Tout va bien, bébé, dis-je en prenant sa main. — Retournons au lit.

Elle hocha la tête et me laissa la ramener à son lit. Je m'agenouillai à côté de son lit et lui chantai une chanson douce jusqu'à ce qu'elle se rendorme. Je restai là quelques minutes de plus, m'assurant qu'elle allait bien, puis quittai tranquillement sa chambre.

Je me tins dans le couloir, écoutant les bruits de Ramsey, mais dans mon cœur, je connaissais la vérité. Il était parti. Et cette fois, c'était définitivement pour de bon.

21

RAMSEY

J'aurais claqué la porte si ce n'était pas pour Amber. Je ne voulais pas qu'elle sache que j'étais là si tard. Entendre ses espoirs grandir à l'idée que je revienne vivre à la maison était merveilleux, mais savoir que j'allais les anéantir en un seul geste m'a empêché de faire quoi que ce soit d'autre que de quitter silencieusement la maison.

Elle n'était pas la seule à être anéantie. J'étais détruit. L'air glacial et les trottoirs encombrés m'ont forcé à ignorer la douleur dans ma poitrine et à me concentrer pour rejoindre mon véhicule utilitaire sport. Plus de neige était tombée pendant les quelques heures où j'étais là, et ma voiture en était couverte. Je n'avais aucune envie de rester pour voir si Melody sortirait pour essayer de m'empêcher de partir. Elle m'avait déjà déçu une fois, et cette fois, je ne voulais pas qu'elle vienne me chercher.

J'ai mis le contact et j'ai prié pour que les essuie-glaces enlèvent suffisamment de neige pour que je puisse voir sans avoir à gratter la voiture. J'ai poussé le dégivrage au maximum et croisé les doigts, soupirant de soulagement quand la majeure partie de la neige s'est détachée. Quelques passages supplémentaires et le pare-brise était assez dégagé pour que je puisse conduire en sécurité.

Personne n'était sur les routes tandis que je me dirigeais vers chez Ian. Les réverbères illuminaient la neige qui tombait rapidement alors que la radio diffusait une chanson d'amour mielleuse qui me donnait envie de frapper le tableau de bord.

Je me suis garé devant la maison du bateau et me suis dépêché d'entrer pour éviter de geler. Je ne me suis pas permis de réfléchir avant d'être dans l'appartement et de savoir que j'étais seul.

Puis tout m'a frappé violemment. La peur. Le chagrin. La colère.

—Putain ! ai-je crié à pleins poumons. Argh ! Maudite sois-tu, Melody !

J'ai attrapé la chose la plus proche, un verre, et l'ai lancé contre le mur. Il s'est brisé, projetant des éclats de verre partout. Je me sentais légèrement mieux.

Je me suis éloigné, laissant le verre au sol, et j'ai pris une bière. À peine avais-je fermé le frigo que je l'ai rouvert pour en prendre une autre. J'avais envie d'emporter le pack entier de six, mais je devais aller travailler le lendemain matin.

J'ai ouvert la première bière en me dirigeant vers la douche. J'ai enlevé tous mes vêtements, ressentant le besoin de ne plus sentir l'odeur de Melody sur moi. Les vêtements sont allés dans le panier à linge et la bière dans ma gorge. Une fois la première terminée, je suis entré dans la douche et j'ai frotté chaque centimètre de mon corps pour l'effacer.

J'ai enroulé une serviette autour de ma taille et ouvert la deuxième bière. Je l'ai emportée jusqu'au futon et j'ai allumé la télé. J'ai zappé tout en buvant, me détestant d'avoir cru que Melody avait changé.

Elle m'avait piégé. Je n'arrivais pas à croire qu'elle avait fait ça. Elle voulait un bébé, et au lieu d'insister pour qu'on en parle, j'ai laissé mes émotions et mon amour pour elle dicter mes actions. Je lui ai fait confiance. Et elle a menti, elle m'a attiré dans son lit, et elle m'a fait l'aimer.

Mon cœur me faisait un mal de chien. Ma gorge se serrait. Je voulais... je ne sais pas ce que je voulais faire. Je voulais que la douleur s'arrête. Une larme a coulé sur ma joue, et je l'ai essuyée sans pitié. Elle ne méritait pas mes larmes. Si elle était tombée enceinte par accident, je pourrais pleurer pour elle, mais ce n'était pas ce qui s'était passé. Elle avait fait ça délibérément.

Et à cause de cela, je risquais de la perdre pour toujours.

PENNY A SU me laisser tranquille dès que je suis arrivé le lendemain matin. Je fonctionnais à peine, mais j'étais là. Elle a souri et hoché la tête, observant mon costume débraillé et mes yeux rougis. Je ne l'avais jamais autant appréciée qu'en ce moment où elle n'a rien demandé, a simplement continué à travailler et n'a rien dit.

J'ai avalé du café et essayé d'accomplir quelque chose. Penny m'a apporté à déjeuner, toujours sans un mot, et a fermé la porte de mon bureau.

J'avais une réunion dans l'après-midi, mais elle m'a envoyé un email disant que la réunion avait été reportée à la semaine suivante. Je ne savais pas si c'était elle ou eux qui l'avaient fait, mais je m'en fichais tant que je n'avais pas à parler à qui que ce soit.

Je pensais être tiré d'affaire, mais Penny m'a sonné juste après seize heures. — Quoi ?

—Monsieur Sinclair est au téléphone. Il espérait pouvoir vous parler, a dit Penny calmement.

—Merde. Rends-moi un service. Si tu m'entends crier,

coupe l'appel et dis-lui qu'il y a eu un problème quand il rappellera.

—Euh, d'accord.

J'ai pris une profonde inspiration. —Merci, Penny. Passe-le-moi.

Elle n'a pas ajouté un mot, elle a juste transféré l'appel à mon bureau.

—Monsieur Sinclair, ai-je dit, espérant avoir l'air à peu près normal.

—Monsieur Holland, Ramsey. Merci de prendre mon appel, a dit Carter.

—Bien sûr. J'essayais de vous joindre.

—Je sais, a-t-il dit avec un soupir. Je suis désolé. Je... quand je suis rentré, ma femme n'était pas contente de tout ça. Nous avons déménagé il y a quelques années seulement. Nous avons la maison de nos rêves, et même envisager de déménager à nouveau était difficile pour elle.

Je ne pouvais pas répondre. J'aurais voulu, mais j'avais peur de dire quelque chose de méchant. Il ne méritait pas ma colère, mais c'est lui qui allait la subir s'il disait ce que je craignais qu'il allait me dire.

—J'avais besoin de réfléchir. Je suis désolé de ne pas avoir répondu à vos appels. Ce n'était pas facile de réfléchir à tout ça. J'ai toujours su que ma mère était adoptée, mais elle n'a jamais découvert d'où elle venait. Elle était curieuse, mais elle pensait qu'elle aurait le temps de le découvrir. Pour moi, je crois que je voulais m'accrocher à ça. Avoir cette part d'elle qu'elle n'a jamais eu la chance d'avoir. Ma femme... elle n'a pas compris ça.

—Je suis désolé d'entendre ça, lui ai-je dit. Je le pensais vraiment, aussi. Au moins, je pouvais comprendre un homme qui n'était pas d'accord avec sa femme sur la façon dont les choses devraient être.

—Moi aussi, mais elle avait raison. Ce que je voulais,

c'était un lien. Une famille. Quelqu'un qui partageait quelque chose que personne d'autre ne pouvait. Mais je n'ai pas besoin d'y vivre pour avoir ça.

Ma respiration s'est bloquée. —Que voulez-vous dire, Carter ?

—Je veux dire que je ne veux pas de la ferme, Ramsey. Je suis désolé. Si mon cousin a besoin de quelque chose, je serai heureux de contribuer. Je n'ai pas beaucoup d'argent, mais je peux lui verser quelque chose. Je ne veux pas qu'il se retrouve à gérer tout ça tout seul, mais ce n'est simplement pas pour moi.

Je me suis levé et j'ai fait les cent pas dans mon bureau. J'ai passé une main sur mon visage et j'ai essayé de ne pas sauter de joie. —Non, euh, je pense qu'il va bien. Je travaillais avec lui sur un prêt et je m'assurais qu'il avait tout ce qu'il fallait.

—Oh, bien, a soufflé Carter. Ça ne me dérange pas, mais je me sentais mal de ne pas vouloir aider.

—Puis-je être honnête avec vous, monsieur ?

—Bien sûr.

—Colin, votre cousin, il allait faire ça tout seul avant de savoir que vous existiez. Il a retardé beaucoup de décisions au cas où vous voudriez être impliqué.

—Je suis désolé. J'aurais dû vous appeler avant. J'aurais dû décider avant. J'avais juste besoin de temps pour réfléchir à tout ça.

—Je comprends. Vraiment. Toutes les décisions ne peuvent pas être prises rapidement. Je dois cependant vous demander autre chose.

—Bien sûr, a dit Carter, semblant plus détendu.

—Pour des raisons juridiques, et j'ai presque honte de vous demander cela, mais pour des raisons juridiques, envisageriez-vous de céder vos droits à Colin ?

—Mes droits ? a demandé Carter.

J'ai éclairci ma gorge. —Oui. Je déteste devoir le dire, mais des choses arrivent. Les gens changent d'avis. Les descendants prennent des décisions différentes. J'ai le devoir envers mon client de m'assurer qu'il est protégé.

—De quoi avez-vous besoin ? a demandé Carter.

Peut-être que je me sentais optimiste pour la première fois de la journée ou peut-être qu'il voulait vraiment aider. Quoi qu'il en soit, je ne pouvais pas m'arrêter là. —Le testament de Cleotha disait qu'elle voulait que son petit-fils ait la pleine propriété de la ferme. Il ne nommait personne. Nous ne savions pas que vous existiez jusqu'à ce que Colin vienne à mon bureau et que je lui remette une lettre d'elle qui disait qu'ils étaient deux. Si vous l'attaquiez en justice, un juge pourrait dire que vous en possédez une partie. Si vous ne voulez pas de cela, je peux rédiger des documents indiquant que vous renoncez à tous vos droits en faveur de Colin.

—Oui, je vais signer. Bien sûr. Je ne veux pas qu'il s'inquiète. Je ne veux pas qu'il se demande un jour si quelqu'un va lui prendre quelque chose. Ma mère... elle s'inquiétait de qui elle trouverait si elle partait à la recherche de sa famille. Une partie d'elle l'a toujours craint. Je pense que c'est pourquoi elle n'a jamais cherché sa famille biologique. Je ne veux pas que Colin, ou quelqu'un d'autre de sa famille, me craigne un jour.

J'ai poussé un soupir de soulagement et essuyé une main sur mon visage. —Merci, Carter. Vraiment. C'est... merci.

—Non, Ramsey, merci à vous. Et je me demandais si je pouvais vous demander une faveur.

—Bien sûr, lui ai-je dit.

—Je, euh, j'aimerais vraiment rencontrer mon cousin. Je ne sais pas si c'est quelque chose qu'il serait prêt à faire, mais si c'est le cas, j'aimerais vraiment avoir l'occasion de le rencontrer. Peut-être voir la ferme, si vous pensez qu'il serait d'accord.

L'espoir dans sa voix m'a fait sourire. —J'ai le sentiment que ce ne sera pas un problème du tout. Je vais lui parler, et si c'est d'accord, je lui donnerai votre numéro. Vous pourrez prendre les choses en main à partir de là.

Carter a soupiré de soulagement. —Merci, a-t-il dit. Je... merci.

J'ai souri. —Je vous en prie.

Nous avons bavardé quelques minutes de plus, puis raccroché. Je savais que je devais avoir une longue conversation avec Colin, mais je n'en étais pas capable. En même temps, je n'étais pas prêt à attendre une minute de plus avant de lui parler de sa ferme.

Dès que j'ai raccroché avec Carter, j'ai composé le numéro de Colin. Il a répondu au téléphone à la première sonnerie.

—Ramsey. As-tu des nouvelles ?

—Oui. Je viens de raccrocher avec lui. Je voudrais que tu viennes me voir demain pour me parler.

—Merde, a soufflé Colin. Fils de pute. Je pensais vraiment... Bordel. Je me suis fait des illusions.

—Colin, ai-je dit. Je veux que tu viennes demain pour parler de la demande de prêt. Parce que tu es le seul qui aura besoin de signer.

—Qu... quoi ?

J'ai ri doucement. —Il ne veut pas de ta ferme. Il va tout te céder.

—Pas possible ! Putain, c'est pas possible ! Tu plaisantes ?

J'ai ri à nouveau. —Je ne plaisante pas. La ferme est entièrement à toi. Alors, viens demain, à l'heure qui te convient, et nous règlerons tout pour que tu puisses aller de l'avant.

—Oui. Oh que oui. Merci, Ramsey. Merci.

—À demain, Colin.

—À demain, Ramsey. Merci.

J'ai acquiescé et raccroché. Pendant quelques minutes, j'ai pu oublier la douleur que je traversais. Puis j'ai terminé l'appel et j'ai vu Amber et Melody me sourire depuis le fond d'écran de mon téléphone.

J'ai verrouillé mon téléphone et l'ai posé face contre le bureau. L'envie de le réduire en miettes était forte, mais je ne pouvais pas. Je l'ai regardé fixement pendant un long moment avant que Penny ne frappe à la porte.

—Oui ?

Penny a ouvert la porte et est entrée. —Je m'en vais. M. Jones a appelé. Il sera là à dix heures.

J'ai hoché la tête. —Merci, Penny.

Elle a acquiescé et est partie sans ajouter un mot.

Je suis resté au travail, incapable d'affronter mon appartement seul. Je détestais l'idée de devoir trouver un nouvel endroit où vivre, mais j'en avais besoin. Ian avait été généreux de me laisser rester chez lui, mais y rester pour toujours n'allait pas se produire. Pas quand je savais qu'il n'y avait aucune chance que je puisse rentrer à la maison.

J'ai attendu de n'être presque plus éveillé pour aller chez Ian et me suis effondré en arrivant. J'ai mal dormi, mais j'ai dormi, alors je l'ai considéré comme une victoire.

Je n'allais pas beaucoup mieux le lendemain, mais j'étais déterminé à avoir une bonne réunion avec Colin.

Penny a gardé ses distances à nouveau, me prévenant seulement quand Colin est arrivé. J'ai lissé ma chemise et affiché un sourire. Colin avait un grand sourire sur le visage quand il m'a serré la main.

—Mec, j'ai envie de t'embrasser, a-t-il dit.

J'ai ri. —Je n'ai rien fait. Je me trouve juste être celui qui a la chance de t'annoncer une bonne nouvelle.

—Ouais, mais tu n'as pas abandonné. Merci, Ramsey. Merci. Tu as sauvé ma maison.

Il s'est approché et m'a serré la main, puis m'a tiré dans une étreinte avec une ferme tape dans le dos. Je l'ai serré en retour, heureux de pouvoir au moins faire une chose correctement.

—Merci.

J'ai hoché la tête. —De rien. Parlons de ton prêt et des papiers et mettons tout en place pour que tu n'aies plus jamais à t'inquiéter pour ta maison.

Colin a acquiescé et nous avons plongé dans tous les détails. Penny nous a apporté à déjeuner deux heures plus tard, et nous avons changé de sujet, passant des affaires à autre chose pendant quelques minutes.

—Ta gamine était plutôt mignonne, a dit Colin avec un sourire. Je suppose qu'elle tient ça de sa mère ?

J'ai ri mais c'était forcé. Rien que penser à Melody me faisait mal.

—Ce n'est pas le visage d'un homme qui reconstruit son mariage. Que s'est-il passé ?

J'ai secoué la tête. —Tu ne veux pas savoir. Crois-moi.

Il a penché la tête sur le côté. —Ah bon ? Eh bien, j'ai demandé. On m'a dit que je pouvais être un bon auditeur. Et je n'ai jamais rencontré ta femme, donc je ne vais pas porter de jugement. Mais tu n'as pas à me dire quoi que ce soit.

J'ai souri et réalisé que je gardais tout embouteillé et que ça me rendait fou. J'avais tout gardé en moi pendant deux jours, et je n'étais pas moins en colère que lorsque j'étais sorti de la maison lundi soir.

—Je suis parti il y a sept mois parce qu'elle voulait un autre bébé, et ses médecins ont dit qu'elle pourrait mourir si elle tombait enceinte à nouveau. Ces dernières semaines, nous avons essayé d'arranger les choses. Essayé de nous reconnecter. Parler et flirter. Je suis allé chez elle lundi soir, et elle voulait... enfin. Mais après, elle m'a dit qu'elle avait arrêté la pilule.

—Et ? a demandé Colin.

—Et elle pourrait être enceinte. En ce moment même, elle pourrait être enceinte.

Colin m'a regardé comme si j'avais une tête en plus. Il a plissé les yeux et incliné la tête en signe d'interrogation. —Explique-moi. Pourquoi est-ce sa responsabilité à elle seule de gérer la contraception ? Est-ce quelque chose dont vous avez discuté tous les deux ?

—Non, ai-je dit. Mais elle prend la pilule depuis que nous avons perdu Steven. Nous n'avons pas utilisé de préservatifs depuis des années. Et elle s'attendait simplement à ce que j'ai un préservatif. Pourquoi en aurais-je ?

—Peut-être qu'elle pensait que tu étais avec d'autres femmes pendant que vous étiez séparés.

J'ai secoué la tête. —Non, elle sait que ça n'a pas été le cas.

—Tu le lui as dit ?

—Non, mais elle le sait. Elle me connaît. Je lui ai dit qu'elle me manquait et qu'elle était tout ce à quoi j'ai pu penser. Il n'y avait aucune raison d'acheter des préservatifs.

—Laisse-moi te poser une question. Es-tu plus en colère contre elle pour ne pas te l'avoir dit ou plus en colère contre toi-même pour ne pas avoir demandé ?

J'ai soupiré et secoué à nouveau la tête. —Il ne s'agit pas de la contraception. Pas vraiment. Il s'agit qu'elle tombe enceinte. C'est elle qui a initié les rapports sexuels. Je pense qu'elle voulait tellement avoir un bébé qu'elle m'a piégé pour coucher avec elle.

Les sourcils de Colin se sont levés, et il a chuchoté : —Whoa.

J'ai acquiescé. —Exactement. C'est pourquoi je suis en colère. Elle n'avait pas le droit de faire ça. Elle savait ce que je ressentais. Mais au lieu de m'écouter ou de penser à notre fille, elle a décidé qu'elle voulait tomber enceinte à nouveau et rien d'autre n'avait d'importance.

—Wow. Euh, lui as-tu dit tout ça ?

J'ai hoché la tête.

Colin s'est adossé à sa chaise. —As-tu déjà pensé qu'elle s'est peut-être laissée emporter par le moment comme toi ?

J'ai secoué la tête. —Non. Melody n'est pas comme ça. Elle a la tête froide et elle est organisée. C'est quelqu'un qui planifie. Elle ne se laisse pas emporter.

—Vous ne vous êtes jamais sauté dessus à l'arrière d'une voiture ou commencé à vous déshabiller en franchissant la porte ? Qu'en est-il d'un sexe oral en conduisant ? Rien qui indique que vous ne pouviez pas attendre une seconde de plus pour laisser la logique prendre le dessus ?

—Eh bien, si. Nous avons fait tout ça.

—Et c'était toujours toi qui commençais ? Ta femme ne t'a jamais sauté dessus ?

—Si, elle l'a fait.

—Alors, peut-être, juste peut-être, cette fois-ci, elle l'a refait. Elle a décidé qu'elle devait t'avoir et ne pouvait pas attendre une minute de plus. Et elle n'a pas pensé à la contraception parce que ce n'était pas quelque chose dont vous aviez parlé ou discuté. Si tout cela s'est produit, et qu'elle est enceinte, et que c'était totalement par accident, veux-tu vraiment passer tout ce temps à la détester, ou préfères-tu le passer à l'aimer ?

Merde. —Je ne t'aime pas beaucoup en ce moment.

Colin a souri. —Ça me va. Mais je ne suis pas d'accord avec le fait que tu remettes en question ton mariage, alors règle ça d'abord. Parce que si j'ai raison et que tu as tort, tu vas le regretter pour le reste de ta vie.

J'ai acquiescé parce qu'il avait raison. Je connaissais Melody, et ce n'était pas le genre de personne qu'elle était. Elle ne me piégerait pas. Elle était la personne la plus gentille que j'aie jamais connue, et elle ne voudrait pas d'un bébé qui serait venu au monde dans ces circonstances.

Ce qui signifiait que j'étais un connard, et que j'avais beaucoup de choses à me faire pardonner.

22

MELODY

— On est obligées d'y aller, Maman ? demanda Amber alors que je sortais la voiture de l'allée.

La neige avait finalement cessé mardi après-midi, et elle était retournée à l'école mercredi. Ce même après-midi, mes parents avaient appelé pour nous inviter à dîner jeudi. Je n'étais pas plus enthousiaste qu'Amber, mais c'était une distraction pour moi.

Je n'avais pas parlé à Ramsey. Je n'avais même pas essayé. Une partie de moi voulait lui expliquer que je n'essayais pas de le piéger, mais une plus grande partie de moi était en colère qu'il puisse même penser ça de moi.

— On n'a pas vu tes grands-parents depuis Noël, dis-je à Amber. Ils veulent qu'on dîne avec eux.

Amber soupira bruyamment mais arrêta de protester. Mes parents la traitaient à peu près de la même façon qu'ils avaient traité Willow et moi en grandissant. Amber n'était pas vraiment importante, et ils la reconnaissaient à peine. Quand elle était petite, elle essayait, mais déjà à cinq ans, elle avait renoncé à créer un lien avec eux.

Ça me dérangeait, mais je me disais que si elle en avait

déjà fini avec eux, peut-être qu'elle ne chercherait pas leur approbation toute sa vie comme je l'avais fait.

La voiture de Willow était dans l'allée quand nous sommes arrivées. Puisque je ne l'avais pas vue depuis la venue de Ramsey, elle ne savait rien de notre dispute de lundi soir. Elle serait à nouveau furieuse, mais ce serait agréable de sentir que peut-être je ne foutais pas tout en l'air encore une fois.

Amber fit un câlin à Willow et s'accrocha à elle quand nous sommes entrées. Mes parents nous ont dit bonjour, mais ils n'ont pas fait un geste pour nous serrer dans leurs bras. J'ai demandé à ma mère si je pouvais l'aider pour le dîner, et elle a dit non. J'ai failli lever les yeux au ciel.

J'étais définitivement dans la phase de colère du deuil où tout m'agaçait et j'avais juste envie de hurler tout le temps.

— Qu'est-ce qu'on mange ? demandai-je.

— Du poulet hawaïen avec du riz pilaf et un mélange de légumes, dit ma mère.

Je forçai un sourire. On mangeait la même chose à chaque fois qu'on allait chez eux. « Ça a l'air bon. »

— C'est prêt, dit ma mère. Puisque vous êtes en retard, on peut manger au lieu de discuter d'abord.

J'ai hoché la tête, refusant de me sentir coupable. Nous étions en retard parce que nous ne voulions pas être là. Les conversations superficielles avec mes parents étaient insupportables. Ils voulaient seulement nous dire ce que faisaient leurs amis et les enfants de leurs amis. Ils ne demandaient jamais des nouvelles d'Amber ou de Willow et moi.

La seule chose que j'appréciais à ce moment-là, c'était qu'ils ne demanderaient pas non plus de nouvelles de Ramsey.

Nous nous sommes tous assis à table et avons fait passer les plats. Quand tout le monde a rempli son assiette, nous avons commencé à manger en silence.

— C'est bon, Maman, dit Willow d'un ton enjoué. Elle avait une relation aussi difficile avec nos parents que moi, mais elle n'avait pas renoncé à essayer de plaire à notre mère.

— Merci, Willow.

Tout le monde était à nouveau silencieux. J'ai mangé et espéré qu'on pourrait partir avant que quiconque ne dise quelque chose à propos de Ramsey.

Mes parents faisaient la conversation, nous informant de tout ce que faisaient tous les autres qu'ils connaissaient. Willow et moi levions les yeux au ciel l'une vers l'autre quand nos parents ne faisaient pas attention. C'était si difficile de prétendre que ça m'intéressait parce que je n'en avais vraiment rien à faire. La moitié des gens dont ils parlaient n'étaient même pas des personnes que je connaissais. Et le reste, c'étaient des gens que je n'avais pas vus depuis des années.

— Comment va Ramsey ? demanda mon père vers la fin du dîner.

Je me figeai. Je ne pouvais pas dire grand-chose devant Amber, mais je ne voulais pas non plus lui donner de faux espoirs.

— Il va bien. Papa est venu lundi, et il passe les vendredis avec nous. Il veut revenir à la maison, dit Amber.

Willow poussa un soupir. J'ai juste fermé les yeux et prié pour que le sol s'ouvre et m'engloutisse.

— Tous nos amis veulent savoir quand vous allez régler vos problèmes, dit ma mère. Ils sont d'accord avec nous qu'un mari et une femme devraient faire tout leur possible pour surmonter leurs différends.

— On a essayé, Mère, dis-je.

— Ne la poussez pas, acquiesça Willow. Ils ne sont pas faits l'un pour l'autre.

— Willow !

— Non, dit Willow. Je ne vais pas rester assise ici et

t'écouter te rabaisser à cause de lui. Il a prouvé maintes et maintes fois qu'il n'est pas fait pour toi. Et tu as toujours cédé à ce qu'il voulait.

— Willow, arrête, dis-je doucement. C'était une menace pour le bien d'Amber, mais aussi pour le mien. Si elle continuait, je pourrais ne pas être capable de retenir la colère qui montait en moi.

— Pourquoi ? Je sais que tu ne veux pas que Maman et Papa sachent que ta petite vie parfaite n'est pas parfaite. Ramsey ne devrait pas être avec toi. Il n'aurait jamais dû l'être. Tu te portes mieux sans lui dans ta vie.

— Eh bien, tu vas avoir ce que tu souhaites, lâchai-je. Il est parti lundi soir, et il ne reviendra pas.

— Bien. Tu peux passer à autre chose, et lui aussi.

— Pourquoi ça t'intéresse ? criai-je. Pourquoi ça t'intéresse du tout ? Tu l'as toujours détesté.

— Je l'aime ! cria Willow.

Toute la pièce se figea.

— Quoi ? soufflai-je.

Willow secoua la tête. « Je l'aime. Je l'ai toujours aimé. Tu n'as jamais été faite pour lui. Je lui ai dit la nuit où vous vous êtes fiancés que j'étais amoureuse de lui, et au lieu de me dire qu'il ressentait la même chose comme je savais qu'il le ferait, il m'a repoussée. Il a dit que j'étais trop jeune et puis il t'a demandée en mariage. Tu te souviens de ça ? »

J'ai lentement hoché la tête. Je pouvais encore voir le sourire sur son visage quand il m'a demandé de l'épouser. Il me restait un an d'université, et il commençait l'école de droit, mais nous savions que nous voulions être ensemble. Je ne savais pas qu'il allait me demander en mariage, mais j'étais si heureuse.

— Il n'avait pas de bague, dit Willow avec un ricanement. Il n'avait pas l'intention de te demander en mariage. Il t'a épousée seulement parce qu'il se sentait coupable de m'aimer. Tu étais le substitut.

— Quoi ? demandai-je. Je savais qu'elle avait tort, mais la douleur que j'avais ressentie quand il était parti me traversa à nouveau et taquina mon cerveau. Avait-elle raison ? L'aimait-il vraiment ? Est-ce pour ça qu'ils étaient si méchants l'un envers l'autre toutes ces années ? « Est-ce que tu... est-ce que vous... ? » Je n'arrivais pas à formuler les mots.

— Je l'ai embrassé ce soir-là, et il m'a embrassée en retour. Puis il a dit qu'il ne pouvait pas à cause de toi, et la prochaine fois que je l'ai vu, il était à genoux devant toi. Je lui ai dit qu'il faisait une erreur, mais il a soutenu que c'était toi qu'il aimait. Ce n'était jamais vrai, dit Willow.

— C'est pour ça que tu m'as toujours poussée à l'éloigner, dis-je. Tu voulais que je mette fin aux choses avec lui. Tu le voulais pour toi.

— Bien sûr ! Parce que vous deux n'êtes pas faits l'un pour l'autre.

— Si, ils le sont ! cria Amber. Ne dis pas ça de ma maman et mon papa.

Je l'ai regardée, ma poitrine se soulevant de colère et de douleur. Amber. Ma fille. La seule personne dans la pièce qui comptait vraiment pour moi.

Des larmes coulaient sur ses joues alors qu'elle faisait face à tante Willow, l'une de ses personnes préférées au monde.

— Je te déteste ! Tu as séparé ma maman et mon papa. Tu es méchante, tante Willow. Je te déteste !

J'ai repoussé ma chaise et tendu la main vers Amber. Je n'ai regardé personne d'autre alors que nous nous précipitions hors de la table. J'ai attrapé mes affaires et nous sommes parties sans un regard en arrière.

Il n'y avait plus rien à dire à quiconque dans cette maison.

J'ÉTAIS ENCORE sous le choc de la révélation de Willow samedi quand j'ai dû me rendre chez Robin pour préparer la fête. J'avais tout prêt à partir, alors heureusement, je pouvais prendre les bacs et partir avec Amber.

Amber n'était toujours pas comme d'habitude, mais j'espérais qu'une fête avec ses amis l'aiderait. Elle ne méritait pas d'entendre ce que Willow avait dit, et je détestais ma sœur encore plus pour avoir déversé ses ordures devant Amber.

Bien sûr, tout a été aggravé quand Ramsey a annulé sa venue vendredi soir. Elle est restée dans sa chambre toute la soirée au lieu de regarder un film ou de jouer. J'ai essayé de la faire sortir, mais elle s'était fermée.

— Tu es excitée pour la fête d'Andrea ? ai-je demandé à Amber en chemin.

Elle haussa les épaules.

— Amber, je suis désolée que Papa ne soit pas venu hier soir.

Amber haussa à nouveau les épaules.

Je perdais ma petite fille, juste devant mes yeux. Ma main est allée à mon ventre et la peur que je ressentais depuis des jours s'est installée. Amber souffrait. Non pas parce que quelqu'un était mort, mais parce que Ramsey et moi, c'était vraiment fini. Toutes les personnes de sa vie la quittaient. Elle avait perdu son père et sa tante. La seule qui lui restait, c'était moi, et si j'étais enceinte, elle pourrait me perdre aussi.

Cette pensée me rendait malade. Je ne voulais pas la quitter. J'étais tout ce qu'elle avait, et elle était tout ce que j'avais. Nous étions une équipe, et l'idée de risquer cela était trop difficile.

Ce rêve auquel je m'accrochais si fermement, celui que Willow et moi partagions, je l'ai finalement vu pour ce qu'il était. Un souhait enfantin et stupide qui n'avait aucun rapport avec la vie d'adulte. Willow essayait de me faire m'y accrocher, mais je ne voulais plus retomber enceinte. Je ne voulais pas laisser Amber sans mère.

Willow s'attendait probablement à remplir ce rôle. Elle m'encourageait à repousser Ramsey, puis elle interviendrait quand je serais hors du tableau. Et si je tombais enceinte, eh bien, quand je mourrais ou me perdrais dans un océan de misère, elle pourrait prendre ma place avec une famille prête pour elle.

Je n'arrivais pas à croire que ma propre sœur, ma meilleure amie toute ma vie, m'ait fait ça.

J'étais encore sous le choc quand nous sommes arrivées dans l'allée de Robin. Amber s'est traînée jusqu'à la porte, l'air de vouloir être n'importe où sauf là. Robin nous a fait entrer avec un sourire hésitant et a dit à Amber où trouver Andrea.

— Est-ce qu'elle va bien ? demanda Robin quand Amber s'éloigna.

J'ai secoué la tête. « Non, pas vraiment. »

— Et toi ?

J'ai à nouveau secoué la tête. « Non. »

— Tu veux en parler ?

Robin et moi formions encore une amitié timide. Je n'étais pas sûre si elle était polie ou si elle était vraiment inquiète. « Tu veux vraiment savoir ? »

Elle a paru surprise que je demande. « Tu n'es pas obligée de me le dire. Je sais que je ne suis pas la personne la plus facile à vivre. Je suis une maniaque du contrôle, et je prends les choses en main. J'ai toujours été comme ça, et ça agace beaucoup de gens. »

— Oui, lui dis-je honnêtement. C'est vraiment le cas.

Elle a ri. « J'ai essayé de me modérer, mais quand il s'agit de mes enfants, je ne peux pas m'en empêcher. »

— Tes enfants ? Je pensais que tu n'avais qu'Andrea.

— Oh, eh bien, pour l'instant, dit-elle, en mettant sa main sur son ventre.

Je n'avais pas remarqué avant qu'il était rond. J'avais toujours l'air enceinte, alors je ne supposais jamais que d'autres personnes l'étaient. Mais avec sa main sur son ventre et le regard dans ses yeux, il n'y avait aucun doute qu'elle était enceinte.

Elle avait l'air heureuse. Même excitée. Toute la semaine, j'avais vécu dans la peur. J'étais terrifiée à l'idée d'être à nouveau enceinte. Je ne le voulais pas. Si je l'étais, j'aimerais le bébé, mais j'avais peur de perdre un autre bébé, ou de ne pas être là pour voir mes enfants grandir.

Un sanglot a jailli. Le visage de Robin est passé de la joie à la peur en un instant. J'ai essayé d'étouffer mes larmes, mais elles continuaient à couler. Robin m'a tendu un mouchoir, mais ça n'a pas fait grand-chose. Un autre sanglot, plus de larmes. J'ai pressé une main contre ma bouche, l'autre sur mon ventre.

— Tu es enceinte, toi aussi ? demanda-t-elle, les yeux écarquillés.

J'ai haussé les épaules. « J'espère que non. »

— Tu ne veux pas d'autres enfants ?

J'ai secoué la tête. C'était la première fois que je l'admettais. Je ressentais une immense culpabilité, mais aussi un petit peu de soulagement. « Non. Je suis peut-être enceinte, mais je ne veux pas l'être. Je ne suis pas censée tomber enceinte ou je pourrais ne pas survivre. Ramsey et moi nous sommes laissés emporter et aucun de nous n'a pensé à la protection, et maintenant je... je... je pourrais mourir. J'ai perdu mon dernier bébé. Je ne veux pas être enceinte. »

Robin m'a prise dans ses bras et m'a serrée fort pendant un long moment. Puis elle a attrapé mes épaules et m'a forcée à la regarder. « Tu vas surmonter ça. Tu vas bien aller. Tu dois le croire. »

J'ai haussé les épaules. « Je ne pense pas que je puisse. Je suis seule. Mon mari pense que je l'ai piégé pour tomber enceinte. Ma sœur est amoureuse de lui et a essayé de nous séparer pour pouvoir l'avoir. Et je n'ai pas beaucoup d'amis. Je suis seule. »

Robin a souri. « Tu n'es pas seule. Tu m'as moi. Et je sais que tu es proche de Casey. Et le reste des mamans de la classe seront là pour toi si tu as besoin d'elles. Tu n'es pas seule. »

Je lui ai souri et l'ai à nouveau serrée dans mes bras. « Merci, Robin. Merci. Ça compte beaucoup pour moi. »

Elle a souri. « Un jour à la fois. »

J'ai hoché la tête, et pour la première fois depuis que Ramsey avait franchi la porte, j'ai vraiment cru que je pouvais gérer les choses. Un jour à la fois.

J'avais prévu d'aller à la soirée entre filles le lendemain soir, mais je n'avais personne pour garder Amber. Ramsey et Willow étaient mes deux personnes de référence, et je ne parlais à aucun des deux. J'ai pensé à appeler Robin ou Casey, mais elles avaient leurs propres enfants à mettre au lit un dimanche soir.

Quand j'ai envoyé un message à Blake pour lui dire que je ne serais pas là, elle a dit qu'elle comprenait et espérait que j'allais bien. J'ai répondu que ce n'était pas le cas mais que ça irait et je me suis concentrée sur la préparation d'Amber pour le lit.

Une fois Amber couchée, je suis retournée au salon et j'ai allumé la télé. Un message a sonné sur mon téléphone de la part de Blake.

Tu es debout ? Je peux entrer ?

J'ai répondu en demandant si elle envoyait le message à la bonne personne.

Oui. On a décidé de faire la soirée chez toi si
ça te va. On a du gâteau.

Je suis allée à la porte et l'ai déverrouillée, surprise de trouver les six sur mon porche.

— Qu'est-ce que vous faites ici ? ai-je demandé, les faisant entrer. Il fait un froid glacial dehors.

— C'est vrai, mais il fait bien chaud ici, dit Laura.

J'avais allumé un feu plus tôt dans la journée et l'avais entretenu. Le bois de chauffage que Ramsey avait apporté me mettait en colère, alors je voulais l'utiliser et en finir. Je voulais en finir avec tout ce qui avait à voir avec Ramsey, au point que je pensais à vendre la maison et à déménager dans un appartement ou un condo, ou au moins quelque chose de beaucoup plus petit.

— C'est vraiment joli, dit Elise, regardant autour de la maison. Elle a repéré une photo d'Amber quand elle était bébé et lui a souri. Adorable.

J'ai souri. « Merci. Entrez toutes. Amber dort déjà, donc on doit être un peu silencieuses. Je suis désolée pour ça. »

— C'est bon. On voulait venir ici, dit Blake. On s'inquiétait pour toi.

— Vraiment ? ai-je demandé.

Elles ont toutes hoché la tête, et j'ai craqué. J'ai commencé à pleurer là, au milieu de mon salon, entourée de femmes avec qui je n'avais parlé qu'une poignée de fois.

Immédiatement, elles m'ont entourée. Elise et Laura m'ont guidée vers le canapé. Blake est allée à la cuisine et a pris un verre d'eau. Karissa, Trinity et Finley m'observaient attentivement, comme si elles pensaient que j'allais faire pire que pleurer.

— Qu'est-ce qui se passe ? demanda finalement Blake quand je me suis suffisamment calmée pour respirer.

— J'ai été vraiment seule la majeure partie de ma vie.

Willow et moi sommes... nous étions une équipe. C'était toujours juste nous contre le monde. Puis Ramsey et moi. Maintenant, c'est juste moi.

— Tu nous as nous, dit Elise. Je sais qu'on n'est pas amies depuis toujours, mais on est de plutôt bonnes personnes.

— Merci. À vous toutes, dis-je, croisant le regard de chacune.

Elles ont trouvé des places dans le salon, et Karissa a demandé : « Qu'est-ce qui se passe pour que tu sois toute larmoyante ? Tu es enceinte ou quoi ? »

J'ai eu un rire sans joie. « Je le suis peut-être. »

— Vraiment ? demanda Karissa. Je plaisantais, mais félicitations.

Les autres ont répété les bons vœux, mais j'ai secoué la tête. « Je ne veux pas être enceinte. Je... je n'en veux pas. »

— Pourquoi pas ? demanda Blake. Que s'est-il passé ?

J'ai pris une inspiration et leur ai tout raconté. De Ramsey et moi faisant l'amour à ses accusations. Puis la révélation de Willow. Et enfin, je leur ai parlé de mon idée d'entreprise et de planification de fêtes parce que le flot de paroles ne s'arrêtait pas.

— C'est idiot, dis-je, mais j'adore faire ça. J'aime la joie sur le visage d'un enfant quand ils voient une fête qui est juste pour eux.

— Ce n'est pas idiot, dit Trinity. Pas du tout.

— Je suis désolée pour Ramsey et Willow, dit Blake. J'espérais vraiment que toi et Ramsey arrangeriez les choses, mais s'il va dire ces choses à ton sujet, tu mérites mieux.

J'ai hoché la tête. « C'est vrai. C'est ce que j'ai décidé aussi. J'ai passé beaucoup d'années à l'aimer, et je sais que ça ne changera jamais, mais je ne peux pas être avec quelqu'un qui pense si peu de moi. »

— Ce n'est pas facile de s'éloigner de quelqu'un qu'on aime, dit Elise. C'est l'une des choses les plus difficiles au monde. Même quand on sait que c'est ce qu'il y a de mieux pour soi. La bonne chose est que tu as des gens qui tiennent à toi. Des gens qui seront là pour toi et Amber si tu es enceinte.

— Merci, dis-je. Je vous ai toutes sous-estimées et jugées. Et je suis désolée pour ça. Je n'étais pas prête à laisser les gens entrer dans ma vie. On a appris à ma sœur et moi à ne pas montrer nos sentiments, et c'est difficile pour moi de laisser les gens voir qui je suis. Mais j'ai finalement appris que ce n'est pas la bonne façon de traverser la vie. J'ai de la chance de vous avoir toutes.

— Je t'ai jugée aussi, dit Finley. Je te voyais seulement comme la petite amie et la femme de Ramsey, pas comme une personne. Je pensais que tu étais superficielle, et Ramsey a été comme un frère pour moi pendant longtemps. Mais ça... je ne m'attendais jamais à ce qu'il soit si cruel. Je suis désolée pour ça.

— Merci, Finley. J'apprécie ça.

— Eh bien, je ne sais pas pour vous toutes, mais j'ai besoin de gâteau après tout ça, dit Laura.

Nous avons ri et acquiescé. Je n'avais pas une maison pleine d'enfants, et je n'avais pas de mari, mais j'avais un foyer et des amies qui étaient là pour moi quand j'en avais le plus besoin.

La famille était ce qu'on en faisait, et j'en créais une plutôt géniale.

RAMSEY

Je suis allé à O'Kelley's jeudi soir en sachant que Melody serait à la maison avec Amber. Je ne voulais pas risquer de la croiser. Nous n'avions pas parlé ni ne nous étions vus depuis que nous avions couché ensemble, et ça me tuait, mais je savais que si je la voyais, je la supplierais de me pardonner sans réfléchir à la façon dont je devais m'excuser. Je l'aimais trop.

Hudson a posé une bière devant moi avec un bruit sourd et s'est éloigné. J'ai regardé autour de moi, me demandant ce qui le mettait dans un tel état. Ce n'était pas trop fou pour un jeudi soir, mais quelque chose le tracassait.

J'ai haussé les épaules et bu ma bière, prêtant à peine attention aux personnes autour de moi. C'est seulement quand Piper est venue avec une addition que j'ai réalisé que quelque chose clochait vraiment.

—Où est Hudson ? lui ai-je demandé.

—À l'arrière.

—Pourquoi n'est-il pas ici ?

Elle a évité mon regard et haussé les épaules. —Je ne sais pas.

J'ai plissé les yeux vers elle et hoché la tête. Elle continuait à regarder au-delà de moi, alors j'ai siroté ma bière jusqu'à ce qu'elle s'éloigne. Elle était le gardien de la porte, ce qui signifiait que Hudson était en colère contre moi pour une raison quelconque.

Quand Piper a été distraite par une table de clients, je me suis faufilé hors de mon tabouret et j'ai apporté mon ticket à l'arrière. La porte du bureau de Hudson était fermée, alors j'ai frappé.

—Ouais ?

J'ai ouvert la porte et jeté un coup d'œil autour de moi pour m'assurer que personne d'autre n'était là, puis j'ai fermé la porte derrière moi. —C'est quoi ce bordel ?

Il a secoué la tête et serré la mâchoire. Hudson était un grand gaillard, et pas quelqu'un avec qui je voulais me frotter. Il était brutal et agressif quand il le fallait, et je n'avais pas été dans une bagarre depuis le lycée.

—Qu'est-ce que tu veux ? a-t-il demandé après une minute. Il s'est remis à fixer les papiers sur son bureau.

—Je veux savoir ce qui ne va pas chez toi.

Il a ricané. —Vraiment ? Tu veux savoir ce qui ne va pas chez moi ?

J'ai hoché la tête et croisé les bras sur ma poitrine.

Hudson a secoué la tête. —Pourquoi l'as-tu fait ?

—Fait quoi ?

—Coucher avec Melody.

J'ai incliné la tête sur le côté et serré la mâchoire. —Elle te l'a dit ? ai-je demandé les dents serrées.

Hudson a ricané. —Ouais, elle me l'a dit. Elle pleure toutes les larmes de son corps depuis des jours. Je ne sais pas ce qui s'est passé ou pourquoi tu as décidé de jouer avec elle, mais tu dois la laisser tranquille.

—Et depuis quand tu me dis ce que je dois faire avec ma femme ? ai-je exigé.

Hudson s'est levé et a fait le tour de son bureau. —Depuis qu'elle est devenue mon amie aussi. Si tu veux avoir le droit de l'appeler ta femme, alors commence à agir comme son putain de mari. Vous ne vous êtes pas parlé depuis plus d'une semaine parce que tu as peur. Tu crois que tu es le seul à avoir peur, mais tu n'as pas pris la peine de lui parler une seule fois. Tu la blâmes simplement et penses qu'elle a fait ça délibérément. Ce n'est pas le cas, soit dit en passant, mais au lieu d'être là pour elle, tu lances des accusations et tu l'abandonnes.

Mes poings se sont serrés aussi fort que mon estomac.

—Ma femme est morte. Elle est vraiment morte, putain. Je n'ai plus le choix d'être là pour elle, mais je donnerais n'importe quoi pour avoir ne serait-ce qu'un jour de plus. Pour pouvoir la serrer dans mes bras et lui dire que je l'aime encore une fois. Tu as cette chance. Tu n'as aucune idée de ce qui va se passer avec Melody. Et au lieu de t'accrocher et de la serrer fort sans jamais la lâcher, tu fuis, effrayé, et tu la blâmes. Tu le fais depuis qu'elle a perdu le bébé, et tu continues à le faire. Tu dois te ressaisir et te comporter comme un homme. Ça ou quitter la ville pour qu'elle n'entretienne pas l'espoir que tu puisses vraiment être là pour elle.

Ses mots m'ont frappé comme un boxeur sans défense. Un coup après l'autre menaçait de m'abattre jusqu'à ce que je ne puisse plus tenir debout. Mes genoux ont cédé et je me suis effondré sur le sol. J'ai mis ma tête dans mes mains.

Il avait raison. Tout comme Colin avait raison. Je savais que j'avais tort, mais j'avais toujours peur. J'aimais Melody, et j'étais terrifié à l'idée de la perdre. Si je la repoussais, je me persuadais que ça ferait moins mal, mais ça n'avait pas d'importance. Sans elle, rien n'importait.

—Tu as raison. Et je vais arranger les choses. Je ne peux pas la perdre. Je ne veux pas.

—Tu ferais mieux.

J'ai hoché la tête. J'avais un plan. J'avais juste besoin de le mettre en œuvre.

LA SAINT-VALENTIN. Ça a toujours été notre jour. J'espérais que ça aiderait, mais convaincre Melody de me donner une autre chance après avoir été si horrible avec elle n'allait pas être facile. Je devais lui prouver que j'allais être là pour elle quoi qu'il arrive. Et que je l'aimais. Et que j'étais désolé pour les choses que j'avais dites. La première étape était d'être là pour elle et Amber.

J'ai dit à Penny que je prenais la journée et d'annuler tous mes rendez-vous. Elle m'a souhaité bonne chance et a dit qu'elle s'occuperait de tout. Je savais qu'elle le ferait, alors je me suis habillé et j'ai conduit directement à l'école.

La classe d'Amber organisait une fête pour la Saint-Valentin. Melody était sur la liste des volontaires, et j'ai demandé à l'enseignante de m'inscrire aussi. Je lui ai également demandé de garder la surprise pour que ni Amber ni Melody ne sachent que je serais là.

Je suis arrivé tôt, avant le reste des enfants et des parents. Ils organisaient un petit-déjeuner festif avec des crêpes et des gourmandises matinales puisque c'était une demi-journée. Quand Amber et Melody sont entrées, j'étais déjà en train de faire des crêpes.

—Papa ! a crié Amber. Elle a couru vers moi et a enroulé ses bras autour de mon cou. —Je ne savais pas que tu venais.

J'ai souri et tapé sur son nez. —Si tu l'avais su, ça n'aurait pas été une surprise.

Elle m'a serré dans ses bras à nouveau et a refusé de me lâcher.

—Amber, a dit Melody, tu dois ranger tes affaires pour l'école. Allez, ma chérie.

—Je veux que Papa m'aide, a dit Amber.

Je me suis penché jusqu'à ce que nous soyons face à face et j'ai dit : —Écoute Maman, ma puce. Je ne vais nulle part. Je fais des crêpes et je vais passer toute la journée avec toi.

—C'est vrai ? a-t-elle demandé, les yeux écarquillés. —Mais on a une demi-journée.

J'ai hoché la tête. —Je sais. Après l'école, tous les trois, on va faire quelque chose d'amusant.

—Youpi ! a-t-elle crié en jetant ses mains en l'air. Elle est partie faire ce que Melody avait demandé et est revenue m'aider avec les crêpes une minute plus tard.

J'observais Melody du coin de l'œil. Elle parlait avec l'enseignante, hochant la tête à tout ce que disait Mme Anderson. Elle me jetait des coups d'œil, mais ne laissait jamais son regard s'attarder longtemps. La douleur sur son visage m'a éventré, mais la première étape consistait à m'assurer qu'elle savait que j'étais là pour elles.

Quand j'ai fini les crêpes et que tout le monde avait mangé, Mme Anderson a annoncé qu'il était temps de jouer. Elle a passé la parole à Melody, qui s'est avancée et s'est adressée à la classe.

La regarder travailler m'excitait. Elle dirigeait la salle avec une fermeté bienveillante qui captivait tous les enfants et les parents. Elle a expliqué les instructions aux enfants, puis les a répartis en équipes.

Chacun des parents volontaires, sauf moi, gérait l'un des groupes. Il y avait cinq stations et à chaque station, un jeu différent, permettant aux enfants de faire une activité différente à chaque fois qu'ils changeaient. J'admirais sa capacité à impliquer chaque enfant.

Une des mamans que Melody n'aimait pas est allée vers elle et lui a dit quelque chose. Melody a hoché la tête et m'a jeté un coup d'œil. Elles parlaient de moi. La maman m'a lancé un regard noir puis a serré Melody dans ses bras.

Qu'est-ce que c'était que ça ?

Le reste du temps, pendant qu'ils jouaient, la maman et Melody ont discuté et ri. Elles m'ignoraient majoritairement, mais Melody a jeté des coups d'œil dans ma direction plus d'une fois.

Au moment où l'école s'est terminée et qu'il était temps de rentrer à la maison, je savais qu'Amber était excitée à l'idée de passer du temps ensemble. Mais Melody... elle avait l'air de préférer faire à peu près n'importe quoi d'autre.

—Qu'est-ce qu'on va faire, Papa ? a demandé Amber en mettant son sac à dos.

—Parlons à Maman et décidons. J'ai quelques idées.

—Maman, qu'est-ce que tu veux faire aujourd'hui ? a demandé Amber.

Melody a souri à Amber et s'est accroupie devant elle. — J'ai du travail à faire aujourd'hui, ma puce. Tu te souviens ? Tu allais m'aider. Mais je peux le faire moi-même. Va t'amuser avec Papa.

—Quel travail Amber allait-elle t'aider à faire ? ai-je demandé.

—On se voit demain ? a demandé la maman que Melody n'aimait pas.

Melody a hoché la tête. —Évidemment. Merci encore, Robin. Je ne peux pas te dire à quel point j'apprécie ton aide. Tu me sauves la vie.

Robin a souri. —N'importe quoi pour t'aider à lancer ton entreprise. Comme ça, tu es indépendante et tu sais que tu peux te débrouiller seule. Elle m'a lancé un dernier regard noir et est partie.

—Entreprise ? ai-je demandé, ayant l'impression de ne pas savoir ce qui se passait. D'abord Melody a obtenu un nouvel emploi, maintenant elle possède une entreprise. Qu'est-ce que j'avais manqué d'autre ?

—Oui, l'entreprise de fêtes de Maman. C'est amusant. Je

l'aide à préparer des boîtes de trucs pour les fêtes pour que les gens puissent avoir des super fêtes d'anniversaire, a expliqué Amber.

—Vraiment ? ai-je demandé.

Melody a hoché la tête et a remercié l'enseignante.

—Quand as-tu lancé une entreprise ? Et pourquoi ne me l'as-tu pas dit ?

—Il y a beaucoup de choses que nous ne nous sommes pas dites dernièrement, et beaucoup que nous avons dites, a dit Melody.

La pique était bien placée, et je la méritais. Ça piquait quand même.

—Je vais y aller si vous deux passez du temps ensemble. Amber t'a manqué, alors amusez-vous. Je serai à la maison tout l'après-midi, quand tu auras besoin de retourner travailler.

—Je ne retourne pas travailler aujourd'hui.

Les yeux de Melody se sont plissés, mais elle n'a rien dit. Elle a hoché la tête et s'est éloignée.

—Eh bien, ai-je dit à Amber, ça ne s'est pas passé comme prévu.

—Pourquoi pas ? a demandé Amber.

J'ai soupiré. —Parce que je n'ai pas été très gentil avec Maman. Elle est contrariée et blessée, et c'est entièrement ma faute.

—Je pensais que tu allais tout arranger. Tu me l'as promis.

J'ai hoché la tête et serré Amber fort contre moi. —C'est vrai. Je le ferai.

AMBER et moi sommes allés faire de la luge au parc après avoir déjeuné. Je voulais me précipiter à la maison pour voir Melody, mais elle avait besoin d'espace.

Quand Amber a commencé à traîner, nous avons décidé de rentrer et de faire une pause. Le temps que j'arrive à la maison, elle était endormie à l'arrière de la voiture et j'ai dû la porter à l'intérieur.

La voiture de Melody était là, alors j'ai frappé quand je suis arrivé à la porte. Elle l'a ouverte quelques secondes plus tard. Ses cheveux étaient en désordre et ses yeux étaient rouges. J'avais envie de la prendre dans mes bras comme je l'avais fait avec Amber et de la réconforter, mais elle a croisé les bras et a fait un pas en arrière.

—Elle s'est endormie ? a demandé Melody.

J'ai hoché la tête. —Nous sommes allés faire de la luge. Elle s'est amusée. Ça aurait été mieux si tu étais venue avec nous.

—Tu peux la mettre dans sa chambre, a dit Melody, ignorant mon commentaire.

Je suis entré et j'ai laissé Melody fermer la porte, puis j'ai enlevé les bottes d'Amber avant d'enlever les miennes. Je l'ai portée dans sa chambre et l'ai déposée dans son lit. J'ai embrassé son front et lui ai promis que je ferais tout mon possible pour nous réunir tous à nouveau.

Quand je suis retourné au salon, Melody était assise sur le canapé devant une boîte pleine d'articles pour fêtes.

—Qu'est-ce que tu fais ? lui ai-je demandé.

—Je travaille. Merci d'avoir ramené Amber. Et de l'avoir prise aujourd'hui. Elle t'a manqué.

—Elle m'a manqué aussi, ai-je dit. Et tu m'as manqué.

Elle m'a regardé, nos regards se croisant. Elle a soutenu le mien pendant un long moment, puis a détourné les yeux. —Eh bien, merci. Je suis sûre que tu as des choses à faire aujourd'hui.

J'ai secoué la tête. —En fait, non. J'ai libéré mon emploi du temps pour passer la journée avec toi et Amber.

—Pourquoi ? a-t-elle crié. —Pourquoi ? Pourquoi t'embêter, Ramsey ? Nous savons tous les deux que notre mariage est terminé. Ça ne va pas changer. Je veux que tu passes du temps avec Amber, et j'espère que tu le feras, mais ne viens pas ici prétendre que tu veux passer du temps avec moi. Tu m'as dit ce que tu penses vraiment de moi, et je pense qu'il vaut mieux que tu partes. Maintenant.

Je m'attendais à sa colère, mais la douleur dans sa voix faisait mal. Hudson avait raison. Je l'avais brisée.

—Je n'aurais jamais dû dire les choses que j'ai dites la dernière fois que j'étais ici. J'avais peur, et je suis désolé.

—Très bien. Tu es pardonné, a-t-elle dit, sans me regarder.

—Melody, ne sois pas comme ça.

—Que veux-tu de moi, Ramsey ? Veux-tu que je dise que c'est acceptable que mon mari de dix ans pense si peu de moi qu'il a vraiment cru que je le piégerais pour tomber enceinte ? Qu'il a cru que je voudrais un enfant de cette façon ? Veux-tu que je te dise que je suis désolée d'avoir cru que nous pourrions nous en sortir et de t'avoir demandé de venir au lit avec moi ? Veux-tu que je te dise que je suis la pute et la salope fourbe que tu penses que je suis ? Que veux-tu, Ramsey ? Dis-moi. Que veux-tu ?

—Maman ? a dit doucement Amber depuis le couloir.

Melody et moi l'avons regardée en même temps, mais Melody a bougé en premier. Elle a essuyé ses larmes et a pris Amber dans ses bras.

—Je suis désolée de t'avoir réveillée, ma chérie. Je n'aurais pas dû crier.

—Pourquoi tu pleures, Maman ?

—Je vais bien, Amber. Je suis juste triste en ce moment.

Amber m'a regardé. —Papa t'a rendue triste ?

Melody, toujours prête à protéger les gens autour d'elle, a secoué la tête. —Non, ma puce. Ce n'est pas la faute de Papa.

Papa t'aime, mais Papa doit partir maintenant. Va lui dire au revoir.

Amber est venue vers moi une fois que Melody l'a posée par terre. Elle m'a serré autour de la taille et a dit : —Je t'aime, Papa.

—Je t'aime aussi, ma puce.

—S'il te plaît, ne fais plus pleurer Maman, a dit doucement Amber, en me regardant. —Je n'aime pas quand Maman pleure.

J'ai jeté un coup d'œil à Melody, mais elle ne me regardait pas. Elle n'avait d'yeux que pour Amber. —Je vais essayer de ne pas faire pleurer Maman.

Amber a hoché la tête. —C'est bien parce que Tante Willow a fait pleurer Maman, et toi tu as fait pleurer Maman, et tout ce que fait Maman, c'est pleurer. Je veux que Maman arrête de pleurer.

—Tante Willow ? ai-je demandé, regardant à nouveau Melody.

—Amber, a-t-elle dit.

—Tante Willow a dit à Maman qu'elle était amoureuse de toi et que la seule raison pour laquelle tu as épousé Maman, c'est parce que Tante Willow était trop jeune. Et elle a dit que tu devrais être avec elle au lieu de Maman. Tu aimes Tante Willow ?

J'ai inspiré profondément et secoué la tête. Melody m'ignorait peut-être, mais elle écoutait. —Non. La seule femme que j'ai jamais aimée est Maman. La seule femme que j'aimerai jamais est Maman. J'ai fait beaucoup d'erreurs, mais la chose que j'ai bien faite, c'est tomber amoureux de ta maman. C'est la meilleure personne que j'ai jamais connue dans ma vie, et j'ai fait beaucoup d'erreurs avec elle, mais j'espère pouvoir les réparer un jour. Je vais essayer.

—Viens, Amber, a dit Melody. Sa voix était épaisse. —Papa doit partir.

Amber m'a regardé, ses yeux mortellement sérieux, et a dit : —Ne gâche pas tout.

J'ai hoché la tête et les ai regardées disparaître dans le couloir.

L'étape deux ne s'était pas déroulée comme prévu.

MON DERNIER EFFORT était de grandes excuses publiques, comme Hudson l'avait suggéré. Melody n'aimait jamais être au centre de l'attention, mais je savais que je ne pouvais pas cacher ce que je ressentais pour elle et m'attendre à ce qu'elle me pardonne. Je savais qu'il faudrait du temps à Melody pour me faire confiance, et j'étais prêt à lui donner du temps, mais je devais lui faire savoir que je n'allais nulle part.

J'avais envisagé de demander à Willow de m'aider avant qu'Amber ne dise qu'elles ne se parlaient pas, mais ça ne semblait jamais juste. Je détestais que Willow ait blessé Melody, mais elle n'était pas ma priorité. Melody et Amber étaient celles qui comptaient pour moi. Si Melody voulait se réconcilier avec sa sœur un jour, ce serait son choix, mais l'attitude toxique de Willow avait presque détruit mon mariage. Je n'allais pas l'apporter dans notre réunion.

Blake et Ian gardaient Amber pour qu'Elise puisse amener Melody à O'Kelley's. Ils avaient tous promis de m'aider parce qu'ils se souciaient de Melody. Savoir qu'elle s'était liée avec tant de nouvelles personnes sans que je sois là était difficile, mais j'étais heureux qu'elle n'ait pas été seule. Et j'étais reconnaissant pour toute l'aide que je pouvais obtenir.

Je me suis caché dans le bureau de Hudson, vêtu d'un smoking. Hudson est entré dans son bureau et a secoué la tête. —Tu as l'air d'un idiot.

Je lui ai fait un doigt d'honneur. —Merci. Si Melody aime, je m'en fiche.

—Elle ne se soucie pas de ce genre de choses.

Je le savais, mais porter un smoking attirerait l'attention sur moi. O'Kelley's était un endroit décontracté, et habillé comme je l'étais, cela signifiait que tout le monde nous verrait et entendrait ce que j'avais à dire.

—Est-elle ici ? ai-je demandé.

—Non, mais Ian a dit qu'elle a quitté la maison, elle devrait donc arriver bientôt.

J'ai hoché la tête et essayé d'écraser la sensation nauséeuse dans mon estomac. Si ça ne marchait pas, je n'avais aucune idée de quoi faire.

Hudson est parti et m'a promis de venir me chercher quand Melody arriverait. J'ai fait les cent pas dans son bureau pendant dix minutes avant qu'il ne revienne. Il m'a souhaité bonne chance, puis m'a suivi jusqu'à la porte.

Quand je suis entré dans le bar, les personnes les plus proches de moi ont arrêté de parler et m'ont regardé. J'ai agité la douzaine de roses que j'avais à la main et leur ai souri, puis j'ai continué à avancer.

J'ai repéré Melody et Elise de l'autre côté du bar, près de la piste de danse. Elles commandaient des boissons et ne m'avaient pas encore vu. J'ai pu m'approcher avant que les murmures de la foule n'attirent leur attention.

Elise m'a vu en premier et a haussé un sourcil. Elle m'a désigné à Melody, et quand elle a regardé dans ma direction, ses yeux se sont remplis de larmes.

Je me suis précipité à ses côtés et me suis assis sur le tabouret à côté d'elle. J'ai pris sa main et soupiré. —J'ai promis à Amber que je ne te ferais plus pleurer. Mel, s'il te plaît, arrête de pleurer.

Elle a secoué la tête. —Pourquoi fais-tu cela, Ramsey ?

—Parce que je t'aime. Et je veux que toi et tout le monde sachiez que j'ai foiré. Je t'ai dit des choses horribles, et tu ne les méritais pas. J'avais tort. Je sais qui tu es, et tu es la femme la plus incroyable que j'ai jamais rencontrée dans ma vie. Tu es la meilleure mère au monde. Amber a tellement de chance de t'avoir. Tu as créé une famille pendant que j'étais un con. Tout le monde sait à quel point tu es extraordinaire. Et j'espère qu'un jour tu seras prête à me donner une autre chance.

Elle a pressé ses lèvres en un sourire. —Je le veux, Ramsey. Je le veux vraiment, mais je ne sais tout simplement pas si je peux te faire confiance.

—Je sais, Melody. Et je comprends. Toute la journée aujourd'hui, j'ai essayé de te montrer que je veux être là pour toi. Je veux être là pour Amber. Je ne m'éloigne plus de notre famille. Mais plus que tout ça, je suis désolé. Je veux que tu saches que je suis désolé d'avoir jamais pensé que tu pourrais faire ce dont je t'ai accusée. Tu es la personne la plus gentille, la plus honnête et la plus aimante que je connaisse. Et j'étais un vrai connard de douter de cela ne serait-ce qu'une seconde.

—C'est bon, a dit doucement Melody.

J'ai secoué la tête. —Ce n'est pas bon, Melody. Ce ne sera jamais bon. Mais je passerai le reste de ma vie à essayer de me faire pardonner. Aujourd'hui n'était que le début.

—Ramsey, tu n'as pas à faire ça.

—Je le veux, Mel. Je veux que tu saches que je t'aime. J'ai demandé à Ian, Blake et Elise de m'aider pour que tu saches que je t'aime. Je n'abandonne pas notre relation. Plus jamais.

Melody a inspiré profondément. —Je ne sais pas combien de temps il me faudra pour te pardonner.

J'ai hoché la tête. —Ça n'a pas d'importance. Je serai là. À t'attendre. Je t'aime, et je veux toujours passer ma vie avec toi. J'espère qu'un jour, tu ressentiras la même chose.

J'ai embrassé sa joue et me suis attardé, mémorisant tout ce que je pouvais d'elle. M'éloigner était difficile, mais je savais que je devais le faire. Je devais laisser Melody décider qu'elle me voulait. J'allais être là, mais elle devait me vouloir.

MELODY

— Qu'est-ce que tu vas faire ? demanda Elise alors que Ramsey s'éloignait.

Je la regardai et secouai la tête. — Je ne sais pas.

— Tu l'aimes toujours ?

J'acquiesçai. — Oui, bien sûr.

— Alors tu devrais le rattraper.

Je secouai la tête. — Je ne peux pas. Pas maintenant. Je ne sais pas s'il dit la vérité. Il ne peut pas effacer toute la douleur qu'il a causée en un jour. Oui, c'était une belle excuses, mais ce n'est pas suffisant. Pas encore.

Elise sourit et leva son verre. — Bien joué. Je n'ai pas été assez forte pour dire non à mon ex. Et j'en ai payé le prix. Ramsey est un type bien, mais tu mérites d'être mieux traitée.

J'acquiesçai. Putain, oui.

Au cours de la semaine suivante, Ramsey m'envoya des messages sur À la Recherche du Héros Littéraire Parfait. Il me disait qu'il m'aimait. Il me demandait des nouvelles d'Amber. Il me tenait informée du travail. C'était tout ce que j'avais espéré qu'il fasse.

Mais il n'avait toujours rien dit à propos du bébé. Et c'était ce que j'avais besoin d'entendre. Il avait dit qu'il serait là pour Amber et moi, mais il n'avait pas dit s'il voulait le bébé ou s'il partirait à nouveau si j'étais enceinte.

Jeudi matin, presque une semaine après la déclaration de Ramsey, je me suis réveillée pour découvrir que mes règles étaient arrivées pendant la nuit. J'étais tellement soulagée que j'ai pleuré.

J'ai déposé Amber et je suis restée assise dans ma voiture devant l'école. J'ai d'abord appelé Elise et Blake pour les informer, puis j'ai appelé mon gynécologue et pris rendez-vous pour parler de me faire ligaturer les trompes.

Quand je suis arrivée à O'Kelley's, je me suis directement dirigée vers l'arrière pour travailler un peu. Le premier jour de mes règles était toujours le pire, et si je pouvais travailler quelques heures puis rentrer me reposer, ce serait beaucoup plus facile à gérer.

Hudson est venu me voir environ une heure après le début de mon service et m'a demandé de l'aider devant. J'ai accepté sans réfléchir et l'ai suivi jusqu'au bar.

Le bar était vide à l'exception d'un type à une table dans le coin. Hudson m'a fait signe d'aller à la table. Je lui ai lancé un regard interrogateur, mais il m'a juste montré la direction du doigt. — S'il te plaît, Mel, a-t-il dit.

J'ai plissé les yeux, mais je ne pouvais pas voir le gars. J'ai jeté un coup d'œil à Hudson, mais il avait disparu. Je me suis approchée, plus qu'un peu mal à l'aise.

Son bras est apparu en premier, puis son épaule. Le côté de sa tête et son profil, et mon cœur a fait un bond.

Ramsey s'est tourné pour me regarder et s'est levé quand il m'a vue figée à quelques pas.

— Tu veux bien t'asseoir avec moi ?

J'ai acquiescé et l'ai laissé me conduire à la table.

Il avait l'air incroyable. Il ne s'était pas rasé depuis

quelques jours, sa barbe naissante foncée contrastant avec sa peau. Ses cheveux noirs étaient courts, comme s'il se les était fait couper depuis la dernière fois que je l'avais vu. Ses épaules remplissaient sa veste aussi bien que jamais. Sa chemise était déboutonnée de quelques boutons en haut, révélant le haut de sa poitrine. Ses doigts étaient entrelacés, s'accrochant les uns aux autres.

J'ai respiré profondément, m'imprégnant de son odeur. J'avais envie de pleurer tellement il me manquait. Je devais être forte, mais je ne pouvais m'empêcher de me demander pourquoi je lui résistais encore.

— Je suis passé à la maison, mais tu n'y étais pas.

— J'ai du travail à faire.

— Tu veux me parler de ton travail ?

— Ce n'est pas si passionnant.

— Tout est passionnant quand ça te concerne, dit Ramsey avec un sourire.

J'ai soupiré. — Écoute, je sais pourquoi tu es ici, d'accord ? Quelqu'un te l'a dit. Mais je ne suis juste... pas prête à en parler maintenant, pas avec toi.

— Tu n'as pas à parler de quoi que ce soit dont tu n'as pas envie, dit Ramsey. Il baissa la tête et ferma les yeux, remerciant probablement Dieu de ne pas avoir un autre enfant avec moi.

— Je devrais retourner travailler, dis-je en essayant de me lever.

— Melody, il n'y a personne ici. Hudson a mis le panneau "fermé". Tu n'as rien à faire pour l'instant.

J'ai secoué la tête. — Je ne peux pas rester assise ici maintenant, Ramsey.

— Alors laisse-moi venir avec toi. Laisse-moi t'emmener quelque part.

J'ai ri. — Tu es libéré, Ramsey. Tu peux arrêter tout ça. Je ne suis pas enceinte, alors tu es libre. Tu n'as pas à t'inquiéter de ton obligation envers moi ou envers un bébé ou quoi que ce soit d'autre.

— Tu n'es pas enceinte ? demanda-t-il.

J'ai secoué la tête. — Non. C'est pour ça que tu es ici. Parce que tu le sais. Parce que tu as eu ce que tu voulais.

— Non, Mel, tout ce que je voulais, c'était toi. Je ne savais pas que tu n'étais pas enceinte. Ça n'avait pas d'importance pour moi. Tu étais la seule chose qui comptait. Tout ce temps, je me suis inquiété pour toi. Je ne veux pas te perdre, et après Steven... j'ai peur de te toucher. Peur de tout.

— Je ne vais pas me briser.

— Mais tu l'as fait. Quand nous avons perdu Steven, tu t'es brisée. Tu nous as quittés. Tu as complètement décroché et tu nous as laissés. Je ne pouvais pas revivre ça.

— Tu as cessé de me voir comme ta femme. Tout ce que je voulais quand nous avons perdu Steven, c'était que tu me tiennes dans tes bras et que tu me dises que tu m'aimerais toujours. Que tu me dises que ce n'était pas ma faute et que tu ne me blâmais pas. Mais je n'ai pas eu ça.

— Melody, gémit-il. Il bougea puis glissa hors de la banquette et vint de mon côté.

J'étais piégée quand il s'assit à côté de moi. Je ne voulais pas être piégée. Je ne voulais pas qu'il me prenne dans ses bras. S'il le faisait, je le laisserais revenir.

— Viens ici, dit-il doucement.

J'ai secoué la tête.

— S'il te plaît, Melody. J'ai besoin de toi, aussi. S'il te plaît.

Il se rapprocha jusqu'à ce que je n'aie pas d'autre choix que de le laisser me toucher. Toutes les émotions que j'avais ressenties pendant deux ans remontèrent à la surface et débordèrent. Mes premières larmes coulèrent alors qu'il m'enveloppait de ses bras.

Je m'accrochais à Ramsey, désespérée de le garder près de

moi alors que je sanglotais. Il me tint tout ce temps, murmurant des excuses et des mots d'amour.

Je ne savais pas que j'avais gardé tant de choses en moi jusqu'à ce que je les pleure toutes. La douleur des mots de Ramsey, le mal qu'il avait causé à Amber, la perte de Willow dans ma vie, et le bébé que nous n'élèverions jamais.

Tout cela me quitta, aspiré par les bras de Ramsey qui me tenaient tout contre lui.

— Tu te sens mieux ? demanda-t-il en essuyant mes larmes.

J'acquiesçai. — Oui. Merci. Je suis désolée d'avoir pleuré sur toi.

— Ne t'excuse jamais de me dire ce que tu ressens. S'il te plaît, Melody. C'est pour ça que je suis là.

— Tu l'étais, lui dis-je. Avant Steven, tu étais là. Mais après...

— Je ne ferai plus jamais ça. Rien de tout ça. Je serai là pour toi pour toujours, Melody. Je veux être là pour toi pour toujours et à jamais.

Je lui souris et acquiesçai. — Je t'aime toujours. Je t'aimerai toujours.

— Moi aussi, Melody. Et si tu as besoin de plus de temps...

J'ai secoué la tête. — Je pense que j'ai eu assez de temps pour réaliser que je fonctionne mieux quand je suis avec toi.

— Vraiment ? demanda-t-il.

J'acquiesçai. — Vraiment. Mais les choses ont changé depuis que tu as déménagé.

— Comme quoi ?

J'haussai les épaules. — Comme le fait que nous allons travailler ensemble. Et nous allons communiquer. Et je vais sortir avec les filles, Blake et Elise et les autres tous les dimanches, alors tu devras garder Amber.

Il sourit. — Je peux gérer tout ça.

— Bien. Parce que j'ai déjà perdu une meilleure amie. Je ne peux pas en perdre un deuxième.

Il secoua la tête. — Je ne vais nulle part.

— Bien, dis-je.

Je l'ai attiré pour l'embrasser et j'ai souri alors qu'il m'allongeait sur la banquette. Il mordilla ma lèvre et dit : — Mon Dieu, tu m'as manqué.

— Tu m'as maintenant.

— Et je ne te perdrai plus jamais. Je t'aime.

— Je t'aime.

ÉPILOGUE

ELISE

Bon sang, ça faisait du bien d'être dehors. L'air frais, la douce odeur de sève, et cette vive journée de printemps. J'adorais le printemps. C'était l'occasion de tout recommencer. C'était toujours une bonne chose.

— Salut, dis-je à Melody. C'était elle qui m'avait parlé de la grande réouverture de la Ferme d'Érable de la Famille Jones. Ramsey travaillait avec le nouveau propriétaire et nous avait tous invités à célébrer.

— Salut, répondit Melody en me tendant les bras pour une étreinte.

Melody était devenue une adepte des câlins au cours des deux mois depuis que nous avions fait connaissance. J'avais tendance à éviter le contact physique avec la plupart des gens, mais je ne voyais pas d'inconvénient à serrer Melody dans mes bras.

— Où sont Amber et Ramsey ? demandai-je.

Melody haussa les épaules. — Ils sont quelque part par ici. Je leur ai dit que j'allais jeter un œil à la boutique.

— Ça me va. Je viens avec toi.

Melody sourit et passa son bras sous le mien. — Quand commences-tu sur le bateau touristique ?

— Dans trois semaines, dis-je. J'ai tellement hâte. Ça ne me dérange pas de servir aux tables et de faire des quarts à la boutique de souvenirs, mais je préfère vraiment être dehors.

— On devrait venir à l'une de tes visites cet été. On se disait qu'on devrait montrer plus du Fleuve à Amber. Elle ne sait même pas où se trouve le Château Boldt.

J'éclatai de rire. — Vraiment ?

Melody hocha la tête. — Ouais. Un échec parental total. Par contre, elle sait où se trouve le Domaine MacKellar.

— C'est déjà ça. Surtout puisqu'il est dans notre ville. Si elle ne connaissait pas au moins celui-là, je m'inquiéterais pour toi.

— Qu'est-ce qui t'inquiète ? demanda Trinity en nous rejoignant.

— Melody et Ramsey veulent emmener Amber en visite cet été pour qu'elle puisse voir le Château Boldt. Elle ne sait pas où il se trouve, lui expliquai-je.

— Sérieusement ? Même moi je suis allée au Château Boldt et je n'habite ici que depuis dix mois, dit Trinity.

— Elle était très jeune avant Steven, et puis Ramsey et moi étions... enfin, vous savez. Alors, cet été sera le bon. Elle va adorer, dit Melody.

— Absolument.

— Melody, dit une voix masculine juste derrière nous.

Je sursautai involontairement. Je détestais que ça arrive, mais je ne pouvais pas m'en empêcher. Je détestais quand les gens me surprenaient, et c'était encore pire quand c'était un homme.

— Colin, dit Melody avec un sourire. Elle se hissa pour l'étreindre.

Il était magnifique. Cheveux courts et bruns, yeux sombres et profonds. Il nous sourit, son regard balayant nos trois silhouettes. Je m'attendais à ce qu'il reluque Trinity puisqu'elle était la bombe des trois, mais son regard s'attarda sur moi.

— Comment vas-tu ? dit-il.

— Bien, répondis-je en même temps que Melody.

Melody gloussa et me lança un regard étrange. Mince. Il ne me parlait pas à moi.

— Voici mes amies, Trinity et Elise, dit Melody, en me poussant en avant quand elle prononça mon nom. — Les filles, je vous présente Colin, le nouveau propriétaire.

— Enchantée, dit Trinity, en tendant la main pour serrer la sienne. — J'ai emménagé ici à la fin du printemps dernier. Tu vas adorer la région. Il y a plein de choses à faire et les gens sont formidables.

Colin hocha la tête. — Merci. Je venais ici de temps en temps quand j'étais petit, mais ça fait longtemps que je ne suis pas revenu. C'est différent de ce dont je me souviens, mais les choses sont toujours différentes quand on est enfant.

Trinity rit. — C'est vrai.

Je n'arrivais pas à déterminer si elle flirtait avec lui ou si elle faisait juste la conversation. Je n'avais jamais été douée pour flirter. C'était comme une langue étrangère pour moi, que je n'avais jamais vraiment maîtrisée. Je pouvais comprendre quand les autres le faisaient, mais ma langue se nouait si j'essayais.

— Et vous, Elise ? demanda Colin. — Êtes-vous d'ici ?

J'acquiesçai. — Née et élevée ici. J'ai fait mes études à Rochester et je suis revenue après. J'y habite depuis.

Colin sourit. — Je suppose que vous aimez cet endroit.

J'hochai la tête.

Colin plissa les yeux vers moi puis sourit à nouveau à Melody. — Eh bien, je devrais aller me mêler aux autres. Profitez bien, mesdames. Je suis sûr qu'on se reverra.

J'acquiesçai tandis que Colin s'éloignait. Il jeta un regard en arrière, mais je fis semblant de ne pas le voir.

— Il est mignon, dit Trinity. — Mais il n'avait d'yeux que pour Elise.

Je levai les yeux au ciel. — Pas du tout. C'est toi qui as les courbes qui font baver les hommes.

Trinity ricana. — Pas tous les hommes. Et certainement pas celui-là.

Je secouai la tête. Peu importait à quel point Colin était mignon ou s'il me reluquait. Rien ne se passerait. Il était trop proche. C'était un ami d'une amie, et si les choses tournaient mal, je ne mettrais pas mes amis dans la position de devoir choisir un camp.

Je savais déjà comment ça se terminait pour moi.

Merci infiniment d'avoir lu l'histoire de Melody et Ramsey ! J'ai adoré jeter un coup d'œil à l'intérieur d'un mariage. Une des premières idées d'histoire que j'ai eues concernait un mariage en difficulté. J'ai adoré cette idée parce que souvent, nous avons l'impression qu'il n'y a plus de romance une fois que nous sommes mariés, mais il devrait y en avoir, bon sang !

Le prochain livre de la série est l'histoire d'Elise et Colin. La vie dans une petite ville n'est pas ce à quoi Colin s'attendait. Pas quand tout le monde sait tout de lui. Y compris qu'il est célibataire. Elise n'a aucun intérêt à changer ce petit détail, mais elle ne peut s'empêcher d'être intriguée et plus qu'un peu curieuse envers le charmant nouveau venu. Procurez-vous ***Son Doux Péché aux Courbes Généreuses*** dès aujourd'hui !

. . .

VOUS VOULEZ en savoir plus sur Melody et Ramsey ? Les abonnés reçoivent un épilogue bonus exclusif et gratuit sur le retour de Ramsey à la maison ! Disponible uniquement pour les abonnés !

Inscrivez-vous maintenant !

295

À PROPOS DE L'AUTEUR

Auteure à succès classée au *USA TODAY*, Mary E Thompson a passé la majeure partie de son enfance à souhaiter avoir quelques courbes en moins. Elle se cachait dans les pages des livres parce que ses personnages préférés ne se souciaient jamais de sa taille de vêtements. Aujourd'hui, Mary non plus, et elle écrit des histoires qui célèbrent les femmes comme elle. Des femmes réelles qui ont des courbes, poursuivent leurs rêves et trouvent l'amour, parce que nous devrions tous être heureux, quelle que soit notre taille.

Mary passe son temps hors écriture avec son mari et ses deux enfants, à regarder trop de télévision, à encourager l'équipe de football de sa ville natale (Allez les Bills !) et à cacher du chocolat à sa famille.

Inscrivez-vous maintenant à la newsletter de Mary. Les abonnés reçoivent des ebooks gratuits et d'autres choses amusantes, comme du contenu exclusif réservé aux membres et des concours, et sont les premiers à connaître les nouvelles parutions et les promotions !

www.ingramcontent.com/pod-product-compliance
Lightning Source LLC
Chambersburg PA
CBHW020741310726
48969CB00002B/360